科学怪人

FRANKENSTEIN
OR THE MODERN
PROMETHEUS

科學怪人
世界經典 4

BY
MARY
W.SHELLEY

瑪麗・雪萊 著
劉新民 譯

啟明

CHI MING
PUBLISHING
COMPANY

Illustration by Theodor von Holst from the frontispiece of the 1831 edition.

距今兩百年以前，一位十九歲的天才少女瑪麗・雪萊，寫出了一本石破天驚的作品，這本書被認為是史上第一部科幻小說，引發後世無窮盡的延伸創作，也造就了今天仍然生命力旺盛的文學類型；但更重要的是，這是一本充滿「靈視」（vision）的書，深層意義隨著時間不斷湧出，作者顯然是看（預）見許多她同代人所未見的事。雖然這本書兩百年來從未斷版，粉絲生生不息，但我有理由相信，今天的讀者比起十九世紀的讀者更有能力看出《科學怪人》這本書的驚人之處。

《科學怪人》講的是「人造人」的故事，故事說科學家不斷探究宇宙奧秘，總有一天會越過「界限」，自以為是上帝，妄想「創造生命」；而這「不完美的模仿」的危險動作，有可能會製造出不可控制的怪物，甚至釀成反噬創造者的悲劇。

在十九世紀初這本書剛面世時，人類的科學知識距離「造人」還非常遠，「造人」充其量還只是一種信念和想像；但今天，複製有機生命的能力已經具備，如果人類的戒慎恐懼之心沒能攔住今日的弗蘭肯斯坦們，人造人或人造怪物的結果是隨時可以發生的。也就在不多久前，一位中國大陸的賀姓生物學者，就自作主張地用一種名為CRISPR／Cas9的「基因編輯」（gene editing）技術，修改了一對雙胞胎嬰兒的胚胎基因，並聲稱她們出生後即能天然抵抗愛滋病，引發世界嘩然，我們赫然發現，無視科學倫理的弗蘭肯斯坦真實存在，而且就在今日的大學教室或實驗室裡。

事實上，「科學怪人」還可以是一個比喻，不一定要有「人」的形象（聖經上不也說上帝造人是「按祂們的形象」），如果「人造怪物」指的是某一種「人造物」力量大到可以摧毀創造者，那麼核子武器與核能電廠也都有科學怪人的意涵；如果我們又願意把「形體」都拿掉，依我之見，就連「網際網路」這個怪物也強大到足以毀滅它的創造者……。

我們比十九世紀的讀者多看了二百年的歷史，因此對瑪麗．雪萊的靈視有更多驗證的體會，但我們可以說今日的讀者已經完全讀懂《科學怪人》了嗎？我只怕也未必，我們極可能只看到了「上半場」。在《科學怪人》裡，另一個重點是「被造者」的哀傷與悲憤，小說開場就引彌爾頓《失樂園》的詩句說：「我可曾乞求祢，造物主啊，用泥土／將我塑造成人？我可曾祈求祢，／把我從黑暗中拔起？……」到今日為止，我們體會的還僅止是模仿上帝的風險與魯莽；我們還沒有真正站到被造的客體（怪物可能一點都不願意被創造出來），設身處地為「他」思考或感受。如果有一天，我們懂得說：「那是一種生化人的絕望以及人工智慧的哀傷。」我們才真正進入閱讀《科學怪人》的下半場，但那也許還需要另一個兩百年。

——詹宏志

有一種故事一旦寫出來，
就成為人類永遠的鏡子；
鏡子像一本書擺在那裡，
像一個沈默的盒子，
我們一旦打開——

那是人類心裡房間鎖著的，孤獨囈吟著的怪物；
那是怪物心裡死抓著的，對著它掙扎撕咬的內心的人性。

這是一個世界知名的老故事。
我們都要讀過一次，
如同一生要看過一次的，
皇后的說著冰冷實話的魔法鏡子。

——安溥

作者

瑪麗・雪萊 Mary Shelley

英國小說家，一七九七年出生於倫敦，一八五一年因病逝世，享年五十三歲。瑪麗・雪萊生長於知識份子家庭，雙親為政治哲學家威廉・戈德溫（William Godwin）及女權主義作家瑪麗・沃斯通克拉夫特（Mary Wollstonecraft），思想開放的成長環境使她自小便深受鼓勵去學習、思考，並養成了大量閱讀及寫作的習慣。一八一二年，她結識了父親的年輕追隨者，年僅二十歲的詩人珀西・雪萊（Percy Bysshe Shelley），兩人隨即陷入熱戀，並私奔離家；一八一六年，兩人在珀西・雪萊的元配妻子跳河自殺以後正式成婚。婚後僅僅六年，珀西・雪萊便意外死於一場船難；瑪麗・雪萊在往後的日子裡，除了自己的書寫，也投注許多心力於編輯、推廣亡夫的詩作。從她出生十一天後即病逝的母親開始，瑪麗・雪萊一生深受死亡陰影籠罩，生下的四個孩子中只有一個活了下來，繼姐自盡，夫婿早亡，多舛的命運令人不勝唏噓，但此種種經驗也化為創作的養分，於她最知名的小說《科學怪人》（*Frankenstein, or The Modern Prometheus*）、《最後之人》（*The Last Man*）等作品中清晰地體現。在瑪麗・雪萊的生前歲月裡，普遍僅以身為珀西・雪萊的妻子及《科學怪人》的作者為人所知，但她畢生著作等身，於小說、隨筆、旅行散文、劇本、傳記等類型皆有著墨，其中可盡窺她激進的政治理念，彰顯著在其身處時代相當大膽而特別的女性意識，連同她豐沛的想像力與深刻且充滿人性的思索，時至今日，影響力仍無遠弗屆。

譯者
劉新民

南京醫科大學康達學院教授，曾任南京醫科大學外國語學院院長，長期從事大學英語和英語專業的教學和研究工作。曾出版專著、譯著、教材、詞典等二十餘部，發表論文二十餘篇。曾獲江蘇省哲學社會科學優秀成果三等獎、江蘇省高校人文社科優秀成果三等獎等獎項。譯著包括《覺醒》（*The Awakening*）、《科學怪人》（*Frankenstein*，或譯做《弗蘭肯斯坦》）、《斯通家史札記》（*The Stone Diaries*）、《時時刻刻》（*The Hours*）、《自由國度》（*In a Free State*，與他人合譯）、《遺產》（*The Legacy*）等。

目次

作者導言

規範小說的出版商們將《科學怪人》一書列入他們的出版系列，並希望我向他們提供故事的有關來源。我很願意滿足他們的要求，因為我可以借此機會概略地回答一個人們經常向我提出的問題——當時身為一個年輕女孩的我，怎會想到如此可怕的事情，並將它描寫得如此詳盡？當然，我很不願意將自己對這一問題的解釋付梓，但是，我的解釋只做為過去一部作品附錄的導言而發表❶，我要談的內容僅限於那些與我作者身份有關的問題，別無其他，因此，我就無需指責自己將個人看法強加於人。

我的父母雙親都是文壇名流❷，身為他們的女兒，我很早便萌發了寫作的念頭，這並不是什麼了不起的事。在孩提時代，我便開始寫寫畫畫了。在父母讓我娛樂玩耍的時間裡，我非常喜歡的消遣便是「寫故事」。不過，更使我感到快樂的還是建造空中樓閣——即做白日夢，憑空想像，緊緊追逐自己連續不斷的思緒，根據其具體內容形成一連串虛構的事件。我的想像比我的故事更離奇，也更令人快樂。就寫故事而言，我總是依樣畫葫蘆，竭力模仿別人的作品——如法炮製，而不是根據自己的想法去寫。我寫的故事，讀者至少還有一人，那就是我童年的夥伴和朋友；而我那些空泛的遐想則完全屬於我自己，從不向他人談及。當我鬱悶煩惱時，如夢的遐想給我以慰藉；而當我無憂無慮時，他們又給我以無窮的快樂。

我的童年時代主要是在鄉村度過的，後來我又在蘇格蘭住了很長一段時間。雖然我有時也去一些風景勝地遊玩，但我仍然常住在泰河北岸，它是緊靠丹迪❸的一塊沈寂荒涼的不毛之地。我現在回想往事，把那地方稱為沈寂荒涼的不毛之地，可我當時並不這麼認為。那時它是自由之土，歡樂之地；因為在那兒，不受注意的我可以與我想像中的生靈交流。我那時已開始寫作，但就風格而言並無獨特之處。後來，就在我家庭院的樹下，抑或是在附近寸草不生的荒涼山坡上，我的想像力像插上了翅膀的鳥兒在空中飛翔，於是，我真正的創作開始起步和發展。我沒有把自己寫成故事裡的女主角，因為生活對我來說實在太平淡無奇了。我根本無法想像，那些富有浪漫色彩的悲歡離合，那些令人驚嘆的世事經歷會讓我碰上。當然，我並沒有把自己侷限在個人的小圈子裡，而是

❶《科學怪人》於 1818 年正式出版，共分三集；後於 1823 年和 1831 年又出過兩個版本，目前通行的是 1831 年版本。

❷威廉・戈德溫和瑪麗・沃斯通克拉夫特兩人均為當時著名的文學家、政治評論家。

❸丹迪為蘇格蘭東部一港市。

充分利用工作時間，創造了許許多多文學形象。按我當時的年齡，我覺得這些文學形象要比我自己生活中的感受有趣的多。

打那以後，生活瑣事多了起來，我總是忙於應付現實問題而無暇顧及文學創作。然而，我丈夫從一開始便非常著急，極力希望我躋身於名人的行列，以不辜負我父母的聲譽。他總是激勵我，要我在文壇上一舉成名。雖然我後來對成名成家極為淡薄，可當時連我自己對它也看得很重。在此期間，丈夫希望我寫點東西出來，他倒不是想看我能否寫出引人注目的作品，而是要看我有無發展前途，今後能否寫出更好的作品。然而，我還是什麼也沒寫。外出旅遊和照顧家庭佔據了我很多時間；此外，還有學習，其形式為閱讀文學作品，或與丈夫交流以使自己的看法更加完善，因為他的思想遠比我敏銳、深邃。這種學習便是我當時專心從事的文學活動。

一八一六年夏天，我們訪問了瑞士，並成了拜倫的鄰居。起初，我們三人或在湖上蕩舟，或在岸邊漫步，大家玩得不亦樂乎。當時拜倫正在創作《恰爾德·哈羅爾德遊記》的第三章，他是我們三人中唯一將思想付諸文字的人。他把所寫的詩篇相繼拿給我們看；我們發現，大凡詩歌中的火花靈光，韻律的和諧悅耳盡在他這些詩歌中了。他的詩篇似乎表明，天國與人間的榮光是非凡而神聖的；而我們和詩人都被這種榮光所感化了。

可是，那年夏天雨水甚多，令人生厭；連綿的陰雨往往把我們困在家中達數日之久。我們手邊有幾本從德文譯成法文的書，寫的都是些鬼故事，其中一本是《負心郎的戀愛史》。書裡的那個男人曾向自己的新娘發誓詛咒不變心，當他擁抱她時，發現自己摟著的卻是一個面色慘白的女鬼——原來，一個曾遭他遺棄的女人此刻變成了女鬼。還有一本書，講的是一個罪孽深重的家族締造者，他的命運十分可悲——他的家族已注定滅亡，他不得不在幾個年幼的孩子長到充滿希望的年齡時，將死亡之吻賜予他們。半夜時分，他那巨大的影子出現了。只見他全副武裝，除面罩朝上掀開外，活像《哈姆雷特》中的鬼影。在忽明忽暗的月光下，他沿昏暗的大街緩緩走著，最後消失在他宅院圍牆下的陰影裡；少頃，一扇大門洞開，隨即傳來腳步聲，臥房的門開了。他走到孩子們的床前，見他們蜷著身子，睡得正甜。望著自己青春年少的孩子們，他不禁黯然神傷，臉上流露出無盡的悲哀。他彎下腰親吻他們的額頭，孩子們頓時像被摘下的花朵凋殘消亡了。我後來再沒看過這些故事，然而我對故事的情節卻仍然記憶猶新，彷彿昨天剛剛讀過一樣。

「我們每個人都來寫個鬼故事，」拜倫說道。他的提議得到大家的一致贊同。我們共有四個人❹，這位赫赫有名的大作家開始寫了一個故事，其中的部分情節後來被他付印在他的長詩《默澤珀》的末尾。雪萊比較善於以鮮明生動、光彩照人的各種形象以及美化我們語言的最為和諧的詩歌來表達他的思想與情感，而不太善於構思故事的人物和情節。於是，他根據自己童年時的一段經歷動筆寫了一個故事。可憐的波利多里想出的故事很恐怖：一個骷顱頭女人透過鑰匙孔偷看——偷看什麼我忘了，但肯定是什麼粗俗低級的事情——可是當波利多里將骷顱頭女人的下場寫得比大名鼎鼎的考文垂的湯姆❺還要淒慘時，他一時不知如何寫下去，便不得已將那女人打發到卡普萊特家❻的墓穴中去了——這是唯一適合她去的地方。兩位斐聲文壇的詩人竟也感到寫故事單調乏味，心中鬱悶，於是很快半途擱筆，不再去寫那不合他們胃口的故事了。

我緊張地思索著，試圖想出一個故事——這個故事必須與前人寫的故事同樣精彩，同樣能激發我們去寫新的故事；它必須迎合人性中那份莫名的恐懼心理，從而引起人們極度的恐懼感——這個故事要讓讀者嚇得不敢左右旁顧，嚇得他們心驚肉跳，面如土色。如果我的故事不能達到這些要求，那它就名不符實，不配叫鬼故事。我絞盡腦汁冥思苦想，可一無所獲。眾人心焦如焚，盼望故事的出現，可等來的只是「沒有」這個索然無味的字眼。每當這時，我就感到自己才疏筆拙，創作無能——作家之不幸莫過於此了。「你有沒有把故事想出來？」大家每日上午都這樣問我，而我每次都不得不回答說沒有。這真令人無地自容。

桑丘❼曾經說過，萬事皆有開頭時；而事情的開頭又必然與其前面的事情相聯繫。印度人曾給這個世界帶來一頭大象以助其一臂之力，可他們卻讓大象站在一隻烏龜上。

我們必須老老實實地承認，發明創造是在混亂無序中誕生的，而絕不會在虛無空白中產生。發明者必須首先具備各種物質材料，因為發明創造可以使模糊無形的物質呈現某種形狀；但它不能創造物質本身。從事任何發明創造，包括那些想像中的發明創造，我們必須時刻牢記哥倫布和雞蛋的故事❽。發明創造的先決條件在於一個人能否把握某事物潛在的作用，能否形成並完善與該事物有關的設想。

拜倫和雪萊多次進行長談，在他們交談時，我只是一個虔誠的聽者，幾乎一言不

❹ 拜倫，雪萊夫婦及拜倫的私人醫生約翰・威廉・波利多里。

❺ 湯姆是戈戴弗夫人傳說中的一個人物。戈戴弗夫人為十一世紀考文垂（英國一港市）的著名美人，心地善良、樂善好施。她要求丈夫利奧弗里克伯爵減免當地百姓的稅收，並根據丈夫提出的條件，赤身裸體騎馬通過街市。其時，全城百姓均按指令待在家中，無一窺視，唯有湯姆違抗指令，偷看戈戴弗夫人，結果雙目失明。

❻ 這裡指莎士比亞《羅密歐與茱麗葉》一劇中，羅密歐與茱麗葉自殺身亡的墓穴。

❼ 塞萬提斯的小說《唐吉軻德》中的人物，以言詞富有哲理而著稱。

❽ 據傳，西班牙一大臣曾對哥倫布聲稱，其他人也能發現新大陸。哥倫布便向眾大臣提出挑戰，要求他們將雞蛋直立於桌上。見無人成功，他便將雞蛋一頭往桌面一敲，蛋殼碎裂後雞蛋遂直立起來。

發。有一次，他們討論了各種學說觀點，其中一點便是生命起源的本質，以及能否發現這一本質以創造生命。他們討論了達爾文博士❾的實驗（我並不是說博士先生真的做了這些實驗，我以前也沒這樣說過；我只是說，當時人們曾傳說他做過這些實驗。我這樣說也許更能表達我的意思）。他將一段細麵條放置於一個玻璃容器中，直至它以某種特殊方式開始做自發運動。然而，這樣做並不能創造生命。也許一具屍體可以死而復生，電療法已顯示出這類事情成功的可能性；也許一個生命體的各組成部分可以製造出來，再將它們組合在一起，賦予其生命，使之成為溫暖之軀。

兩人侃侃而談，不知不覺夜已深了；等我們休息時已過半夜。我躺在床上無法入睡，也不能說我在思考，因為突如其來的想像力攫住了我，指引著我，使我的腦海裡湧現一連串的形象，這些形象之鮮明生動，遠非普通思維所及。我閉著眼睛，腦海裡浮現出清晰醒豁的形象。我看到一個面色蒼白，專攻邪術的學生跪在一具已組合好的人體旁邊；看到一個極端醜陋可怕的幽靈般的男人四仰八叉地躺在地上。少頃，在某種強大的機械作用下，只見這具人體不自然地、無精打采地動了動。他活了。這情景一定會使人毛骨悚然，因為任何嘲弄造物主偉大的造物機制的企圖，其結果都是十分可怕的。這一成功會使這位邪術專家膽寒，他驚恐萬分，扔下自己親手製作的醜八怪，撒腿逃跑。他希望自己親手注入那醜八怪體內的一絲生氣會因其遭到遺棄而滅絕；尚處於半死不活狀態中的醜八怪便會因此而一命嗚呼。這樣一來，他便可以高枕無憂了。雖然他曾把這具醜惡的軀體視為生命的搖籃，然而他相信，墳墓中死一般的沈寂將永遠為它短暫的生命劃上句號。他睡著了，卻又從睡夢中驚醒。他睜開雙眼，發現那可怕的東西就站在自己床前，只見他掀開床簾，睜著水汪汪的眼睛好奇地注視著他。

我嚇得睜開雙眼，剛才的情境佔據了我整個頭腦，一陣強烈的恐懼感不禁油然而生。我真希望眼前的現實能驅走我想像中的怪物。我仍然能看見眼前的一切：這房間，這深色的橡木地板，那關閉的百葉窗，以及透過窗戶細縫投射進來的月光；我也分明知道不遠處就是明鏡般的大湖和白雪皚皚、高聳入雲的阿爾卑斯山，然而，我卻很難擺脫眼前這個可怕的幻影；它仍然死死地纏著我，驅之不去。我得想點什麼別的才行，於是我又想起了自己要寫的鬼故事——這討厭的鬼故事真不走運！唉！要是我能寫出讓讀者像我這天晚上一樣害怕的故事那該多好！

突然，一個令人振奮的念頭如閃電般從我腦際略過。有了！它既然能嚇著我，就能嚇著別人，只要能把半夜糾纏我的鬼怪寫出來不就成了。次日一早，我便對眾人宣佈說，我已經想出了一個故事。我當天便動筆寫起來，開頭一句是「那是十一月一個陰沈

❾ 伊拉茲馬斯・達爾文（1731-1802），英國著名演化論創立者查爾斯・達爾文的祖父。

的夜晚。」我所寫的，只是我想像中的那些可憎可怖的情景。

起初，我只寫了幾頁，不過是個小故事而已，可雪萊硬要我開拓思路，加大篇幅。當然，我丈夫並未就故事中的任何情節提出什麼建議，也很少談論他自己的感想和見解；但是，如果沒有他當時的鼓勵，我的故事絕無可能以書的形式奉獻給世人。我這麼說並不包括小說的原序，根據我的回憶，該序完全為他一人所做。

現在，我就再次讓我這醜陋可怕的孩子走到讀者中去，願它一帆風順，萬事如意。我非常愛它，因為它降生在幸福快樂的日子裡；那時，死亡和悲哀只是虛幻之詞，並未在我心中引起任何真正的共鳴。此書以數頁篇幅記錄了我們多少次散步，多少次駕車，多少次促膝談心的情景。那時的我有丈夫陪伴，並不孤獨，可在這個世界上，我已永遠不能與他見面了。當然，這只是我個人的心情，與讀者無涉。

我想再提一下小說修改的情況。我主要是對小說的語言做了一些潤色，而並未改動小說的情節，也未增添任何新的內容。我修改了其中一些枯燥的語句，以免影響故事的趣味性。這些改動之處幾乎都出現在第一卷的開頭，並自始至終都限制在小說的附帶部分，而其主要情節和內容均未作任何增刪。

一八三一年十月十五日於倫敦

原序❿

達爾文博士及德國的一些生理學作者們曾經認為，構成這部小說的事件，並非完全不可思議。可人們不能因此而認為我真的會相信這種虛構的事件——我根本不相信，但是，將它作為一部虛構作品的根據，我並不認為自己純粹是在編造一系列光怪陸離的恐怖情節。這篇故事的趣味性所依賴的主要情節擺脫了一般鬼怪或魔法故事的種種瑕疵，並以其逐漸展開的新奇的場面而為人們所稱道；再者，儘管這不是一件真實發生的事情，但無論如何，它都為人的想像力提供了一個新的視角，而這一視角比現存事物在一般關係中的任何觀察角度都能更為全面地、高屋建瓴地描繪人的激情。

有鑒於此，我一方面大膽創新，組合更完美的人性，另一方面則盡力保存了人類本性的基本要義。希臘悲劇史詩《伊利亞德》、莎士比亞的《暴風雨》和《仲夏夜之夢》，尤其是彌爾頓的《失樂園》，均遵循這一原則，即便是最卑微的小說家，只要他想藉自己的辛勤創作娛人或自娛，他都會老老實實地將一種自由而奔放不羈的手法，或者更準確地說，將文學創作中的一個基本準則運用到小說創作中來。詩歌這一領域，採用了這種不拘一格的創作手法，因而湧現出多少華美無比的逸品佳作，從而細緻入微地表達了人類複雜的情感。

我這篇故事的場景是在一次閒談中提及的。開始談起這個話題是為了娛樂助興，同時也權當練一練大腦中那些尚未檢測過的才情智慧。除此以外，在小說的創作過程中，又融會進了其他一些動機。這部小說所涉及的人物及其情感所表現出的道德傾向，會以何種方式影響讀者，我當然不會等閒視之，但在這方面，我主要關心的問題是：如何避免現今小說感染力的日益削弱，如何表現父母之愛、手足之情的溫馨親切，以及人類美德之高尚可貴。小說中主角的性格和境遇自然會引起人們的評說，但這些意見絕不可認為是我個人固有的信念，也不應該認為，從下面這部小說推出的某種合乎情理的論斷損害了任何一種哲學理論。

這部小說還有一層使作者感興趣的理由——故事發端於那個景色雄偉的地區，而這一地區亦是小說主要場景之所在；而且當時陪伴我的幾位友人⓫亦令我時時惦念，永生難忘。一八一六年，我在日內瓦的郊外度夏。那年夏季，天氣清冷，陰雨連綿；傍晚時分，我們便圍坐在熊熊燃燒的篝火旁，有時便以手頭恰有的幾本日耳曼鬼怪故事書消

❿ 此序為雪萊所作。

⓫ 指拜倫、雪萊和拜倫的私人醫生波利多里。

遣自娛。這些鬼怪故事激發了我們的模仿欲，也想依樣畫葫蘆嬉戲一番。我的兩位好友（假如他們中哪一位能寫篇故事，其受公眾歡迎的程度必將遠遠超過我所希望創作的任何東西。）和我約定，每人根據某件神奇怪異的事情各寫一篇故事。

然而，天氣陡然放晴，我那兩位朋友離開我去阿爾卑斯山中遊玩。他們置身於雄偉壯麗的景色之中，便將腦子裡的鬼怪幻象全部拋到九霄雲外去了。下面這個故事乃是唯一得以完稿的故事。

一八一七年九月於馬洛

科學怪人

我可曾乞求祢，造物主啊，用泥土
將我塑造成人？我可曾祈求祢，
把我從黑暗中拔起？

——約翰·彌爾頓，《失樂園》卷十，行七四三至七四五

致英格蘭的薩維爾夫人的第一封信

你曾認為我這次外出凶多吉少，但在我出發之際，並未遭遇任何劫難。獲悉這一消息，你一定倍感欣悅。我於昨日抵達這裡後，首先要做的就是讓我親愛的姐姐放心，我一切均好，而且對這次任務的完成信心倍增。

我此刻在遠離倫敦的北方，走在聖彼得堡[12]的街頭。寒冷的北風吹拂著我的面頰，使我精神抖擻，心中充滿了喜悅。我此時的心情你能理解嗎？這陣陣朔風發源於我正要前往的那個地區，它讓我預先體驗一下那一帶天寒地凍的滋味。它是希望之風，給我以靈感，使我腦海裡的幻想變得越發強烈，越發鮮明。我試圖讓自己相信：北極乃苦寒荒寂之地，但無濟於事，因為在我的想像之中，北極永遠是一方秀美之地，歡樂之土。瑪格麗特[13]，那兒的太陽是永遠不落的，它那碩大的輪盤拱衛著地平

[12] 俄羅斯一城市。

[13] 即薩維爾夫人。

線，迸射出永恆的光輝。在那兒——我的姐姐，請允許我對以前的航海家們表示幾分信賴之情——在那兒，冰雪和霜凍已蕩然無存；在風平浪靜的海洋上揚帆運航，我們說不定會隨風漂流到一處仙鄉佳境，那兒神奇的風光，美麗的景致，勝過迄今為止人類生息的地球上所發現的任何地區。在這塊寶地上，物產奇特，地形瑰異，可謂聞所未聞；此與天體徵象之怪誕和無從探索，自有異曲同工之妙。在這個日輝恆久之地，什麼樣的奇觀異象不會出現呢？或許我會在那兒發現吸引鐵針的神奇力量，還有可能理順數以千計的天文觀查資料——只要我做這次遠航，便能一勞永逸地將這些看起來撲朔迷離的資料整理得井井有條。我那強烈的好奇心將得到滿足，因為我將親眼看見這個渺無人跡的地方，而且還要親自踏上這塊以前無人涉足的土地。這一切都令我心馳神往，足以克服我對危險和死亡的任何恐懼心理，並激勵我踏上這艱難困苦的過程。我就像個孩子一樣，喜滋滋地與其他度假的小夥伴們登上一葉小舟，沿家鄉的一條河流揚帆遠航，去探索世間的奧秘。退一步說，即便所有這些猜測都虛妄不實，我也將在北極附近探明一條通往那些國家的航線，而目前去那些國家所需時間則長達數月之久；或許我還會發現磁場的秘密，倘真有可能揭示這一秘密，那就非得進行我這樣的一次航行不可。總之，我將給全人類，乃至千秋萬代帶來不可估量的恩惠，這一點你是不會持有異議的。

這些想法驅散了我提筆寫信時緊張不安的情緒，心頭不由熱呼呼的，油然升起一股激情，它彷彿使我騰雲而起，飛向蒼穹。樹立堅定不移的目標最能鎮定人的情緒，這是任何力量都無法比擬的，因為人的靈魂會將它智慧的眼神凝聚到目標這一點上。這次探險活動是我孩提時代夢寐以求的事。有關航海家們經北極附近的海域駛入北太平洋的各種航行資料，我都如飢似渴地閱讀過了。也許你還記得吧，我們的好叔叔托馬斯的圖書室裡，全是些記載各種海上探險的書籍。那時我的學業荒廢了，但我酷愛閱讀這些書籍。我夜以繼日地一卷卷地讀著，可隨著對書中內容的熟悉，我心中的那份遺憾也與日俱增——那時我還是個孩子，當我聽說父親臨終前留下遺言，不允許我叔叔讓我去海上闖蕩生活時，我心中便產生了這份遺憾之情。

當我第一次仔細閱讀一些詩人的作品時，我的這些夢幻便開始消退，因為詩人們那奔湧宣洩的激情使我如痴如醉，將我的靈魂送至青青雲天。我後來也成了一名詩人，在自己開創的天國樂園裡整整生活了一年的時間。我想像著自己也能在那座獻祭荷馬與莎士比亞的聖殿中佔有一席之地。可你十分清楚，我未能如願，沮喪的心情沈重地壓在我的心頭。就在這時，我繼承了我堂兄的遺產，於是，我的思想又轉入了原先的軌道。

還是在六年前，我就下定決心要做現在這次探險。甚至現在我還記得自己立志獻身於這一偉大事業的那個時刻。我首先磨練筋骨，使自己的身體適應艱苦的環境。我曾數次隨捕鯨船赴北海捕鯨，我心甘情願地忍受嚴寒、飢餓、乾渴和睡眠不足的折磨。我每天幹活比一般水手還要賣力；每到夜晚，我便學習數學、醫學理論，以及自然科學中那些對海上探險者最為實用的學科。我曾兩次在一艘格陵蘭的捕鯨船上真的充任了二副這一職務，並做得相當出色，受到眾人的讚揚。船長又讓我在他手下擔任大副，還極其誠懇地留我下來和他一起幹。我必須承認，我當時的確有點得意洋洋，因為船長如此看重我的工作。

現在，親愛的瑪格麗特，難道我不應該去成就一番偉大的事業嗎？我這一生本可以在安逸和奢華中度過，但我更看重榮譽，而對財富在我的人生道路上設置的種種誘惑無動於衷。唉，如果有人能用讚許的口氣鼓勵我，那該多好啊！我無所畏懼，意志堅定，但我心中對成功的希冀時強時弱，心情也常感壓抑。我很快就要踏上一段艱苦而漫長的航程，途中將會遇到各種不測，這就要求我必須堅忍不拔，剛毅頑強。我不僅要激勵其他人的士氣，而且還要在他們情緒低落時為自己鼓勁。

眼下是俄羅斯最好的旅遊季節，遊客們乘坐雪橇在雪地上急馳。那飛速滑行的感覺真令人愜意，在我看來，比在英國坐公共馬車舒服多了。如果穿上皮大衣，這兒的嚴寒還能抵擋得住——這種皮衣我也穿上了，因為過去在甲板上可以來回走動，而現在得連續幾小時一動不動地坐在雪橇上，情況大不相同，根本無法藉運動來舒筋活血。我可不想逞強好勝，在聖彼得堡與阿克安吉爾間的驛路上把命給搭上。

我將於兩三個星期後啟程去阿克安吉爾，打算在那兒租一條船——這事很容易辦到，只要替船主付一筆保證金就行了；然後再從一貫從事捕鯨業的人中雇請足夠的水手，以應工作之需。我打算到明年六月才啟航，至於我何時歸來，唉，親愛的姐姐，我該怎麼回答這個問題呢？如果我馬到成功，那得過好幾個月，甚至好幾年我們才能見面；如果我此行失敗，你不久便會再見到我，要不就永遠也見不到我了。

再見了，我親愛的，出類拔萃的瑪格麗特，願上蒼降福於你，也保佑我，好讓我不斷向你的愛心和關切表示我的一片感激之情。

你親愛的弟弟羅・沃爾頓

一七某某年十二月十一日於聖彼得堡

致英格蘭的薩維爾夫人的第二封信

我被圍困在這兒的冰雪霜凍之中，時間過得多慢啊！但我在自己遠航探險的征途上仍然邁出了第二步：我已經租好了一條船，正忙著招募水手；而那些已經接受雇請的船員看來都是可以信賴的，他們顯然都是些膽大如斗的驍勇硬漢。

然而，我有一個需求至今未能滿足；若不能獲得我之所需，那將是我一輩子最大的不幸——我沒有朋友。瑪格麗特，當我事業有成，激情滿懷之時，無人與我分享喜悅；倘若我遭受失望的襲擊，同樣沒有人會盡力鼓勵我從消沈中振作起來。當然，我會把我的心緒訴諸筆端，但對於情感交流來說，這的確是一種較遜色的表達方式。我渴望有一個兄弟般的知己朋友，他能同情我，與我披心相見，肝膽相照。親愛的姐姐，也許你會認為我太浪漫了，但我沒有朋友，這的確是我的切膚之痛。在我身邊找不到一個與我情趣相投，能支持或修繕我的遠航計劃的朋友——一個文雅而有膽識，心胸開闊而且素養頗深的知音。妳可憐的弟弟多麼渴望這樣一位朋友來幫他補偏救弊啊！我辦事急於求成，遇到困難還煩悶焦躁，然而，更糟糕的是我無人指點，完全靠自學成材。在我十四歲以前，我整天在曠野田頭胡亂遊蕩，除了托馬斯叔叔那些有關航海的書籍外，我什麼書也沒讀過。十四歲那年，我讀了一些我國著名詩人的作品；後來我又意識到，除了本國語言外，還有必要學習其他語言，可這時我已是心有餘而力不足，無法從這一信念中獲得最為寶貴的裨益了。我現在已二十八歲，可實際上我比許多十五歲的學童還要無知。不錯，我的思想比他們更豐富，我的幻想就內容來說也更廣泛而絢麗，但是，用畫家的術語來說，我的那些幻想還缺乏「和諧」。我非常需要這樣一位朋友，他通情達理，不因為我好幻想不切實際而就鄙視我，而是對我滿腔熱情，竭力幫助我調整我的思緒。

唉，抱怨叫苦無濟於事；將來到了那茫無涯際的大海上，我根本無法尋得知己；即便在這阿克安吉爾城，我也不可能在商人和水手中找到任何朋友。然而，在他們那粗獷豪放的心胸裡，同樣蕩漾著某些情感，而這些情感與人性的渣滓決不可同日而語。就拿我的副手來說吧，他是個天不怕、地不怕的漢子，而且具有很強的事業心，對榮譽的渴求簡直到了痴狂的地步，說得更具體一些，他巴不得幹出一番事業，好步步高昇。他是個英國人，雖然對某些民族和職業抱有偏見，而且這些偏見並未因他所受到的教育而淡化，但他身上仍然保留了人類某些最崇高的情操。我起初是在一艘捕鯨船上結識他的；當時我瞭解到他在城市裡尚未找到工作，沒費任何口舌就將他雇來協助我的事業了。

船長是個脾氣極好的人，他待人彬彬有禮，從不嚴厲懲罰船員，因而在這條船上頗富盛譽。除了他待人謙和以外，他還以勇敢、為人正直而著稱。當初我就是因為他的這些品德才很想請他來工作的。我原本是個在孤獨的環境中長大的青年，我最美好的歲月是在你女性溫柔的哺育下度過的。那段歲月從根本上造就了我文雅善良的性格，因而我對船上司空見慣的野蠻行為深惡痛絕，無法容忍。我一貫認為這種做法是沒有必要的。當時，我聽說有這麼一位遠近聞名的船長，待人寬厚，船員對他也非常敬重，都願意聽從他的指揮，我就想，如能將這麼一位船長招募過來為我所用，那實在是再幸運不過的事了。我第一次聽人說起他時，覺得他還挺浪漫的。一位女士對我說，她一生的幸福全虧了這位船長。這件事簡單說來是這樣的：幾年前，船長曾熱戀過俄羅斯一位小戶人家的女孩。當他積攢了一筆可觀的捕魚賞金後，女孩的父親便同意了這樁婚事。在他倆預訂的婚期之前，他和那女孩見了一面，可當時那女孩哭成個淚人，撲通一聲跪倒在船長面前，哀求他高抬貴手，同時向船長坦白，她另有所愛，只是因為那人家境貧寒，她父親絕不會同意他倆結婚。我這位寬宏大量的朋友要女孩放心，並在聽說了她戀人的名字後，隨即放棄了這樁婚事。船長原已用錢購置了一座農場，並打算在那兒度過自己的後半輩子，可他卻將整座農場送給了自己的情敵，還用餘下的賞錢為他購買牲口。隨後，他又懇求女孩的父親同意女孩與她的意中人結婚。可這位老人一口回絕，認為自己必須對我的朋友信守諾言。船長發現女孩的父親執意不允，便離境出國，直到後來聽說那位他曾經愛過的女孩如願以償，與意中人結了婚，他才返回家園。你一定會感嘆道：「他真是個品德高尚的人！」他確實如此，可他卻是個沒有受過任何教育的人，他與土耳其人一樣沈默寡言，舉止言談中透出一種蒙昧無知，漫不經心的樣子，這使他高尚的人品顯得更令人驚異，再說，如果不是他的缺陷，他本應受到更多人們的關切和同情。

然而，不要因為我抱怨了幾句，或者因為我在為無法預料的艱難困境尋求安慰，你就認為我的決心動搖了。我的決心猶如宿命一般，早已注定，絕不動搖。我只是暫時推遲行期，一旦氣候許可，我便立即啟程。這裡冬季的氣候十分險惡，但春天大有希望，而且大家認為這裡的春天來得特別早，所以我的啟程日期可能會比原先預計的要早一些。我絕不會貿然行事，我一定會小心謹慎，替他人著想的。

我這次的探險行動即將開始，我此時的心情無法用語言向你描述。在踏上征途之際，我的心在顫抖——既欣喜，又恐懼，這種感受難以言傳。我即將去的是一個無人探索過的地區，一塊「霜雪霧靄」之地；但我絕不會捕殺信天翁，因此，你不必為我的安全擔心受怕，如果我回到你身邊像「老水手⓮」那樣形容枯槁，愁眉不展，你也不必為我擔憂。你一定會取笑我引用了這個典故，不過我想對你袒露我心中的一個秘密。我對凶險而神秘莫測的大海十分眷戀，對它懷有極大的熱情，而我常常認為，我之所以如此，是因為最富想像力的現代派詩人影響了我。在我的心靈深處，常有一股力量在湧動，而我對它卻茫然不解。我一貫注重實際，勤奮刻苦（或者說任勞任怨），就像一個在工作中堅忍不拔、不辭辛勞的工匠。不僅如此，我對那些令人驚嘆的事物情有獨鍾，抱有一種信念；這種眷戀和信念交織融會在我的全部工作中，促使我捨棄常人所走的路，另闢蹊徑，甚至要去波濤洶湧的大海，探索我即將前往的無人涉足之地。

還是讓我言歸正傳說說知心話，聽起來要更親切些。待我橫越蒼茫的大海，從非洲或美洲最南端的海峽歸來時，你我再相見如何？此舉能否成功，我不敢奢望，但如果事與願違，我是無法忍受的。請你現在利用一切機會繼續寫信給我，我有可能在最需要精神支持的時候收到你的來信。我愛你，溫柔地愛著你；萬一你以後再也收不到我的來信，願你將我深深地銘記心中。

你親愛的弟弟

羅伯特・沃爾頓

一七某某年三月二十八日於阿克安吉爾

⓮ 老水手是長篇幻想敘事詩《古舟子詠》中的主要人物，作者為英國十九世紀早期著名浪漫派詩人柯爾律治。該詩敘寫一位老水手在海上航行時用箭射殺了一隻信天翁，因而給他本人及其他水手帶來一系列厄運。

致英格蘭的薩維爾夫人的第三封信

親愛的姐姐：

我匆忙中寫上寥寥數語，告知你我一切安好，同時告訴你，我們在海上已航行很遠了。此信將由一艘英國商船捎回國內，這艘船已離開阿克安吉爾，眼下正在返英途中。它自然比我幸運，因為我也許數年不能再見故鄉。不過，我目前精神狀態很好，手下的人個個驍勇強悍，顯然意志都很堅定。海上大片的浮冰接連不斷地從我們船邊掠過，預示著我們正開往的那個地帶危機四伏；即便如此，他們也面無懼色。我們已行至一個緯度很高的地區，不過眼下正值盛夏，我們乘著陣陣南風，向我望眼欲穿的彼岸揚帆疾駛。和英國的南風相比，這裡的南風雖不那麼溫煦宜人，可也透出融融暖意，令人神清氣爽，這倒是我意想不到的。

迄今為止，我們尚未遇到任何值得在信中寫上一番的意外事件。有時海面突然颳起零星幾陣狂風，或是偶爾出現船身漏水，這些情況對於一個經驗豐富的航海家來說，幾乎不屑一顧，不會將它們記錄在案。只要我們航行途中不發生更為糟糕的情況，我也就心滿意足了。

再見了，親愛的瑪格麗特。請你放寬心，為了你，同時也為了我自己，我絕不會魯莽行事，胡亂冒險。我一定保持清醒的頭腦，小心謹慎，同時保持百折不撓的意志。

儘管如此，我做出的種種努力，最終必將獲得圓滿成功。為什麼不會呢？我已航行如此之遠，在無人勘探過的大海上探索著一條安全可靠的水路。天上的群星將目睹我的成功，成為我勝利的見證。在尚未馴服但並不肆虐橫行的自然力量面前，為什麼不繼續前進呢？又有什麼能阻擋人類堅不可摧的決心和不屈不撓的意志呢？

我這顆激動的心不由自主地噴湧出如此豪情壯志，但我必須就此擱筆。願上蒼保佑我親愛的姐姐！

羅・沃

一七某某年七月七日

致英格蘭的薩維爾夫人的第四封信

我們遇到了一件異常奇怪的事情，儘管很有可能在你收到我這幾頁信紙之前我們就見面了，但我還是忍不住要將它寫下來。

上星期一（七月三十一日），我們幾乎被海上浮冰困住。冰塊從四面八方向我們圍了過來，幾乎沒給我們的船留下容身之處。我們當時的處境相當危險；更糟糕的是，我們當時還被一場濃霧所籠罩，因此我們只好將船停泊在原處，巴望天氣和海面情況會有所好轉。

大約兩點鐘時，霧靄消散了。我們放眼望去，只見四周海面全被起伏不平的浮冰所覆蓋，無邊無際，簡直成了一片冰海。我的一些夥伴因為憂慮而唉聲嘆氣起來，我也因心情焦慮而變得越發警覺。正在這時，一幅怪異的景象引起了我們的注意，使我們暫時忘記了自己的處境。只見大約半英里外，幾條狗拉著一輛上面固定了低矮車廂的雪橇朝北駛去。一個怪物坐在雪橇上趕著那幾條狗，他體型像人，但身材異常巨大。我們透過望遠鏡注視著這個海上過客駕車急駛，直至他消失在嶙峋起伏的冰洲之中。

這個怪物的出現使我們驚訝不已。我們本以為自己與任何陸地的距離都不下幾百英里，但這個幽靈的出現，似乎表明我們離陸地事實上並不像我們原先估計的那麼遙遠。儘管我們剛才緊緊盯著那怪物行駛的路線，但由於我們被冰塊所圍困，根本無法尾隨追蹤。

此事過後大約兩個小時，我們聽到驚濤駭浪拍擊海岸的咆哮聲。夜幕降臨之前，冰層破裂了，我們的船也隨之被解了圍。不過我們還是將船停在原處，直至第二天早晨才啟航，因為生怕撞上碎裂後四處飄浮游移的巨大冰塊。我也利用這段時間休息了幾個小時。

第二天早晨，東方剛露出魚肚白，我便登上甲板。這時，我發現所有的船員都聚集在船的一側，似乎正忙著和海上的什麼人說話。原來，昨天夜裡一大塊浮冰載著一輛雪橇漂到我們這裡；那雪橇挺像我們先前見過的那輛，可是只剩下一隻狗還活著。雪橇裡還有個活人，水手們紛紛勸他上船來。這人和我們昨天看到的那個海上過客不同，並不是居住在某個未經發現的島嶼上的野蠻人，而是個歐洲人。見我走上甲板，船長便說道：「這是我們隊長，他不會讓你葬身在這片茫茫大海裡的。」

陌生人見到我，便用英語——雖然夾帶點外國口音——對我說道：「在我上貴船之前，可否先告訴我你們駛往何方？」

你可以想像，當我聽到一個已半死不活的人竟向我提出這樣一個問題，我當時是多麼驚訝。我本來認為，我們的船可以使他脫離險境，這，即便是地球上最名貴的稀世珍寶他也不會以此去交換。不過我還是回答了他，告訴他我們正前往北極探險。

聽我這麼說，他才露出滿意的神色，同意上船了。天哪！瑪格麗特，他只是為了自己的安全才不得不屈尊上船的。如果你能親眼見見這人，那你準會嚇得目瞪口呆呢。他的四肢幾乎都凍僵了，由於他吃苦受罪，疲憊不堪，他的身體已極度虛弱。我還從未見過有誰像他這樣淒慘可憐。我們試著將他抬進船艙，可他一呼吸不到新鮮空氣，便立即暈了過去。於是我們又將他抬回甲板上，用白蘭地替他擦拭身體，再給他硬灌了幾口，他這才緩過氣來。他剛甦醒，我們又趕緊用毯子裹住他，將他抬到廚房爐子的煙囪旁邊。他漸漸恢復了元氣，喝了點湯，身體便好多了。

就這樣一連過了兩天，他才張口說話。我一直擔心，他遭受如此磨難，恐怕早已喪失理解能力。在他的身體又有了些起色後，我便將他搬進我自己的艙室，只要不影響工作，我都盡量照料他。我從未見過有誰比他更有趣了。他的雙眸常顯出一種痴迷甚至狂亂的神色；但有的時候，如果誰幫了他點忙，或者為他做了件最微不足道的小事，他便會滿臉放光，那慈眉善目、親切可人的神色，我還真從未見過呢。然而，他也時常流露出悲傷絕望的神情，有時還咬牙切齒，似乎對壓在自己心頭的憂愁痛苦忍無可忍了。

待我的客人身體有所好轉後，船員們便都想過來問這問那，向他提出一大堆問題，我好不容易才將這些人擋回去，因為他目前的身體狀況顯然需要完全靜養才能恢復，我自然不會允許船員們以無意義的好奇心去折磨他。然而有一次，我的副手向他提出了一個問題：為什麼他要乘坐這樣一輛怪異的雪橇，大老遠跑到這兒來呢？

他的臉上頓時顯露出一副極為憂鬱的神色。他回答說：「我要追蹤一個從我身邊逃跑的人。」

「你追的那個人也駕這種雪橇？」

「是的。」

「如果是這樣的話，我想我們見過那個人。在救你上船的前一天，我們曾看到幾條狗拉了輛雪橇從冰上經過，上面還坐了一個男人。」

這番話引起了這位陌生人的注意，他對那個魔鬼——他是這麼稱呼的——所行駛的路線提了一連串的問題。過了一會兒，當只剩下他和我兩人時，他說道：「我一定讓你和那些好心的船員們感到好奇吧，不過你還是非常體諒我的，沒有對我問這問那。」

「當然啦，如果我去煩你，打破砂鍋問到底，那我就太無禮、太殘忍了。」

「可是你把我從一個陌生而危險的環境中解救出來，你的仁慈善良救了我的性命。」

這話說完不久，他又問我是否認為冰層破裂時另外那架雪橇也隨之完蛋了。我回答道，此事我無法肯定，因為冰層破裂時已近半夜，而那個冰上過客大概能在此之前趕到某個安全地帶；不過這一點我也無法肯定。

從這時起，陌生人衰弱的體內滋生出一股新的生命活力。他心急如焚，恨不得立即登上甲板，守候那架曾經出現過的雪橇。不過我還是說服他留在了船艙裡，因為他畢竟太虛弱，根本抵禦不了外面惡劣的氣候。我同時向他保證，我會派人替他守候，一旦發現新的目標，便立即通知他。

以上就是迄今為止有關這樁怪事的記錄。那位陌生人逐漸恢復了健康，但他總是寡言少語，除了我以外，其他任何人走進他的艙室，他都會顯得緊張不安。然而，他待人謙恭隨和，舉止溫文爾雅。水手們雖然很少與他交談，但都很關心他。而我自己呢，也開始像兄弟般疼愛他。他終日陷入深深的悲哀之中，我的心裡充滿了對他的同情和憐憫。我想，在平靜如意的生活中，他一定是個品行高尚的人，即便如今落到這般淒慘的境地，他仍然那樣富有魅力，和藹可親。

047　致英格蘭的薩維爾夫人的第四封信

親愛的瑪格麗特，我在以前給你的一封信中曾經說過，我根本不可能在這汪洋大海中找到一個知己；然而，我還是遇到了這樣一位，只要他挺得住，不在痛苦中消沈下去，我當然應該為自己覓得這樣一位兄弟般的知心朋友而高興。

有關這個陌生人的情況，如果以後還有什麼新鮮事的話，我將繼續寫在我的航海日誌中。

一七某某年八月五日

後續日記

一七某某年八月十三日

我對這位客人的感情與日俱增。他激起了我對他的欽佩，同時也牽動了我的憐憫之心，而我對他的這兩種感情都達到了令人吃驚的地步。如果眼睜睜地看著這位高雅之士被痛苦壓垮，我怎能不肝腸寸斷，心如刀割？他是那樣溫文儒雅，聰穎賢明，他的思想又是那樣深邃練達。他平時說話雖然字斟句酌，表達極為準確，但仍能口若懸河，流利暢達，顯示出高超過人的雄辯之才。

他現在身體已大有好轉，因此常常待在甲板上，顯然是在守候他當時追蹤的那輛雪橇。雖然他並不快樂，但也沒有完全沈緬於自己的痛苦中。他常常興致勃勃地討論別人的計劃，也常與我商談我的探險方略。我毫無保留地將我的計劃和盤托出，闡述我必將贏得最後勝利的種種理由，並詳盡說明我為了獲得這一勝利而已經採取的各種措施。他聚精會神地聽我說著，讚許之情溢於言表。受他的情緒所感染，我很自然地便對他敞開心扉，傾吐我心中熾烈的情懷。我心潮澎湃，激動不已地向他表示：為了推進我的探險事業，我將不惜犧牲我個人的財產、生命，放棄自己的一切希望。為了換取我所探求的知識，為了征服自然這一人類的頑敵，並使子孫萬代成為大自然的主人，我個人的生死安危是無足輕重的。我正說著，發現他的臉上布滿了一層暗淡的愁雲。我起初發現他竭力抑制自己的情緒，只見他雙手捂住眼睛，眼淚如雨簾般從他手指夾縫間流下，起伏的胸膛中發出一聲哀鳴。這時，我的聲音顫抖起來，只覺得喉頭一陣哽咽，說不出話來……良久，他終於斷斷續續地說道：「不幸的人啊，你怎麼也和我一樣發瘋了？難道你也喝了那種令人痴迷的毒藥嗎？聽我說，等我把我的遭遇說出來，你就會把你嘴邊那只藥杯砸個粉碎！」

你可以想像，他的這番話激起了我強烈的好奇心。然而，由於剛才突如其來的悲哀，陌生人這時已心力交瘁，虛弱不堪，必須休息好幾個小時，並與別人平心靜氣地進行交談才能恢復平和的心境。

他強使自己動蕩不安的心情平靜下來，似乎為剛才做了感情的俘虜而自慚。他擺脫了殘酷折磨他的絕望的情緒，重新將話題引到我身上。他詢問我早年的經歷——這問題很快便談完了，不過它倒勾起了我一連串的思緒。我談到自己尋找知己的願望——渴望找到一位比我以前遇到的任何人更加貼心，並能與我志同道合的知心朋友；接著，我又表示了我的信念：一個人如果不能享有這份幸運，就別侈談什麼人生的幸福。

「我贊同你的看法。」陌生人附和道，「如果沒有一位比我們更賢明、完善、更可親可愛的摯友——這樣一位朋友應該如此——來助我們一臂之力，完善我們懦弱而有瑕疵的人性，我們這些人便只是未經雕琢加工的半成品。我曾經有過一個朋友，一位世間最高尚的人，因此我有資格談論友誼。你前程似錦，擁有整個世界，沒有任何絕望沈淪的理由。但是我——我已失去了一切，重新生活已不可能。」

他說這話時，臉上顯露出平靜而深沈的悲哀，那神色深深地觸動了我的心靈。他不再說話，很快便回自己的艙室去了。

他儘管心灰意冷，可沒有誰比他更能深切地感受大自然的美。那星空、大海，以及這一奇妙地區所展示的每一幅圖景，似乎仍能使他心靈升騰，摒棄紅塵。像他這種人的生存方式具有雙重性：他可能會遭受磨難，會因失望而意志消沈，然而當他離群獨處，他便像天神一般，光環繞身，任何悲哀或愚昧都不敢闖入這一光環之中。

我對這個神聖的漂泊者所表現出的熱情，你會不會付之一笑？你如果親眼見到他，就不會笑話我的。你深居簡出，不與世人交往，又受到書本的教誨和薰陶，因此你對別人的看法多少有些挑剔，但這反而使你更能賞識這位奇妙之人超群出眾的氣質。我有時也試圖探明，他究竟具有何種氣質使他在我認識的人中如此卓爾不群、出類拔萃。在我看來，他那種氣質是來自直覺的辨識力；是一種敏銳而絕對準確的判斷力；一種對事物成因無比清晰、無比精確的洞察力；此外還具有雄辯的口才和抑揚頓挫、妙如音樂般的動人嗓音。

一七某某年八月十九日

那位陌生人昨天對我說：「沃爾頓隊長，也許你不難看出我曾遭受過人世間前所未有的、最大的不幸。我曾一度發誓，要讓自己記憶中那些痛苦的往事隨我一起死去；然而，是你感動了我，使我改變了決心。你與我過去一樣，追求知識，探尋智慧，但我衷心地希望：當你如願以償之時，不要反被毒蛇咬傷——這就是我以前的教訓。向你講述我過去的不幸遭遇，不知對你是否有益；但是，想到你正步上我的後塵，正處在我落到現在這般田地的種種危險之中，我就覺得，你也許會從我的遭遇中汲取某種適當的教訓，它能在你事業取得成功時為你指名前進的方向；同時在你萬一失敗時給你以慰藉。請你思想上做好準備，你將聽到的事情在一般人看來是不可思議的。如果這一帶的自然環境不那麼險惡，我還會擔心遭你懷疑，甚至嘲笑呢；但是，這一帶荒蕪人煙、神秘莫測，很多事情都有可能發生，而對那些尚未領教大自然變幻無窮的威力的人來說，這種事情自然會令他們捧腹大笑。然而我相信，我的故事有序展開時，將呈現其內在證據，證明構成這一故事的各個事件都是真實可信的。」

也許你不難想像，他主動提出要向我講述他的遭遇，我自然十分高興，可萬一他提起往事再次陷入悲傷之中，那我又於心何忍呢？我之所以迫不及待地想聽聽他答應要講的故事，一方面是出於好奇，另一方面也是出於自己想改變他命運的強烈願望——如果我力能所及的話。我在回答他時向他表示了這些想法。

「我非常謝謝你的同情，」他回答道，「但這無濟於事。我差不多氣數已盡，只等辦完一件未盡之事，然後我便可安然而逝了。我理解你的心情。」他發現我想打斷他的話，便又接著說道：「你錯了，我的朋友——如果你允許我這麼稱呼你——任何力量都無法改變我的命運，等你聽完我的遭遇，你就會發現，我的命數已定，無法挽回了。」

他接著對我說，如果我第二天有空，他便開始講述他的經歷。他的許諾使我非常感激，我打定主意，除非不得已有急事要辦，每天晚上我都要盡可能照他的原話如實記錄他白天所說的內容；即便有事要處理，我至少也要做些筆記。這份手稿無疑會給你帶來極大的樂趣；至於我，本來就認識他，又是聽他親口所說，將來有朝一日再讀起這份手稿，我定會興味盎然而又感慨萬端的！即便是現在，我剛剛開始進行這項工作，他那圓潤洪亮的嗓音已在我耳畔縈繞，他那熠熠閃光的雙眸凝視著我，向我投來哀傷而慈祥的目光。我看見他興奮地揚起一隻乾癟的手，整個臉龐閃現出心靈深處的光輝。他的故事一定離奇而催人淚下；它就像一場令人恐懼的風暴，將正在航行中的巨輪捲起並擊個粉碎——的確如此！

第一章

我出生於日內瓦，在那個共和國，我的家庭是名門望族。父輩們長期擔任地方議會議員和政務官。我父親曾擔任幾個公職，並享有崇高的聲譽。他為人正直，對公務篤行不倦，因而所有認識他的人都十分敬重他。他年輕時一直忙於政府事務；由於種種原因，他延誤了自己的婚姻大事，直至晚年才有了妻室，當了父親。

由於父親結婚前後的情況反應了他的為人性格，因此我覺得有必要在此說明一下。他的至親好友中有一位是商人，原本生活安樂富足，但由於屢遭不幸，家道中落，一貧如洗。他名叫波弗特，此人生性執拗、心高氣傲；以前他地位顯赫，光彩體面，落難以後家徒四壁，沒沒無聞。他不堪忍受繼續在當地居住，便以最體面的方式還清了債務，然後帶著女兒到盧塞恩城隱居，過著窮困潦倒的日子。我父親很愛波弗特，他是父親最真誠的朋友。見波弗特命運多舛，避世隱居，不禁心如刀割，同時對波弗特因狂妄自大而做出的行徑十分痛心，認為他的所作所為有負於他們之間的深厚情誼。父親立即設法尋找波弗特的下落，希望能說服他借助我父親的信譽和資助再謀生計。

波弗特銷聲匿跡的辦法還真管用，父親花了十個月的時間才打聽到他的住處。父親欣喜若狂，立即趕往波弗特家。那是座落在羅伊斯河畔一條偏僻小街上的一棟房子。父親走進屋子，然而迎接他的只是淒苦和失望。原來，波弗特破產後只剩下一筆為數很小的帳款，不過這點錢倒也夠他過上幾個月了。於是他希望能在本地一家商行裡找一份體面的工作。然而，在找到工作之前的這段間隙時間裡，他一直無所事事。閒來反省思過，反而更使他覺得創劇痛深，五內俱焚。三個月以後，他終因悲傷過度而一病不起，什麼事也不能做了。

他女兒無微不至地照料他，可她眼見他們那點錢像流水般花去，又無法等到任何外援，心中甚是沮喪。然而，卡羅琳娜·波弗特具有超出常人的意志，艱難的處境反而激起了她自謀生計的勇氣。她找了份針線活，又幫人編織草帽，千方百計賺錢，勉強度日。

就這樣過了幾個月，她父親的病越來越重，她便將全部時間用來照料父親。她手頭的錢日漸減少，到了第十個月時，父親便死在了她的懷裡。從此她淪為孤女，一貧如洗。父親的死使她遭受了巨大的打擊，她跪在父親的靈柩旁悲不自勝，泣不成聲。恰在此時，我父親走進屋來。他的到來對這個可憐的女孩來說自然是保護神從天而降，女孩也就將自己托付給了他。父親埋葬了他的朋友，便將女孩帶回日內瓦，並委託一位親戚照顧她。兩年後，卡羅琳娜變成了父親的妻子。

我父母年齡懸殊，但這似乎使他們更親密無間，恩愛有加。父親心地坦蕩，富於正義感，因而他只對自己稱心如意的人才傾注強烈的愛——此其性格使然。也許他年輕時曾愛過一個不值得他愛的人，等他察覺時已為時太晚。這事曾讓他痛苦過，因此他對經過考驗而值得他愛的人便倍加珍惜。在他對母親的綿綿柔情中，還流露出感激與崇拜之情。這絕不是一個垂年老者對自己年輕妻子的溺愛，而是出於對她美德的景仰，並且在某種程度上，也是對她往昔所受痛苦的一種補償。當然，他如此善待母親，也不免表現出對母親一種無法用語言形容的寵愛。父親處處為母親著想，事事讓她稱心如意。他就像園丁保護一朵嬌媚的奇葩，盡力保護母親不受任何狂風的侵襲。他在母親周圍所安排的一切，都無一例外地能在母親那溫柔仁慈的心田裡激發起愉悅的情緒。母親由於飽經磨難，身體受到很大摧殘，甚至她一貫安然平和的心靈也失去了往日的寧靜。在我父母結婚前的兩年裡，父親便陸續辭去了所有公職；兩人結婚後又立即動身去義大利旅遊，領略那塊神奇土地上宜人的氣候和美麗的風景，希望改變一下環境和興趣，以便母親虛弱的身軀得到康復。

離開義大利以後，他們又去了德國和法國遊玩。我做為他們的第一個孩子便出生在那不勒斯，因此，我在襁褓之中便隨父母四處遊歷。有好多年，我是他們唯一的孩子，如同他們自己相親相愛那樣，他們似乎也從愛的寶庫中汲取了千般慈愛傾注到我的身上。我最早的記憶，便是母親溫柔地撫摸和父親端詳我時臉上漾起的慈祥微笑。我是他們的玩具，又是他們的偶像，還有比這更美妙的——我是他們的孩子，上天賜給他們的純潔無瑕、無助無奈的小生命。他們將把我培養成為善良之人，而我將來的命運則掌握在他們手中，是禍是福全由他們引導，全看他們如何履行對我的職責了。我父母深深地意識到，他們對於自己賦予了生命的襁褓小兒必須履行應盡的義務，加上他們倆溫柔多情、充滿活力，所以不難想像，在我的嬰兒時代，每時每刻我都受到忍耐、慈愛和自制等品格的教育。我就是這樣被一根柔韌的絲帶牽引著向前，似乎一切都那麼美好，令我賞心悅目。

有好長一段時間，他們只有我這麼一個孩子。母親很想再生個女兒，可我仍然是他們唯一的孩子。大約在我五歲那年，父母去義大利的邊境一帶遠足，在科莫湖畔度了一周。他們生性寬厚仁慈，因而常常走訪當地的貧苦人家。對我母親來說，這不僅是一種義務，更是一種需要，一種強烈的願望。每當她想起自己所遭受的不幸，後來又是如何絕處逢生，得以解救，她自己便也充當起貧苦人的守護神。有一次，他們外出散步，途中一座破爛的茅舍引起了他們的注意。這座茅舍位於小山坳裡，顯得格外冷清淒涼。屋子周圍聚集了一群孩子，個個破衣爛衫。貧窮在這裡真可謂無以復加，莫此為甚了。

一天，父親一人去了米蘭，母親便由我陪著去拜訪那茅舍的主人。她看到一位農夫和他的妻子，正在將少得可憐的一點食物分給他們五個飢腸轆轆的孩子。夫婦倆由於長年勞作，含辛茹苦，腰都累彎了。在五個孩子中，有一個特別引起母親的注意。這小女孩似乎與其他孩子血統不同，其他四個孩子都是黑眼睛，長得粗粗壯壯，像小流浪漢似的，而這個女孩卻顯得纖瘦單薄，膚色白皙；儘管她衣衫襤褸，可那一頭閃閃發亮的金髮卻好似給她戴上了一頂高貴的皇冠。她的雙眉清晰、濃密，一對眼睛湛藍、明澈，她的雙唇和臉龐無不顯示出她的多情善感和清純甜美。凡是見過她的人都把她看成是超塵脫俗、天國下凡的仙女，容貌神態無不帶有天國的印記。

那農夫的老婆發現我母親瞪著雙眼，驚羨地打量著這個可愛的女孩，便熱情地談起了她的來歷。這女孩並非她所生，而是米蘭一個貴族的女兒。女孩的母親是德國人，生下她後便死去了。嬰兒於是被托付給了這兩位淳樸善良的人撫養，而當時他倆日子也還算過得去。那時他們結婚不久，第一個孩子剛剛出世。夫妻倆領養的這個女孩的父親是一個緬懷義大利光榮歷史的義大利人，即那些主張「奴隸要造反」⓯的其中一分子。他不遺餘力地為爭取祖國的自由而鬥爭，可由於義大利的軟弱無能，他最終成了犧牲品。他究竟是死了，還是仍被關押在奧地利的監獄裡，誰也不知道。他的財產被沒收，孩子淪為孤兒，一文不名。就這樣，孩子一直和養父母生活在一起，在他們這寒門陋室裡出落得楚楚動人，連那黑莓園裡，萬綠叢中的玫瑰也自嘆不如。

父親從米蘭回來時，發現我和一個孩子在別墅的前廳玩耍。這孩子生得比畫中的天使還漂亮，臉上似乎透出道道靈光。她體態輕盈，動作敏捷，勝過山間的羚羊。母親很快就把這小生靈的情況做了解釋。在徵得父親的同意之後，她便去說服這孩子在鄉下的兩位監護人，要他們將孩子交給她撫養。他們很疼愛這可憐的孤兒，在他們夫妻的眼中，這孩子的存在似乎是上天對他們的賜福。但話又說回來，既然現在上天賜給了這孩子強有力的保護，如果再要她吃苦受窮，那對她就太不公平了。於是他們就去和村裡的牧師商量，結果呢，漂亮而惹人喜愛的伊麗莎白・拉凡瑟便成了我們家的一員，成了我玩耍嬉戲以及一切活動的同伴。我倆形影不離，比親兄妹還親。

人人都喜歡伊麗莎白，大家對她懷有熱烈、近乎崇拜的感情——我也不例外——這使我感到自豪和高興。在她被帶到我們家來的前一天晚上，母親開玩笑地說道：「我給我的維克托帶來了一份漂亮的禮物，明天他就可以擁有這份禮物了。」第二天，她把答應給我的禮物——伊麗莎白帶到我的面前。這時，我以一種孩子的認真態度從字面上去理解母親的話，真的把伊麗莎白當成了我的人——將由我保護，由我熱愛和珍惜的

⓯ 這裡指十八世紀和十九世紀義大利人民反抗奧地利入侵者的鬥爭。

人。我把人們對她的讚美，無一例外地看成是對我個人一件私有之物的頌揚。我倆十分親密，彼此以表兄妹相稱。世上沒有任何語言可以表達我們之間的關係——我倆親密無間，勝似兄妹，而只要她活在這個世上，她就只屬於我一人。

第二章

我倆在一起長大，年齡相差還不到一歲。我倆絕不是那種伴嘴鬧氣之輩，這是不言而喻的。彼此間的和睦融洽是我們友誼的靈魂。雖然我倆性格在某些方面存在差異，甚至截然相反，但這反而將我倆更加緊密地連結在一起。伊麗莎白性格比較文靜、專注；而我則滿懷熱情，具有很強的實際運用能力，還具有極為強烈的求知慾。伊麗莎白總是徜徉在詩人筆下那些虛幻的景物之中，並醉心於我們瑞士住所周圍那雄偉奇麗的風光。那裡重巒疊嶂，巍峨挺拔；四季分明，景致多變；時而狂風暴雨，時而恬靜肅穆；冬日悄無聲息，而夏季的阿爾卑斯山區則生機勃勃，歡騰喧鬧。所有這一切都讓伊麗莎白賞心悅目，讚嘆不已。當我的同伴帶著心滿意足的神情專心致志地觀察事物的華美外表時，我卻在探索事物的成因，並且樂此不疲。世界對我來說是個謎，而我渴望揭開它的奧秘。那時，我滿懷好奇心，認真研究大自然的內在規律，而一旦那些規律展示在我的眼前，我心中的喜悅近乎痴狂——這些就是我記憶中最早令我怦然心動的感覺。

當我父母生了他們的第二個孩子——小我七歲的弟弟之後，他們便不再周遊各國，而在自己的國家裡定居下來。我們在日內瓦擁有一棟住宅；在日內瓦湖的東岸，離城約三英里的貝爾里韋湖畔還擁有一棟別墅。我們大部分時間都住在那棟別墅裡，因而我父母基本上過著遺世索居的生活。我生性孤僻，不願與多數人來往，而只傾心眷戀於少數幾個人。因此，我與同窗學友的關係一般都很冷淡。然而，他們中有一個卻成了我最親密的朋友。他名叫亨利・克萊瓦爾，是日內瓦一個商人的兒子。克萊瓦爾才華橫溢，想像力極為豐富。他熱愛自己的事業，喜歡過艱苦的生活，甚至喜歡單純為了冒險而去做危險的事。他潛心研讀過許多有關騎士傳奇的小說，譜寫過一些英雄詩歌，並已著手編寫許多有關巫師和騎士歷險的故事。他鼓動我們表演戲劇，參加化裝舞會，而其中的角色則有隆塞斯瓦耶斯隘口戰役⓰的英雄，亞瑟王手下的圓桌騎士，還有與異教徒浴血奮戰而奪回聖墓的騎士團。

誰也沒有比我更幸福的童年了。父母雙親寬厚仁慈，在我們的心目中，他們絕不是反覆無常，任意主宰我們命運的暴君，而是幸福的締造者，使我們享受到生活中無數的歡愉快樂。在我與其他家庭的交往中，我深感自己無比幸運，對父母的感激之情更加深了我對他們的一片孝心和愛戴。

我有時脾氣暴躁，情緒激動，但由於我性格中某種固有的發展趨勢，我這種激烈的情緒沒有被引向荒唐幼稚的行為，而是轉化成了極其強烈的求知慾。但不是那種不管三七二十一，什麼都想學的盲目衝動。我承認，使我感興趣的並不是什麼語言結構，不是什麼政府的法律條款，也不是各個國家的政治狀況，我所渴望探求的乃是天地之奧秘。我要弄清楚究竟是什麼力量在支配著我？是構成事物的外部物質，還是大自然的本身意志和人神秘的靈魂？更重要的是，我要探明這個世界上的一種超自然的奧秘，也就是一種從其本質上來說的的確確存在的奧秘。

在這期間，克萊瓦爾可以說是在悉心探討各種事物在道德意義上的相互關係。他既研究生活這一繁忙的大舞台，英雄人物的美德，也研究人們的行為活動。他企盼甚至夢想自己成為見義勇為、萬死不辭的豪俠，從而躋身於名垂青史的英雄行列。伊麗莎白那聖潔的心靈宛若一盞供奉在神龕前的明燈，把我們這寧靜祥和之家照的滿屋生輝。她和我們心心相印；在我們家裡，她的笑容，她那柔和的嗓音，還有她那天仙般的眼裡投射

⑯ 隆塞斯瓦耶斯位於西班牙的納瓦爾省內，是庇里牛斯山的一個隘口，距潘普洛納約二十英里。西元778年，法蘭克國王查理曼大帝征戰西班牙，試圖擊敗西班牙境內的阿拉伯人。在他攻佔潘普洛納之後，因為國內的撒克遜人起義而被迫回國。在後撤途中，查理曼的後衛部隊在隆塞斯瓦耶斯遭阿拉伯人伏擊，他手下的羅蘭、奧利弗等十二武士全部陣亡。

出的甜甜的目光時刻在為我們祝福，永遠給我們活力。她是降臨人世的愛神，使人溫順，令人傾慕。由於我生性衝動，學習時常會悶悶不樂，粗暴無禮，然而有了她，我的壞脾氣得到抑制，因而我也變得像她那樣溫文爾雅。再說克萊瓦爾——他那高尚的心靈是否被邪惡的東西盤據過？如果不是伊麗莎白向他展示了善行的真正可貴之處，並使他確立了以行善助人為自己淩雲壯志的最終目標，他就不可能如此仁慈高尚，如此慷慨大度而細心周到——在他豪情滿懷，揚善懲惡之時也就不會這麼寬厚，這麼溫柔。

每每憶及童年時代的那段生活，我總是心歡情悅，感到其樂無窮。但從那以後，噩運便侵襲了我的心靈，將童年時代所展示的一幅大有作為的燦爛前景變成陰鬱而狹隘的自我責備。在描繪我童年時代的畫面時，我還要記述一下那些日後在不知不覺中將我引向災難的事情，因為當我要向自己說明那股日後主宰我命運的狂熱由何產生時，我便發現這股狂熱猶如一條山間的溪流，雖然發源於某個不起眼、幾乎為人所遺忘的地方，可在汩汩流淌中卻不斷上漲變寬，最後形成一道奔騰的激流，沖走了我所有的希望與歡樂。

物理學是支配我一生命運的守護神，因此，我想在這篇故事中交代一下導致我偏愛這門學科的幾件事情。在我十三歲那年，我們全家曾高高興興去托農⑰附近的溫泉浴場遊玩。不料天公不作美，我們在旅店中被困了一整天。就在這家旅店，我偶然發現了一本康尼留斯·阿格里帕⑱的著作。我默然地翻開這本書，作者試圖證明的理論以及他所闡述的種種奇妙的事實，很快使我從冷漠的態度轉而對它產生濃厚的興趣。我的腦海裡似乎閃現出一道新的靈光；我大喜過望，立即將這一發現稟告了父親。可父親卻漫不經心地瞥了一眼書的扉頁，說道：「啊！康尼留斯・阿格里帕！我親愛的維克托，別在這上面浪費時間，書裡全是些滑稽之談，糟糕透了。」

如果父親當初不說這話，而是認真耐心地向我做一番解釋，說明阿格里帕的這套理論早已被全盤否定，現代科學體系已經確立，它比古代的理論體系具有更為強大的威力，因為古代那套理論，其所謂的威力只是存在於人們的幻想之中，而現代科學的威力才是名符其實，行之有效的——如果他這樣向我解釋一番，那我肯定會將阿格里帕的書丟到一邊，以更大的熱情投入到我原先的研究中去，從而使我的想像力——已經十分活躍的想像力得到充分發揮，甚至在我紛至沓來的思緒中根本不會出現後來導致我毀滅的那股致命的衝動。然而父親當時只是匆匆瞥了一眼那本書，我根本不相信他瞭解書中的內容，因此還是極其貪婪地讀了下去。

回家之後，我第一件心事就是要把阿格里帕的全套著作搞到手，以後再設法搞到帕

⑰ 原文 Thonon-les-Bains，為法國一城市，位於日內瓦湖南岸。

⑱ 康尼留斯・阿格里帕（1486-1535），查理五世的宮廷秘書、法國神秘學家和哲學家。

拉塞爾蘇斯[19]和阿爾伯圖斯・麥格努斯[20]的全部著作。我興致勃勃地閱讀了這些書籍，並認真研究這些作家痴狂般的奇想。對我來說，這些作家的痴心妄想是除我之外鮮為人知的奇珍異寶。前面我已經說過，我的心中總是懷有一個強烈的願望：探索大自然的種種奧秘。儘管現代物理學家做出了艱苦的努力，發現了許多自然界的奇蹟，然而通過研究，我心裡總覺得遺憾，覺得不盡如人意。據說艾薩克・牛頓爵士曾經坦言，在尚未探索的真理的大海面前，他覺得自己只是個在岸邊拾貝的孩童。至於那些我們熟知的，牛頓在物理學各個領域裡的繼承者們，即便依我這個孩童之見，他們也只是相同研究領域中初出茅廬的新手。

目不識丁的農夫通過觀察其周圍的自然力，因而熟知自然力的實際用途；而博聞強記的科學家並不比農夫知道得更多。科學家只是撩開了大自然面紗的一角，而她那永恆不朽的面貌卻仍然是那樣深奧，那樣神秘。科學家也許能對大自然進行解剖和分析，並對其各個部分加以命名，但是，他們對形成大自然的原因，別說是處於首位或最根本的原因，即便是處於第二位或第三位上的次要原因也一無所知。我曾經仔細觀察過阻礙人類進入大自然這座城堡的層層壁壘，道道屏障，終因一無所獲而心急火燎，憤懣煩躁。

然而我現在有了書，有了這些觀察更深入、知識更為豐富的先知賢達。我對他們的一切論斷深信不疑，成了他們的忠實信徒。這種事情竟然發生在十八世紀，似乎令人百思不解。不過，當我在日內瓦的學校裡接受常規教育時，對我所喜歡的那些學科，我在很大程度上也是靠自學的。我父親對自然科學一竅不通，因此，我只好帶著孩子的盲目性，加上學生所具有的強烈的求知慾，苦心摸索。在這幾位新導師的指引下，我篤行不倦，刻苦鑽研，尋求點金石和長生不老之藥。不過我很快便將全部精力投入到長生不老藥的研究中去了。如果我能為人體驅除病魔，使人類得以抵禦暴死外的任何災禍，那我的發現將會贏得多麼大的榮譽！相比之下，如果是為了發財致富，那實在是微不足道的。

我夢寐以求的還不止於此。降妖驅魔這套本事是我喜愛的這幾位作家明白一致地許諾過的，這是我最渴望學成的本事。假如我的符咒屢試不靈，我便把失敗的原因歸結於自己沒有經驗，或是犯了錯誤，而從不責怪我的導師們技藝不精，或是掛羊頭賣狗肉。因此有段時間，我滿腦子都是些支離破碎的理論體系，還假充內行，將上千種互相矛盾的理論揉和起來，挖空心思，胡亂推理，在五花八門的各種知識泥沼裡拼命掙扎，直至後來又一起偶發事件，才改變了我湧動的思想潮流。

大約在我十五歲那年，我們全家遷回貝爾里韋湖畔的寓所。就在那一年，我們目睹

⑲ 帕拉塞爾蘇斯（1493-1541），瑞士醫生、鍊金術士。

⑳ 阿爾伯圖斯・麥格努斯（1193-1280），亞里斯多德學派的哲學家。

了一場最猛烈、最恐怖的大暴雨。這場暴雨從侏羅山脈[21]背後向前推進，頃刻之間，四面八方雷聲大作，震耳欲聾，令人毛骨悚然。狂風暴雨中，我一直站在門口，好奇而興奮地注視著這場暴風雨的進程。突然，我發現約二十碼處的一棵古老而秀美的橡樹間迸出一道火光。待那耀眼的火光閃過之後，老橡樹已無影無蹤，只剩下一段被擊枯的樹枝。我們第二天早晨前去觀看時，發現這株古樹被擊毀的樣子十分奇特。它不僅被雷電擊成碎片，而且整個被劈成了條條碎絲。我從未見過任何東西被如此徹底地摧毀過。

在此之前，我對電學的一般規律已有所瞭解。當這事發生時，一位研究物理學的著名學者正好與我們在一起。這場自然災害使他激動不已，於是，他便開始闡述自己建立的一套有關電學和流電學的理論。我對他的理論既覺得新鮮，又感到驚詫不已。他所闡述的一切使康尼留斯・阿格里帕、阿爾伯圖斯・麥格努斯和帕拉塞爾蘇斯等這些主宰我思想的先哲們相形見絀，黯然失色。命運竟如此捉弄人，這些先哲的垮台使我無心再繼續以往的研究。我似乎覺得，世上萬物皆不可知，永遠是不可知的。我長期以來悉心研究的東西也突然顯得那麼醜陋卑鄙。由於一時衝動——這也許是我們剛剛跨入青年時代的通病——我立即放棄了以前的研究，將自然科學史和其一切研究成果看作是一個畸形的，發育不全的怪胎，對這門甚至不配跨入知識大門的所謂科學棄如敝屣，嗤之以鼻。我就是懷著這樣的心情開始研究數學及其相關學科的，認為數學建立在牢固的基礎之上，因而值得我去認真鑽研一番。

人類靈魂的構造就是如此奇怪，一些細微的韌帶竟決定著我們個人的榮辱成敗。回首往昔，我覺得當時自己在興趣和意志兩方面所發生的幾乎是不可思議的變化，似乎是我生命中的守護女神直接向我暗示的結果——即便那時，星空中已在醞蓄著一場風暴，隨時準備將我吞噬；而我的守護女神做出了最後的努力，使我避免了那場災禍。當我拋棄了對古代自然科學的研究（這一研究近來尤令我備受折磨），我的心靈顯得異乎尋常的寧靜和歡愉——這標誌著我的守護女神的勝利。正因為如此，後來我才懂得：搞那些研究，必然遭到不幸，而屏棄它，就會得到幸福。

善良的守護女神雖然做出了很大的努力，然而卻無濟於事。命運之神太強大了，它那不可抗拒的法令早已注定了我徹底而可怕的毀滅。

㉑ 侏羅山脈位於法國東部，山勢崎嶇險峻。

第三章

我滿十七歲那年，父母決定讓我去因格爾施塔特㉒大學念書。我以前一直是在日內瓦的一些學校就讀，為了讓我接受完整的教育，父親認為我有必要瞭解外國的風俗習慣，而不僅僅是熟悉本國的民俗風情。因此，父母把我的出發日期訂得很早。然而我尚未動身，一生中第一樁不幸的事便發生了。這似乎是我日後遭厄運的一個凶兆。

伊麗莎白不幸染上了猩紅熱，而且病勢很重，情況萬分危險。在她患病期間，我們竭力勸阻母親不要護理伊麗莎白。母親起初依從了我們的請求，可後來她聽說自己最疼愛的伊麗莎白生命危在旦夕，便再也按耐不住心中的焦慮，來到伊麗莎白的病床前護理。母親的一絲不苟，無微不至的照料終於戰勝了凶惡的病魔——伊麗莎白得救了；然而，她的保護人卻因感情用事而給自己招來了致命的後果。到第三天，母親就病倒了。她不僅發高燒，而且還伴有其他一些極可怕的症狀。她的醫護人員神色凝重，這無疑預示著厄運的到來。在她臨終之前，這個人世間最善良的女人仍然表現得那樣堅毅、慈祥。她將我和伊麗莎白的手拉在一起。「孩子們，」她說道，「我們家將來的幸福就寄託在你倆的結合上，這是我最大的願望；而現在，這一願望也是對你們父親的安慰。伊麗莎白，我親愛的，請務必替我照顧好我的兩個小兒子。唉！我就要離開你們了，這真讓我遺憾。我這輩子過得很幸福，你們也都那麼愛我；現在要我離開你們，我怎能不難受呢？可我現在不應該有這些想法，還是看開點，愉快地走吧。盼望能在另一個世界與你們見面。」

母親靜靜地走了。即便在她去世時，她的面容仍是那樣親切慈祥。家人當時的心情已無需贅述——他們最珍貴的情感連結被這場無可挽回的災難撕裂了；他們心頭惆悵空虛，他們神情頹然絕望。母親與我們朝夕相處，與我們骨肉相連，可她那晶瑩明亮的目光熄滅了，她那熟悉而親切的聲音消失了。要我們承認這一事實，該需要多麼漫長的時日！這就是我們最初幾天的心情。而當時間的流逝將證明這一災難的確是無法抹去的事實時，到那時，我們心中真正的哀痛才算開始。然而，又有誰沒有被殘暴的死神之手奪走過自己的親人？我又何必去傾吐那份大家都曾感受過或必然要感受到的悲哀呢？儘管我們免不了還會沈湎於悲傷，但隨著時間的推移，這已不是必不可少的了。再者，我們

㉒ 德國一城市，位於多瑙河畔。

的嘴角仍會漾起微笑，雖然還可能會被認為是對死者的不恭，但微笑是驅之不去，欲罷不能的。母親已離開人世，但我們這些人還有自己應盡的責任，我們必須與別人一起，在人生的道路上走下去；此外，我們還要學會把自己看成是幸運的，因為我們沒有被死神奪去生命。

我去因格爾施塔特求學一事被這件事情給耽擱了，現在要再次作出決定。我徵得父親同意暫緩幾周動身，因為我似乎覺得，這麼快就離開這個死一般悄無聲息的家庭，匆匆闖入喧鬧繁忙的生活，未免是對死者的褻瀆。我原先從未體嘗過悲傷的滋味，但這並沒有減輕我內心的驚恐之感。我不願離開家人，尤其想照顧好可愛的伊麗莎白，使她在某種程度上得到一些慰藉。

伊麗莎白確實在掩飾自己心中的悲哀，還千方百計地安慰我們每一個人。面對生活，她表現得沈著冷靜，並以自己的勇氣和熱情承擔起生活的責任。她將自己的全部心血傾注到她稱為表叔和表弟的身上。她的臉上重新綻開了笑容，那陽光般的微笑灑在我們身上。此時的她顯得從未有過的嬌媚動人。為了讓我們忘掉悲哀，她可謂費盡心思，甚至忘記了自己心頭的遺憾。

我啓程的日子終於到了。克萊瓦爾與我度過了臨行前的最後一個晚上。他曾努力勸說他父親准許他與我同行，一起去上學，但他終未成功。他父親是個心胸狹隘的商人，把兒子的凌雲壯志，雄心抱負看成是毫無意義的痴心妄想，最後注定要導致毀滅。亨利為自己被剝奪了接受大學文科教育的權利而深感不幸。他顯得寡言少語，但當他開口說話時，他的雙眸炯炯發亮，目光中透出虎虎生氣。我看得出，儘管他在竭力克制自己，但他主意已定，不可動搖——他絕不會甘願被他父親繁雜的生意給捆住手腳的。

我倆坐到深夜，互相依依不捨，誰也不忍說一聲「再見！」可我們最後還是互相道別，都說該休息了，以為這樣就可瞞過對方。第二天一早，我走下台階，來到載我上路的馬車旁。他們都已等在那兒了——父親再次為我祝福，克萊瓦爾又一次與我緊緊握手，我的伊麗莎白則一再懇求我常給她寫信，並向她的玩伴和朋友最後表示她女性的關懷。

我一頭鑽進載我離去的馬車裡，陷入纏綿悱惻的沈思。我自小就生活在親朋好友之中，一直努力為自己和別人帶來歡樂，可我現在卻形單影隻，孤身一人。到了我要去的大學後，我必須建立自己的朋友圈，並能自己保護自己。迄今為止，我一直離群索居，從未跳出家庭的圈子。這種生活使我養成了孤僻的性格，十分厭惡與外人接觸。我愛我的兩個弟弟，愛伊麗莎白和克萊瓦爾，他們都是我的「老熟人㉓」，除他們以外，我深

㉓ 語出英國十九世紀著名散文作家、詩人查爾斯・蘭姆（1775-1834）寫的《老熟人》一詩。

信自己完全不適合與陌生人交往。這些就是我剛踏上旅途時的想法，但隨著馬車飛奔向前，我的情緒逐漸好起來，希望又在我心中升起。我渴求知識。在家時我就常想，我年紀輕輕，若久居一處，把自己禁錮起來，那可真叫人難以忍受；因而我渴望到外面的世界闖一闖，在世人中間確立自己的位置。現在我已如願以償，倘若後悔起來，豈不犯傻！

去因格爾施塔特路程遙遠，旅途無聊乏味，我有足夠的時間考慮各種問題。因格爾施塔特那高聳的白色尖塔終於映入了我的眼簾。我下了馬車，由人引至供我一人獨居的套房裡。這樣，我就可以自由自在地度過這個夜晚了。

翌日上午，我遞交了介紹信，並拜訪了幾位主要教授。一個偶然的機緣，抑或說一股邪惡的力量，即那毀滅之神在我依依不捨離開父親門前時便聲稱的，已將我的命運牢牢攫在手中。我首先找了物理學教授克蘭普先生。這是個言行舉止粗魯的人，但他對自己學科領域裡的奧秘頗有研究。他向我提了幾個問題，瞭解我在物理學各個領域裡的學習情況。我心不在焉地回答了他的問題，並以略帶輕蔑的口吻提到那些煉金術士的名字，說他們就是我所學習過的主要作家。教授瞪著雙眼對我說道：「你真的把時間花在這些亂七八糟的東西上？」

我做了肯定的回答。「你花在這些書上的每一分、每一秒全都浪費了，」克蘭普先生激動地繼續說道：「你現在滿腦子都是那些雞零狗碎的理論體系和毫無用處的名字。

我的天哪！你究竟住在什麼荒漠之中，就沒人行行好，告訴你這些虛妄之說全是一千多年前的陳腔濫調嗎？虧了你還如飢似渴地去學那些塵舊過時、發霉無用的東西！我真沒想到，在我們這個開明通達的科學時代，竟能找到你這樣一個阿爾伯圖斯·麥格努斯和帕拉塞爾蘇斯的忠實信徒！我親愛的先生，你必須徹底重新開始學習。」

克蘭普先生說著走到一旁，給我開了一張有關物理學的書單，要我搞到這些書。在讓我離開之前，他又告訴我，從下星期一開始，他將為我開設物理學概論的課程；而在他沒課的時候，便由他的同事沃爾德曼教授給我開化學課。

我回到住處，心中並不感到沮喪，因為克蘭普教授剛才痛斥過的那幾個作家，我早就認為他們毫無價值，這在前面已經說過。可我回來以後，對物理學任何形式的研究還是提不起勁來。克蘭普先生又矮又胖，嗓音粗啞，面目醜陋。這位先生打一開始便令我生厭，因而我對他的研究也不以為然。我已經陳述過自己早年對自然科學下過的定論，不過我的論述也許太空泛，口氣也太尖銳。我在孩提時代便對自然科學教授們所預言的成果很不滿意。由於年輕幼稚，思維混亂，在研究中又無人指點，因而在探求知識的路上步古人之後塵，竟置現代學者的研究成果於不顧，沈緬於早已為人所遺忘的煉金術士的夢想之中。除此之外，我還鄙視現代科學的實際應用。古代的科學大師們探索長生不老之道，尋求超自然的威力，這與現代科學完全是風馬牛不相及的兩碼子事。這種觀點雖然毫無價值，倒也十分美妙。然而現在情況大不相同了。現代研究者的雄圖大志似乎完全在於驅除那些離奇的幻想，而我對自然科學的興趣卻主要建立在這些幻想之上。現在我不得不以無比壯觀的神奇幻想去換取一文不值的現實。

我剛到因格爾施塔特的前兩三天，這些想法一直在我腦子裡盤旋。這幾天，我主要是在熟悉環境和我新住所裡的主要房客。第二個星期開始時，我記起了克蘭普先生所談的上課一事。雖然我不想去聽那個傲慢的矮胖子在講台上誇誇其談，可我想起了他曾提到過的那位沃爾德曼先生。我一直沒見到這位先生，因為他出城了，至今未歸。

由於好奇，加之閒來無事，我便走進了教室。不一會兒，沃爾德曼先生走了進來。這位教授與他的同事截然不同。他看上去大約五十歲年紀，面容慈祥親切；兩鬢上的幾縷銀絲掩蓋著太陽穴，可後腦勺上的頭髮倒幾乎還是黑的。他身材不高，腰桿挺得筆直；說起話來嗓音之柔和悅耳，我還從未聽到過。他首先概述了化學這門學科發展的歷史以及不同學者所做出的種種貢獻，並以飽滿的熱情列舉了最傑出的科學家的名字。接著，他簡單介紹了這門學科的現狀，解釋了許多基本的化學術語。在展示了幾個預備性的實驗之後，他又對現代化學大加頌揚並以此結束了他的講課。他最後的一席話令我永誌難忘：

「研究這門學科的古代學者們曾經許下諾言，要完成人所不及的事情，結果一事無成。現代科學家們很少許願，他們深知金屬是不能互相轉化的，而所謂長生不老藥只是幻想而已。但是，現代科學家們，儘管他們的雙手似乎生來便要與泥土打交道，他們的雙眼也只是盯著顯微鏡和坩堝，然而，他們卻創造了多少人間奇蹟。他們潛入大自然的幽深之處，揭示了她隱藏著的神秘活動；他們衝上九重天宇，研究宇宙太空；他們發現了血液循環的規律以及我們所呼吸的空氣的特性。他們獲得了新的力量，幾乎無所不能；他們可以駕馭空中雷電，模擬地震，甚至以幽靈世界的幻影嘲笑了幽靈世界。」

這就是教授的一席話——可我還不如說，這是命運之神對我死刑的宣判。在他繼續往下講的時候，我似乎覺得自己的靈魂正與一個活生生的敵人激烈搏鬥；與此同時，在我的機體中，一個個鍵被撬下，一根根弦被撥動，發出聲響；瞬息之間，我整個頭腦便被一個想法，一個欲念，一個目的所佔據。前人取得的成就如此之多——弗蘭肯斯坦的靈魂大聲呼喊——我一定要取得更大的成就，遠遠超越他們！我將沿著前人的足跡走下去；與此同時，我要走出一條新路，探索未知的自然力，向世界揭示生命創造的諱莫如深的奧秘。

那天夜裡，我一刻不曾合眼。我的靈魂在掙扎反抗，躁動不安；我感到世界將出現一種新的秩序，可我無力建立這一秩序。天色微明，睡意漸漸向我襲來。等我一覺醒來之後，昨夜的思緒已如夢幻般逝去，只剩下一份決心——重操舊業，繼續我以前對古代科學的研究，將自己畢生的精力貢獻給這門我自認為對之頗具天賦的科學。就在當天，我去拜訪了沃爾德曼先生。他私下待人比在公開場合更加和藹可親，更富有魅力。堂上講課時，他還帶著幾分威嚴，而在自己家裡，他一點架子也沒有，顯得那樣溫和親切，平易近人。我向他談及了自己以前的學習情況，把上次對克蘭普教授所說的那番話幾乎又重複了一遍。他聚精會神地聽我做簡短的介紹。等我提到康尼留斯・阿格里帕和帕拉塞爾蘇斯等人的名字時，他只是莞爾一笑，並沒有像克蘭普教授那樣露出一副輕蔑的神情。只聽他說道：「現代科學家感謝這些前輩們做出的不懈努力，他們以自己的學識為現代科學奠定了基礎。這些前輩科學家們為後人提供了便利，我們只要為他們的發現重新命名，並將各種事實分門別類加以整理就行了，而這些事實的發現則在很大程度上取決於他們的努力。大凡天才做出的種種努力，無論其欲實現的目標如何荒謬，最終幾乎無一例外地為人類帶來了殷實的利益。」他在發表這番講話時，毫無驕矜傲慢、矯揉造作之態。聽他講完之後，我便接著向他表示，他的講話使我消除了對現代化學工作者的偏見。我說話時措辭謹慎，語氣謙遜，以表示我一個後生之輩對老師的恭敬，而絲毫沒有流露出那股激勵我發憤圖強的熱情（倘若別人認為我初出茅廬，不知深淺，那我就無地自容了）。至於我需要搞到哪些書，我也徵求了他的意見。

「我非常高興收了一名學生，」沃爾德曼先生說道，「如果你有天賦，再加上勤奮，你會成功的，對此我並不懷疑。化學是自然科學的一個分支，人類在這個領域裡已經取得了很大的成就，但仍有可能做出新的建樹。正因為如此，我才把化學作為自己專門研究的對象。但在研究化學的同時，我並沒有忽略現代科學的其他領域。一個人如果把人類知識的這個領域作為自己研究的唯一科目，那他是不可能有所建樹的。如果你想成為一個真正的科學家，而不僅僅是一個小小的實驗員，我建議你認真學習自然科學中的每一個領域，包括數學在內。」

說完之後，他將我帶到他的實驗室，向我說明各種儀器設備的使用方法，並告訴我該配備哪些儀器，同時還答應我，當我在化學方面取得較大進展，便能在不至損壞儀器性能的情況下使用他的實驗室。他還應我的要求，開了一張書單給我，隨後我便告辭了。

令我永生難忘的一天——決定我未來命運的一天，就這樣結束了。

第四章

從這天開始，對自然科學的所有學科，特別是對化學的研究便佔據了我全部的時間和精力。我滿懷熱情研讀現代學者撰寫的有關這些學科的論著。這些著作見解不落窠臼，論述博大精深，顯示了作者超群出眾的才能。我去學校聽課，並逐漸結識了學校裡許多研究自然科學的學者。我甚至發現克蘭普先生也有許多正確的觀點和合理的見解；儘管他的長相舉止令人生厭，但這並不影響他學術見解的價值。沃爾德曼先生成了我真正的朋友。他待人彬彬有禮，從不專橫跋扈；他講課時坦率樸直，對學生循循善誘，從不賣弄學問。在我探求知識的路上，他千方百計地為我掃除障礙，鋪平道路；即便是最艱深難解的問題，經過他的指點，也變得清楚易懂，令人茅塞頓開。入學初，我的學習積極性時高時低，很不穩定；隨著學習的不斷深入，我的勁頭也越來越大，很快便一發不可收拾，變得熱烈而急切；常常披星戴月，通宵達旦地在實驗室裡埋頭苦幹，簡直到了廢寢忘食的地步。

不難想像，我這樣夜以繼日地發奮學習，自然進步神速。我的學習熱情令同學們驚訝不已；而我在學業上的諳練純熟又使教授們瞠目結舌。克蘭普教授常帶著一種狡黠的微笑問我：「康尼留斯・阿格里帕研究得如何？」而沃爾德曼先生則對我在學業上取得的進步表現出由衷的高興。兩年就這樣過去了。在這段時間裡，由於我切盼有所建樹，因此沒有回日內瓦，而是將全部精力投入到科學研究中去。只有那些躬行實踐的人才能體會到科學給人帶來的興奮和歡愉。如果從事其他領域的研究，你只能達到前人的水平而無法超越他們，但自然科學領域奧秘無窮，能不斷向你提供新的研究課題，讓你創造新的奇蹟。即便一個平庸之輩，只要他笨鳥先飛，刻苦鑽研某門學問，也一定能精通這門學問。而我呢，為了實現自己的研究目標，鍥而不捨，全力以赴，因而在學業上取得了飛速的進步。我僅用兩年時間便做出了成績，改進了一些化學儀器，贏得了學校師生對我的尊敬和讚譽。既然我在學術上已達到這種水平，不但掌握了因格爾施塔特大學的任何一位教授的課程，還掌握了自然科學的理論和實踐，那麼留在學校裡對我今後的發展已無裨益。於是，我打算回老家去，回到朋友們中間去。可就在這時發生了一件意外，使我又留在了學校。

人體構造這一大自然的傑作曾引起我特殊的興趣；其實，我對任何有生命的動物都懷有強烈的興趣。我常常向自己提出這樣一個問題：生命究竟是如何起源的？這是一個十分大膽的問題，歷來被認為是個神妙莫測的難解之謎。然而，如果不是膽小怯懦或是粗心浮氣阻礙了我們的科學研究，我們一定會發現許許多多未知的事物。這些念頭在我腦海裡盤旋，從此我下定決心，專門研究自然科學中與生理學有關的學科。那時我的衝勁之大幾乎不可思議，要不是這股勁頭激勵著我，這個課題肯定會令我興味索然，甚至無法忍受。要想探究生命的起源，必須首先搞清楚死亡的原因。我已掌握了解剖學，但這還不夠；我還必須觀察人體自然衰亡腐敗的整個過程。記得父親在教育我時總是慎之又慎，不讓任何神秘兮兮、令人恐怖的東西在我的心靈上留下烙印。因此，我根本不記得有什麼迷信故事曾使我心驚膽顫，也沒有任何鬼怪故事讓我產生過恐怖之感。我不怕什麼黑燈瞎火，心裡根本不會胡思亂想。墳場對我來說無非就是個儲藏死屍的地方，而那些被奪去了生命的，原先優美而有力的軀體也只是蛻變成了蛆蟲的食物而已。現在，我要去探明人體腐爛的原因和過程，因而不得不日日夜夜待在墓穴和停屍間裡。我在那裡所看到的一切對人類脆弱的心靈是一個莫大的刺激。我看到美好的人體如何衰敗毀損；我看到生命那鮮花般的容顏腐爛、壞死；我看到蛆蟲如何侵蝕了奇妙非凡的眼睛和大腦。我暫時停止了手頭的工作，轉而審視和分析生與死這一周而復始過程中所蘊含的因果關係及其一切細節。驟然間，一道閃光劃破了墓穴中的幽冥黑暗；它是那樣璀璨耀眼，神奇莫測，然而又是那樣簡單明快，令人一目瞭然。它在我的眼前展示了一幅無比廣闊的前景，使我頭暈目眩；同時，它又使我感到驚訝：研究這門科學的天才學者不知凡幾，可偏偏讓我發現了這一驚心動魄的秘密。

請您記住，我在此錄下的並非狂人的幻覺，而是千真萬確的事實；它猶如空中閃耀的太陽，絕無半點虛假。誠然，這一秘密的發現也許應該歸之於某種神奇的力量，然而，最終導致發現這一秘密的各個階段卻清清楚楚，令人可信。我臥薪嘗膽，日夜奮戰，終於發現了生命的起因；不，還不只這些，我自己就能使無生命的東西起死回生，賦予它們生命的活力。

我剛發現這一秘密時的驚愕之感很快便被銷魂的興奮所替代。經過這麼長時間的艱苦努力，我突然實現了平生最大的願望，這是多麼完滿而令人欣慰的結果！由於這一發現太巨大，太震撼人心，我興奮得不知所措，竟然把一步步逐漸將我引至這一發現的全部過程忘得一乾二淨，展現在我眼前的只是發現這一秘密的最終結果。自從上帝創造世界以來，多少出類拔萃的能人賢士苦心探索，孜孜以求；而今，他們的所探所求已盡在我的掌握之中。當然，這一秘密的發現並非像魔術師表演那樣，突如其來地展露在我的眼前；我所獲得的知識有其獨特性，需要我盡快做出努力，實現我所追求的目標，而不是向世人展示那個已經實現了的目標。我就像被活埋在死人堆裡的那個阿拉伯人[24]，僅憑一縷昏暗搖曳、似乎並無效用的光線，終於尋找到了一條生路。

我的朋友，您的雙眼流露出急切、驚訝和充滿期待的神情，我看得出您很想知道我掌握的那個秘密。可我不能告訴您。等您耐心聽我把故事講完以後，您就自然會明白，我為什麼要暫時保密的原因了。我不想牽著您的鼻子把您引向毀滅的深淵，遭受無法倖免的苦難；別像我當年那樣，滿腔熱情卻無人保護。請您一定要記取我的教訓，即使您不願聽從我的勸告，至少應該將我這個例子引以為戒：獲得知識太危險了；一個認為自己的故鄉便是整個世界的人要比一個好高騖遠、志大才疏的人不知幸福多少倍。

當我意識到自己的雙手具有如此驚人的威力後，我倒是猶豫了很長一段時間：究竟該以何種方式使用這一威力。雖然我已掌握了製造生命的本領，但是，要製作一副骨架，再將所有錯綜複雜的神經纖維、肌肉和血管植入其中，使之具有生命的活力，這仍然是一件難如登天，千辛萬苦的工作。我起初遲疑不決，究竟是製造一個像我一樣的活體，還是一個結構較為簡單的生命體。然而，由於我旗開得勝而忘乎所以，因此完全相信自己有能力製造出一個與人一樣複雜而奇妙的活物來。當時我手頭的所有材料尚不足以完成如此艱鉅的任務，可我毫不懷疑，我最後一定能獲得成功。我對可能遇到的種種挫折做好了充分的準備；我的工作也許會出現一路不順，屢屢受挫的情況，最後結果亦可能不盡如人意；但是，一想到科學和機械等方面日新月異的進步，我就深受鼓舞，希望自己目前的努力至少能為將來的成功奠定基礎。至於我的計劃，儘管十分龐大、複雜，但我絕不能以此為理由認為這一計劃無法實現。我就是在這種心理狀態下開始造人的。由於人體各個部件十分精密，我的工作進程受到很大影響，因此我改變初衷，決定製造一個龐然大物，也就是說，製造一個高約八英尺，身體各部位尺寸相應放大的巨人。這一方案確定之後，我又花了幾個月時間，成功收集到了所需的材料，經過整理後，一切就緒，我便開始動工。

我初戰告捷，激情滿懷，心中油然而生的千百種感受猶如颶風一般將我推向前進。誰也無法想像我當時那種複雜的心情。在我眼裡，生與死的界線是虛幻的、並不實際存在的，我應該率先打破這一界線，讓萬丈光芒普照那黑暗中的冥冥世界。由我締造的一種新的生物將奉我為造物主而對我頂禮膜拜、感恩戴德。許多盡善盡美、妙不可言的幸運兒亦將感謝我賜予了他們生命。天下做父親的，有誰能像我這樣要求自己的孩子如此結草銜環，感激涕零？順著這一思路，我想，倘若我能將生命的活力注入無生命的物體，到時候我便能將明顯腐爛的屍體起死回生（雖然我現在還無法做到這一點）。

這些想法鼓舞著我的士氣，激勵我滿懷熱情、孜孜不倦地從事這項工作。由於刻苦鑽研，我的雙頰變得蒼白憔悴；而由於閉門不出，我的身體日漸清瘦羸弱。有時，成

㉔ 即《一千零一夜》中的主人公，航海家辛巴達。

功僅一步之遙，似乎確信無疑，卻又功虧一簣；但我仍然滿懷希望——再過一天，也許再過一小時我就能大功告成了。我有一個專屬我一人的秘密，這就是我的期盼，我為之獻身的期盼。夜半時分，我急切地闖入大自然奧秘的藏身之處，凝神屏息，埋頭苦幹，絲毫不敢鬆懈——明月便是我的見證。我褻瀆神明，涉足於陰暗潮濕的墓穴之中，為了使無生命的泥塑之軀富有生氣，我甚至折磨活生生的動物。我心中那份恐懼感，誰能想像？現在想起這一切，我就頭暈目眩，四肢發抖。然而當時，一種不可抗拒的，幾近瘋狂的衝動驅使我繼續幹了下去。我似乎喪失了一切理智和感覺，心中所想的，唯有這一件事情。當然，出現這種狀況只是神智一時恍惚，而當這種不正常的刺激消失之後，一切又恢復原狀時，我的感覺反而變得更加靈敏。我從停屍間裡找來各種屍骨，用罪惡的雙手攪擾人體骨架中無窮的秘密。在我住所的頂層，有一間單獨的房間，更確切的說，那是一間斗室，與其他房間隔著一條長廊和樓梯。這裡就是我搞那些骯臟勾當的工作間。我雙眼瞪得大大的，全神貫注地做著各項細活。解剖室和屠宰場為我提供了許多材料。出於人的本性，我常常厭惡地丟下手頭的工作；儘管如此，由於我心中的急迫感仍在增強，不斷驅使我繼續幹下去，我的工作終於接近尾聲了。

夏季的幾個月就這樣過去了，我把全部心血都傾注到了這項工作上。這是一年中最美麗的季節；大地原野從未賜予人們如此豐盈的收穫，葡萄的收成超過了以往任何一年。然而，我對大自然的魅力視而不見，對周圍的景致無動於衷；出於同樣的心情，我把遠方闊別已久的親朋好友也忘得一乾二淨。我知道，不給他們寫信，他們會替我擔心。我還清楚地記得父親說過的話：「我知道，當你春風得意之時，你一定會深深想念我們，我們也就會定期收到你的來信。如果你不給我們寫信，我會認為你同樣疏忽了其他責任。我有這種想法，還請你原諒。」

因此，我非常清楚父親那時會是什麼心情，可我一門心思掛在那件事上，欲罷不能。此事固然令人生厭，可我的心已被它牢牢攫著，我以往的脾氣習慣全被眼下這個偉大的目標淹沒了；所以，我只能指望在完成這一目標之後，再向家人傾吐自己的一腔深情。

當時我覺得，如果父親把我對家人的疏忽說成是一種過錯或罪孽，那他就有失公允了。不過我現在相信，父親當時有理由認為，我不應該完全不受責備。一個性格完善的人應該永遠保持平靜坦然的心理，絕不能因一時的衝動或突發的欲念而擾亂了自己內心的安寧。我想，即便是探求知識這種事也不能違背這一原則。如果你所從事的研究有可能使你冷落別人，使你喪失生活的情趣，不想體驗那種純真質樸的生活樂趣，那麼，你的研究就是不正當的，換句話說，你就不應該在這種研究上耗費心思。如果人們一直遵循這一准則，無論如何不讓任何事破壞自己家庭的寧靜和親善，那麼，希臘人就不會遭受奴役，凱薩就不會使他的國家蒙難，美洲的發現也不會那麼突然，而墨西哥帝國和秘魯帝國也不會滅亡。

故事正說到精彩處，我卻忘了講下去，在這裡談論做人之道；還是您的眼神提醒了我，那我就言歸正傳吧。

我一直沒給家裡寫信，因而引起了父親的注意；不過他在給我的幾封信中並沒有責備我的意思，只是更加詳細地詢問我學習和工作的情況。我一直不辭勞瘁，苦度時日，冬天、春天和秋天悄然逝去。花兒吐艷、幼芽萌生這些曾使我心曠神怡的美麗景致，我都無心觀賞——我的整個心思都放到工作上了。那年樹葉凋零之後，我的工作也快告結束。打那以後，我更加清楚地發現，我的工作每天都有明顯的進展。可是，我內心的焦慮卻抑制了我工作的熱情。我就像個奴隸，命中注定要在礦井裡賣苦力，或做其他任何有損於身心健康的苦工，哪裡還像個藝術家在搞自己最心愛的藝術創作！每天晚上，我都被慢性低燒搞得煩躁不寧，心情變得極度緊張，就連一片落葉也會使我惶恐不安。我像個罪犯一樣躲開我的同類，有時看到自己瘦骨嶙峋，不成人樣，也感到心慌意亂，不知所措。唯有自己堅強的決心在支撐著我。我的艱苦工作很快就要結束；我相信，只要加強鍛鍊，適當娛樂，就可以驅除任何尚處於早期階段的疾病。我暗自保證：若能順利完成我的創造物，我一定要好好鍛鍊身體，盡情玩樂一番。

第五章

那是十一月的一個陰沈的夜晚，我終於看到了自己含辛茹苦做出的成果。我心中的焦慮幾乎讓我痛苦萬分。我將製造生命的器具收攏過來，準備將生命的火花注入躺在我腳邊的這具毫無生氣的軀體之中。當時已是淩晨一點，雨點啪嗒啪嗒地敲打在玻璃窗上，平添了幾分淒涼之感。我的蠟燭快要燃盡了，就在這時，在那搖曳飄忽、行將熄滅的燭光下，我看到那具軀體睜開了一雙暗黃色的眼睛，正大口喘著粗氣；只見他身體一陣抽搐，手腳開始活動起來。

我披星戴月，吃盡千辛萬苦，卻造出這麼個醜陋的東西，我現在真不知怎樣描繪他的模樣；目睹這一淒慘的結局，我現在又該怎樣訴說我心中的感觸？他的四肢長短勻稱，比例合適；我先前還為他挑選了漂亮的五官。漂亮！我的天！他那黃皮膚勉強覆蓋住皮下的肌肉和血管，一頭軟飄飄的黑髮油光發亮，一口牙齒白如珍珠。這烏髮皓齒儘管漂亮，可配上他的眼睛、臉色和嘴唇，那可真嚇人！那兩隻眼睛濕漉漉的，與它們容身的眼窩顏色幾乎一樣，黃裡泛白；他臉色枯黃，兩片嘴唇直僵僵的，黑不溜秋。

人生世事變幻莫測，仍不及人的情感那樣此一時，彼一時。我沒日沒夜地苦幹了兩年，一心想使毫無生氣的軀體獲得生命。為了實現這一目的，我廢寢忘食，弄得自己心衰體虛。我對它的期盼之情很是強烈，遠超尋常。現在我折騰完了，美麗的夢幻也隨之化為泡影，充塞在心頭的只是令人窒息的恐懼和厭惡。我親手製造了這個生物，可他的醜樣簡直叫我無法忍受。我急忙衝出實驗室，跑到臥室裡長時間地踱來踱去。我的心情久久不能平靜，根本無法入睡。最後，折磨我的這股躁動——以前也同樣折磨過我——總算平息了。我感到疲乏困倦，便和衣倒在床上，竭力想暫時忘掉這一切，可無濟於事。我後來確實睡著了，然而連綿的夢幻一直攪擾著我。我夢見伊麗莎白在因格爾施塔特街頭漫步。她精神抖擻，渾身洋溢著青春的朝氣。我驚喜交集地一把將她擁在懷裡，第一次深深吻了她。可與此同時，她的雙唇卻變得死一般鉛灰，面容似乎也變了。我覺得自己摟著的是我死去的母親，她的屍體被一層法蘭絨裹屍布蒙著，只見墓穴中的蛀蟲在裹屍布的皺摺內爬來爬去。我從噩夢中驚醒，嚇得一頭冷汗，牙齒直打顫，四肢也抽搐起來。此時，慘淡的月光透過百葉窗的縫隙擠進屋來。藉著昏黃的月色，我又看到了那倒霉鬼——那個我親手製造的可憎的怪物。他掀開床簾，一雙眼睛——如果還能稱之為眼睛的話——緊緊地盯著我。他張開嘴巴，發出一串低沈、含混不清的聲音，隨後呵呵一笑，臉上露出道道皺紋。他也許說了些什麼，可我沒弄明白。他伸出一隻手，看樣子想擋住我，但我一閃身，衝下樓去。那天夜裡，我一直躲在住所的院子裡，在那兒來回踱步，心裡七上八下，惴惴不安，豎起耳朵四下聽著，一有什麼動靜，便寒毛直豎，以為那具可怕的殭屍追了過來。我真晦氣，竟讓這麼個東西活了過來。

唉！他那副可怖的面容，誰看了都會心驚肉跳，無法忍受。就是活轉人世的木乃伊也沒這倒霉鬼醜陋可怕。在製作的過程中，我就仔細看過他，那會兒他就很醜；現在他的肌肉和關節都動了起來，那副尊容，恐怕連但丁也想像不出來。

那一夜，我就這麼苦苦熬著。有時脈搏跳得很快，我甚至可以感到每一根血管都在跳動。有時，由於困倦和極度虛弱，我幾乎癱倒在地上。恐懼和失望交織在一起，折騰著我的心。多少年來，美麗的夢幻一直伴我酣睡，給我精神上的慰藉；而如今，我一進入夢鄉便如同下了地獄，變化如此之快，真是一落千丈！

我總算熬到了天亮。這天早晨，天空昏沈，陰雨霏霏。我睜開因失眠而疼痛的雙眼，看到了因格爾施塔特教堂。它那白色尖塔上的大鐘正指著六點。守門人打開了院子的大門，這院子昨夜竟成了我的避難所。我來到大街上，邁開步伐，疾走如飛，似乎要躲避那怪物，生怕在哪個街口再碰上他。天空陰雲密佈，令人抑鬱不快。我被雨淋得渾身濕透，可不敢回寓所，身不由己地匆匆向前走去。

我就這樣在街上走了好一陣子，想通過身體運動，盡量減輕壓在心頭的重負。我走過一條條大街小巷，不知自己身在何處，也不知自己在幹什麼。我感到厭惡、恐懼，心頭怦怦直跳，兩眼緊盯著前方，不敢左顧右盼——

恰似荒涼路上的旅人，
心驚膽顫，行色匆匆，
回眸一望，又疾步向前，
再不敢佇足回身，
因為他知道背後有惡魔，
窮追不捨，步步緊跟。㉕

我就這樣漫無目的地向前走著，最後來到一家小旅店的對面，這裡如往常一樣停放著各式各樣的驛車和馬車。我不知自己為什麼要在這裡收住腳步。我停留了幾分鐘，眼睛一直盯著一輛從街那頭駛來的車。等車靠近時，我發現這是一輛來自瑞士的驛車。這車徑直駛向我站立的地方。車門打開後，我看到的竟是亨利・克萊瓦爾。他一見到我，立即縱身躍下馬車。「親愛的弗蘭肯斯坦，」他大喊道：「見到你，我太高興了！剛下馬車就在這兒碰上你，真是走運！」

見到克萊瓦爾我真打心眼裡高興，他的到來，勾起了我對往事的回憶：父親、伊麗莎白，還有家中的一切都顯得那樣親切。我緊緊握住他的手，一時間把自己的恐懼和不幸全忘了，心中平添了一種平靜、安寧的快樂，數月以來，我還是頭一回有這樣的感覺。我向克萊瓦爾表示了最為真誠熱烈的歡迎，隨後，我倆便一同朝我的學校走去。克萊瓦爾又談了一陣和我們要好的朋友，並慶幸自己運氣不錯，因為他父親最終還是同意他來因格爾施塔特學習了。「也許你不難相信，」他說道，「要說服我父親，讓他明白，簿記這門技藝雖然高雅貴氣，可它畢竟不可能包容一切必須具備的知識，要讓他相信這一點可真是難上加難。說實在的，我相信直到最後我都沒能說服父親。儘管我再三懇求他，可他每次都像《威克菲德的牧師》裡的荷蘭老師那樣對我說：『我不懂希臘文，可我一年照樣賺一萬個弗羅林；我不懂希臘文，照樣能盡情吃喝。』不過，他對我的一片慈愛之心最終還是使他屏棄了對學習的反感情緒，同意我揚帆出征，開啓發現之旅，駛向知識的彼岸。」

㉕ 摘自柯爾律治的《古舟子詠》。

「見到你，我心裡那開心勁兒就別提了。對了，跟我說說，你離開家時，我父親、兩個弟弟和伊麗莎白的情況如何。」

「他們身體都很好，都很快樂；只是你很少給家裡寫信，他們有點為你擔心。啊，對了，我可要替他們說你幾句——算了，我親愛的弗蘭肯斯坦，」他突然煞住話頭，仔細端詳著我的臉，接著說道：「我剛才還沒說呢，你的氣色真難看，一張臉清瘦蒼白，就像熬了幾個通宵似的。」

「算你猜對了，最近我竭盡全力在忙一件事情，根本無暇顧及自己的休息，這你看得出來。不過我希望，我真心誠意地希望，有關此事的一切，現在能夠了結，希望我最終能夠獲得自由。」

我渾身顫抖得厲害，昨晚發生的一切，別說我不願提它，就連想起來都受不了。我邁開步伐急速地向前走著，不一會兒我倆就到了學校。這時，我突然想到，被我甩掉的那個怪物，現在說不定仍活著，正在我的房間裡走來走去呢。想到這兒，我就不寒而慄，生怕再見到那怪物，可我更擔心亨利會見到他。於是，我請亨利在樓梯口稍待片刻，自己飛快向房間衝去。我伸手抓住房間的門把，可這時我還沒緩過氣來。於是我收住腳步喘口氣，心裡不禁打了個寒顫。我猛地將門推開，就像小孩子常做的那樣，以為有什麼鬼怪站在門背後等著他們，最後卻什麼也沒看到。我戰戰兢兢地走進房間，可屋裡空無一人，臥室也不見那醜八怪的蹤影。我簡直不敢相信自己如此走運，等我確信那冤家對頭真的逃走了，我高興得直拍手，連忙下樓去叫克萊瓦爾。

我們上樓進了房間，僕人很快便送來了早餐；可這時我仍然控制不住自己的情緒。我並不僅僅是異常興奮，更覺得自己渾身筋肉麻札札地刺痛，異常敏感，脈搏也跳得很快。我根本沒法在那兒待上一會兒，一時半刻都安靜不下來。我一會兒跳上這張椅子，一會兒又跳上那張椅子，拍著雙手，哈哈大笑。起初，克萊瓦爾見我情緒反常，還以為是我見到他樂不可支的緣故，可等他仔細觀察之後，發現我眼神痴狂，這令他百思不解；而我莫名其妙，控制不住地放聲大笑又使他驚恐不安。

「我親愛的維克托，」他大聲喊道，「我的上帝，你究竟是怎麼啦？快別這麼笑，你可真病得不輕！這一切究竟是什麼原因？」

「別問我，」我大聲嚷道，雙手捂住眼睛，似乎看見那可怕的幽靈溜進了房間。「他會告訴你的。啊，救救我，救救我吧！」我恍惚覺得那魔鬼將我攫住，我拼命掙扎，渾身一陣痙攣，昏倒在地上。

可憐的克萊瓦爾！他當時會是怎樣的心情？他滿懷喜悅，翹首企盼著我倆的重逢，可萬萬沒有想到，到頭來卻莫名其妙地看到這樣一個令他心酸的場面。不過，我並沒有親眼看到他悲痛的模樣，因我已不省人事，不知過了多久才清醒過來。

從那時起，我就患上了神經性發燒這種病症，連續幾個月被禁錮於病房。在這期間，唯有亨利在我身邊護理。後來我才得悉，亨利知道我父親年事已高，經不起長途跋涉；但如果讓伊麗莎白知道我的病情，她又準會柔腸百轉、痛苦不堪；因此，他沒有將我得病一事告訴他們，以免他們悲傷。亨利清楚，不管誰來護理我，都不會像他那樣親切耐心、細緻周到。他堅信我一定能病癒康復，並認為由他護理我，是幫襯我的家人，是對他們最善意的表示，而絕不會對他們有半點傷害。

我的確病得很厲害，只有我這位朋友自始至終、無微不至的悉心照料，才有可能使我起死回生。那個由我賜給生命的魔鬼始終浮現在我的眼前，我總是喋喋不休地詛咒他。毫無疑問，我這樣胡言亂語自然會使亨利吃驚，他起初還以為我是因神智恍惚而胡言亂語，可後來發現我每次都重復同一內容，便認定我神志錯亂，是因為某種異乎尋常而又令人恐怖的事件引起的。

我的病情時有反覆，好好壞壞，我的朋友也常常為我擔驚受怕、黯然神傷。不過，我的病體還是逐漸康復了。我至今還記得，當我第一次有興趣觀賞周圍景致時，我發現秋日的落葉已無影無蹤，遮掩我窗戶的一棵棵樹上綻出了嫩綠的新芽。那年春天嫵媚動人，大大促使了我病體的康復。與此同時，歡樂在我胸中復甦，愛情又一次在我心頭萌生；鬱鬱不樂的情緒也已消逝。沒過多久，我便又像未被那股致命的狂熱侵襲時一樣開心了。

「我最親愛的克萊瓦爾，」我大聲說道，「你真善良，對我太好了。你原本打算去學校念書，可你整個冬天都耗在了我的病房裡，這叫我怎麼報答你呢？我讓你失望，真是萬分悔恨，你會原諒我吧？」

「只要你不糟蹋自己，盡快恢復健康，那就是對我最好的回報。你現在情緒很好，我想和你談一件事，你看好嗎？」

我一聽這話就渾身發抖。一件事！什麼事？難道是指那個我連想都不敢想的壞蛋？

「冷靜點，」克萊瓦爾說道，他已看出我臉色變了。「如果這事讓你內心煩亂，那我就不問了。不過，要是你父親和表妹能收到一封你的親筆信，那他們一定會很高興的。他們對你的病情幾乎一無所知，而且你長期不給家裡寫信，他們都很擔心。」

「你要說的就是這些嗎，親愛的亨利？你怎麼會認為我首先想到的不是那些我最親、最愛的家人呢？他們是完全值得我愛的。」

「如果這的確是你現在的心情，我的朋友，那你也許會很高興看到一封信，它已經到了幾天了，我想是你表妹寄給你的。」

第六章

接著，克萊瓦爾便將下面這封信遞到我手中。信是屬於我的伊麗莎白寫來的：

我最親愛的表哥：

你生病了，而且病得很重，儘管熱心厚道的亨利經常來信，可仍然不足以消除我對你的憂慮。醫生不許你寫信——不許你提筆；可是，如果你能寫上隻言片語，親愛的維克托，那我們也就放心了。每次郵車來，我心裡都在念叨，這次總會捎來你那隻言片語了吧。我就這樣一直盼了好長時間，還說服了姑父，沒讓他去因格爾施塔特市。由於路程遙遠，旅途多有不便，也許還會遇上什麼危險，因而我竭力勸阻姑父前往；可我自己也未能前來看你，總耿耿於懷，引為憾事！我心裡常常嘀咕：在你病榻前護理的事準是交給了哪個雇來的老護士了，她根本想不到你需要什麼，也不可能像你可憐的表妹那樣，一腔柔情，悉心滿足你的願望。不過，現在這一切總算都過去了。克萊瓦爾來信說，你的病情已在好轉。我熱切盼望你能親筆寫封信來，證實這一消息。

願你盡快康復——盡快回到我們身邊來。你定會看到一個充滿幸福、歡樂的家庭；看到深深愛著你的朋友們。你父親精神矍鑠，身子硬朗，他現在唯一的心願就是能見到你——只有你健康無恙，他的心緒才會安然，慈祥的臉上才不會愁眉深鎖。當你見到歐內斯特已長成個小伙子，你心裡該多高興啊！他現已十六歲，朝氣蓬勃，渾身充滿了活力。他很想做一個道道地地的瑞士人，還巴望著能去國外服役。可我們捨不得他走，至少也要等他哥哥回來再說。我姑父也不願意歐內斯特去遙遠的異國他鄉入伍當兵，只是歐內斯特一點兒也沒有你那種勤奮好學的精神，他厭惡讀書，把學習看成是束縛自己的枷鎖——他整天不歸家，不是爬山越嶺，就是泛舟湖上。我真擔心他會變成一個遊手好閒的人，除非我們做出讓步，同意他入伍當兵，遂了他的心願。

你離家以後，除了親愛的孩子們長大了以外，我們這裡幾乎沒什麼變化。湛藍的湖水，白雪覆蓋的群山，一切依然如故。我想，我們這個溫馨祥和的家，還有我們知足常樂的心田，也都是被這些同樣不可變更的法則所支配著。我的時間都花在了日常瑣事上，可我覺得挺有趣；能看到周圍一張張親切幸福的笑臉，我所做的一切努力也就得到了報償。你走了以後，在我們這個小小的家庭中也發生了一點變化。你還記得賈絲婷·莫里茲是怎樣來我們家的嗎？恐怕你已不記得了，所以我在此對你簡單說一說她的身世。她母親莫里茲太太是個寡婦，膝下有四個孩子，賈絲婷排行老三。這女孩一直是她父親的掌上明珠，可說來奇怪，她母親不知中了什麼邪，卻把她視為眼中釘，根本容不下她。因此，莫里茲先生去世後，她母親便百般虐待她。我姑母看到這種情況，便在賈絲婷十二歲那年說服了她母親，讓她住進了我們家。在我們這樣一個實行共和體制的國度裡，人們的風俗禮儀要比周圍那些君主立憲制的大國簡單寬鬆，因此，國民中的不同階層並不顯得那樣等級森嚴。下層人民既不算貧窮，也並不受人歧視；他們的舉止比較文雅，道德水準也高一些。日內瓦的僕從是不能與法國和英國的下人同日耳語的。於是，賈絲婷便被我們收留下來。她學會了女傭應做的各項工作。她身為女傭，但在我們這樣一個幸福的國家裡，並不意味著愚昧無知，喪失做人的尊嚴。

你也許還記得，賈絲婷那時是你最喜歡的女孩。我還記得以前你曾經說過，如果你心情不好，只要賈絲婷看你一眼，你心中的憂愁苦惱便會煙消雲散；這與阿里奧斯托㉖吟誦安潔莉卡的花容月貌可謂異曲同工——賈絲婷看上去是那樣純真，那樣快樂。姑母非常疼愛她，不由得改變初衷，使她受到更好的教育。賈絲婷悉力還報姑母的一片恩情，她是世界上最懂得感恩圖報的小女孩。我並不是指她嘴上說些什麼感激之詞，我從未聽她說過，然而，你能從她的眼神裡看出，她對照護自己的姑母十分崇敬，幾乎到了頂禮膜拜的地步。雖然她生性調皮，在很多方面粗枝大葉，不替別人著想，可她對姑母的一舉一動卻非常留心。她認為姑母是美德的典範，竭力模仿姑母的舉止言談，即便是現在，她還常常讓我想起姑母的神態和風度。

我最親愛的姑母去世時，大家心情沈重，悲痛萬分，誰也沒去留心可憐的賈絲婷。在姑母患病期間，她懷著萬分焦慮的心情，精心護理姑母。可憐的賈絲婷當時也身患重病；然而，還有更多的不幸在等待著她。

她的兄弟姐妹一個接一個地離開人世，除了她這個被疏遠了的女兒之外，她母親已經沒有別的孩子了。由於良心的發現，這個女人開始感到，她最喜歡的孩子相繼夭折，這是上天對她偏心的懲罰。她是個羅馬天主教徒；我相信，她的懺悔神父曾證實了她認為自己因偏心而受罰的想法。於是，在你去因格爾施塔特的幾個月後，賈絲婷

㉖ 羅德維克・阿里奧斯托（1474-1533），義大利文藝復興時期的著名詩人，安潔莉卡是他的長詩《奧蘭多》中的女主角。

便被她有所悔悟的母親叫回家了。可憐的女孩！她在離開我們家時，哭成了個淚人。自從姑母去世之後，賈絲婷像變了個人似的。她以前性格活潑，是個有名的樂天派，可由於姑母辭世，悲痛使她的舉止言行變得溫和柔順，很是迷人。她回到母親家居住後，也沒有恢復她以前那種樂樂呵呵的樣子。然而，那可憐的女人卻朝三暮四，反覆無常，她有時悔不當初，懇求賈絲婷原諒她冷酷無情，但更多的時候卻責怪賈絲婷，說兄弟姐妹之死是由她一手造成的。無休止的憂鬱煩惱終於拖垮了莫里茲太太的身體。她先是脾氣變得越來越暴躁，後來便長眠地下，永遠安息了。她是在去年冬天氣候剛剛轉冷時離開人世的。賈絲婷已回到我們身邊，你可儘管放心，我會好好疼她的。她天資聰穎，舉止文雅，長得如花似玉，正如我前面所說，她的風度和神態總讓我想起親愛的姑母。

親愛的表哥，有關親愛的小威廉的情況，我還要向你略微談一談。你要是能見到他，那該多好。他長得很高，跟他的年齡不太相稱；一雙含笑的眼睛藍瑩瑩的非常漂亮，烏黑的睫毛，鬈曲的頭髮，一笑起來，紅潤的臉頰便露出一對小小的酒窩。他已經有一兩個小「情人」了，不過他還是最喜歡那個五歲的漂亮小女孩路易莎·拜倫。

嗯，親愛的維克托，關於日內瓦的那些名人雅士們，我相信你對他們一星半點的軼事趣聞也挺感興趣吧？那個眉清目秀的曼斯菲爾德小姐很快就要和一位年輕的英國人約翰·梅爾本結婚了，她已經在接待前來祝賀的親朋好友。去年秋天，他那模樣寒磣的姐姐瑪農已與那個闊綽的銀行家杜維爾拉德先生結婚了。你挺喜歡的同窗學友路易·馬諾瓦，自從克萊瓦爾離開日內瓦之後屢遭不幸，不過，他現在已經重新振作起來，據說就要和一位活潑漂亮的法國女人塔弗爾尼爾太太結為伉儷。塔弗爾尼爾太太是個寡婦，比馬諾瓦年長許多，可她很受人敬佩，大家都很喜歡她。

親愛的表哥，寫這封信時，我越寫心裡越高興，可現在要擱筆了，我又變得愁腸百結、憂心忡忡。我最親愛的維克托，給我們寫封信吧，哪怕是片言隻字也會給我們帶來福音的。萬分感謝亨利的關心，感謝他的一片深情和他的許多來信；我們由衷地感激他。再見！我的表哥，請多保重，我懇求你務必來信！

伊麗莎白·拉凡瑟

一七某某年三月十八日於日內瓦

「我最親愛的、親愛的伊麗莎白！」看完她的信之後，我大聲喊道，「我一定要立即寫信，消除他們心中不可避免的憂慮。」於是，我提筆寫了一封信，真把我給累得不行。不過，我已經開始康復，身體日漸好轉。兩星期以後，我便能外出活動了。

我病癒後首先要做的事情之一，便是為克萊瓦爾引薦大學裡的幾位教授。做這件事真叫我為難，對我這顆已經傷痕累累的心靈很不適宜。自從那個使我遭受致命打擊的夜晚以後，我的辛苦工作算是了結了，可我的災難卻降臨了。從那以後，我心中甚至對自然科學這一名稱都深惡痛絕。即便我完全恢復健康以後，一看到化學儀器，我原先神經方面的種種痛苦症狀又會重新出現。亨利發現這一情況後，便將我所有的化學儀器通通從實驗室搬走，不讓我再見到它們。他還讓我換了個住所，因為他發覺我討厭原先用作實驗室的那個房間。然而，一旦我去拜訪那些教授，亨利的關心體貼對我也不起作用了。沃爾德曼先生熱情地讚揚我在各個學科領域所取得的驚人進展。他的誇獎是善意的，可對我卻是痛苦的折磨。他很快便意識到我不喜歡談這個話題，可他並未猜到真正的原因。他以為我的厭惡情緒是因為謙虛，於是便不再談我的成績，而將話題轉到科學本身上來。我當時心知肚明，他這麼做，只是想引我說話，讓我談出自己的看法。我又有什麼辦法呢？他本想讓我高興一番，結果卻把我給折磨苦了。我彷彿覺得，他將一台台化學儀器精心安放在我的眼前，而這些化學儀器日後則被用來殘酷折磨我，將我慢慢置於死地。他的話使我悵然傷懷，可我卻不敢流露出內心的痛苦。克萊瓦爾目光敏銳，感情細膩，總是一眼便能察覺出別人內心的想法。他藉口自己對科學一無所知，婉轉地拒絕了這一話題，因而我們的談話也就轉到了較為一般的話題上去了。我由衷地感謝我的朋友，但我沒有作聲。我看得十分清楚，克萊瓦爾流露出驚訝的神色，但他絕不會打探我內心的秘密。儘管我對克萊瓦爾情深義重，不勝景仰，但我根本不可能說服自己，將日夜縈繞在我心頭的那件事向他吐露，因為我擔心，若將此事的根根節節向另外一個人和盤托出，那它在我心頭留下的烙印將會更加深刻。

克蘭普先生可就不那麼和風細雨了；由於我當時神經極度過敏，幾乎到了難以自制的地步，因此他對我粗魯而生硬的誇獎比起沃爾德曼先生柔婉的稱譽之詞更使我痛苦。「這渾小子夠厲害的！」他大聲嚷道：「喂，克萊瓦爾，我跟你說，他把我們這些人全給比下去了，我這話擔保沒錯。怎麼？你傻眼了？隨你怎麼著，可這是千真萬確的事實。這小伙子幾年前還對康尼留斯・阿格里帕篤信不疑，把他當作福音書來崇拜，而現在卻在全校出人頭地，名列前茅；如不趕快把他拉下馬，我們這些人就會羞愧難當，汗顏無地了。難為情，難為情啊！」他發現我臉上露出痛苦的神情，便繼續說道：「弗蘭肯斯坦先生挺謙虛的，這可是年輕人的優秀品質。你知道，克萊瓦爾先生，年輕人要有自知之明，不應該鋒芒畢露，我自己年輕時就虛懷若谷，可這種品質沒過多久就喪失殆盡了。」

克蘭普先生話鋒一轉，開始為自己唱讚美歌了。他這麼做倒讓我暗自高興，因為我不用再聽他嘮叨那個令我難受的話題了。

我在自然科學方面的興趣，克萊瓦爾從不以為然。他的志向在文學方面，這與我對自然科學的研究完全是兩回事。他進大學的主要目的是要把自己造就成東方諸種語言的名家大師，這樣，他便能為自己制訂的人生道路開闢一方天地。他志存高遠，決心創一番轟轟烈烈的偉大事業，於是便將目光轉向東方，因為那裡可以為他的鴻圖大志提供廣闊的發展天地。波斯語、阿拉伯語和梵語吸引了他；受他的感染，我也不由自主地學起這些語言來。我一向討厭遊手好閒，無所事事；再說，既然想從過去的回憶和反思中解脫出來，又厭惡以前的研究，那麼，能與我的朋友一起學習，共同切磋，自然是我求之不得的事情。東方學者的著作不僅使我受益匪淺，而且給了我心靈的慰藉。我與克萊瓦爾不同，並不想以批判的眼光去評論東方民族的語言，不以使用這些語言為目的，而只是暫時消遣自娛而已。我讀書時只求讀懂書的內容，我的努力當然也沒白費，收穫頗豐。這些東方作家所表現出來的悲傷淒婉之情撫慰著我的心靈，他們的歡愉振奮了我的精神。這些作品的感染力之強，是我在研讀其他國家的作品中從未體驗到的。在閱讀他們的作品時，你彷彿覺得生活像是一座玫瑰園，充滿了和煦的陽光，又像是暗藏殺機的美女，時而笑容可掬，時而雙眉緊鎖；它還像一團烈火，吞噬人們的靈魂。這些作品的風格與氣勢宏偉、波瀾壯闊的希臘、羅馬史詩真有天壤之別！

夏天就在讀書中消磨過去了。我原定秋末回日內瓦，可我的行期被幾件料想不到的事耽擱下來。嚴冬來臨，大雪紛飛，道路受阻，無法通行，於是我的行期推遲到了來年春天。不能按期返家，我心中十分痛苦，因為我日思夜想，渴望見到故鄉，見到親愛的家人。不過，我的行期一拖再拖，也是因為不願把克萊瓦爾一人撇下，他人地兩生，我想等他熟悉了環境再走。行期是拖延了，可我冬天過得還挺快活；雖然春天來得特別晚，但萬物復甦，春暖花開的怡人景致倒也不失為一種補償。

五月來臨了，我望眼欲穿，日日等待著確定我返家日期的來信。這時，亨利提議我倆徒步遠足，去因格爾施塔特市郊遊玩，好讓我親自對漂泊了如此之久的異國他鄉告別。我欣然接受了這一提議，一來我喜愛運動，二來我在家鄉雲遊大自然的風光美景時，克萊瓦爾一直是我最喜歡的旅伴。

我們徒步遊玩了兩個星期。在這之前，我的病體早已恢復健康，心情也完全平靜下來。在這次旅行途中，我呼吸著益於身心健康的清新空氣，目睹大自然宜人的景物，加之與友人一路親切交談，只覺得體力日漸增強，我以前埋頭學習，不與他人來往，成了離群索居的孤家寡人；是克萊瓦爾喚起了我心中美好的情感，重新教會了我熱愛大自然的美麗景色，熱愛孩子們歡快的笑臉。多好的朋友啊！你是那樣真誠地愛我，那樣不遺餘力地幫我重新振作起來，直至與你一樣心地坦蕩，意氣風發！一個自私的追求束縛了我的思想，使我變得心胸狹窄，鼠目寸光；是你那善良的心地，滿腔的熱情溫暖了我的心房，使我從麻木混沌中清醒過來，重新恢復了自我，又像幾年前那樣，我愛人人，人人愛我，無憂無慮，無悲無愁。當我心緒歡暢時，沈寂靜謐的大自然也能使我心中湧起最美好的感覺；明朗的天空、青翠的田野，使我陶然忘情，為之心醉。這年的春天的確美極了，樹籬上，春天的花朵爭奇鬥艷，夏日的花蕾也正含苞欲放。在過去的一年裡，萬般思緒猶如驅之不去的重負，沈重地壓在我的心頭，儘管我竭力驅趕它們，終究徒喚奈何；而今，我已甩掉了這個包袱，再也不受它的糾纏了。

我心情舒暢時，亨利也樂不可支。我的各種心緒都能在他心靈深處引發真誠的共鳴。他一邊向我傾訴他心頭的感受，一邊想方設法讓我開心。在這種時候，他才思之敏捷，令人驚嘆不已。他說起話來充滿了想像力，還常常模仿波斯和阿拉伯作家，隨口編出許多奇幻神異而又充滿激情的故事。還有的時候，他向我吟誦我最喜歡的詩篇，或設法引我與他爭論，並總是機智巧妙地，獨出心裁地論證自己的觀點。

我們是在一個星期天的下午回到學校的；農夫們在翩翩起舞，我們遇到的每一個人看上去都是那麼高興，那麼幸福。我自己也情緒高昂，一路連蹦帶跳，心花怒放，沈浸在無限的喜悅之中。

第七章

我回來之後，發現了下面這封父親的來信：

我親愛的維克托：

你一直在等待確定你返程日期的信，也許你已等得不耐煩了吧？我起初只想草草寫上幾句話，僅僅告訴你回來的日子就算了，看起來這似乎是關心你，可實際上對你卻很殘酷，因此我不敢那樣做。你本指望我們高高興興地歡迎你，卻不料看到家人痛哭流涕的慘景，我的孩子，你一定會大吃一驚的。維克托，我該怎樣向你講述我們家中的不幸呢？你雖然離家在外，可你絕不會對我們的悲歡無動於衷，既然如此，我又怎麼忍心讓我長年在外的兒子遭受痛苦呢？對於這個令人悲哀的消息，我希望你在思想上有所準備，可我知道這是不可能的；即便是現在，你的眼睛飛快地在信紙上掃視，想盡快搜尋出向你傳達這一噩耗的字句。

威廉死了！這個可愛的孩子，他的微笑曾溫暖我的心，給我帶來多少歡樂；他多麼文雅，又多麼活潑可愛！維克托，他是被人謀殺的！

我不想勸慰你，只想在此簡單地講述一下這件事的前後經過。

上星期四（五月七日），我和姪女，還有你的兩個弟弟一起去普萊恩帕萊斯草地散步。那天傍晚，天氣暖洋洋的，四週一片恬靜。我們在那兒散步的時間比平時長，等想起返回時已快天黑了。這時，我們發現走在前面的威廉和歐內斯特不見了蹤影。於是，我們便在一張凳子上坐了下來，等他們回來。沒過多久，歐內斯特回來了。他問我們有沒有見到他弟弟，他說他曾和弟弟一塊玩著，後來威廉跑開躲了起來，他四處尋找，可就是沒找著，後來又等了他好長時間，可他仍然沒有回來。

歐內斯特回來這麼一說，我頓時大驚失色，於是我們到處去找威廉，一直找到夜幕降臨。這時，伊麗莎白猜想，他可能已經回家了。可他並不在家裡。我們遂又舉著火把，返回原地尋找。一想到我那可愛的孩子走丟了，會受到夜晚寒露潮氣的侵襲，我心裡就忐忑不安。伊麗莎白也愁腸百結，痛苦異常。大約在第二天早晨五點鐘，我終於發現了這可愛的孩子。不幸的是，這個前天晚上還敦敦實實，活蹦亂跳的孩子，現在卻一動不動地躺在草地上，只見他面色鐵青，脖子上留有兇手掐過的指痕。

威廉被抬回家裡。我本想瞞著伊麗莎白，可她一見我臉上露出的痛苦神色，便立刻明白了一切。她執意要看看屍體。起初，我試圖阻止她，可她堅決要看。當她一走進停放屍體的房間，便急忙查看威廉的脖子。只見她緊握雙手，大聲喊道：「喔，天哪！是我害死了這可愛的孩子啊！」

伊麗莎白昏死了過去。我們七手八腳，費了好大勁兒才使她緩過氣來。她剛甦醒過來，便失聲痛哭，喟然嘆息。她對我說，當天傍晚時分，威廉一直纏著她，一定要她把保存在身邊的一枚極為珍貴的你母親的微型肖像給他戴上。現在這枚肖像已不翼而飛。毫無疑問，兇手發現這幀肖像，遂起歹念，便對威廉下了毒手。雖然我們正竭盡全力查找兇手，但目前還沒有任何線索。話又說回來，不管我們怎樣搜查，都不可能使我那可愛的威廉死而復生了！

快回來吧，我最親愛的維克托，只有你才能撫慰伊麗莎白的心。她終日啜泣不止，硬說是自己害死了威廉。聽了她這話，我心裡就像針扎一樣難受。我們全家都非常悲痛；我的兒，這是不是應該成為你回家安慰我們的另一層原因呢？你那親愛的母親！唉，維克托！我跟你說，我還真要感謝上帝，她幸虧沒有活著看到她那心愛的小兒子慘遭毒手，死得這麼可憐！

回來吧，維克托；不要盤算著如何向兇手報復，這只會加深我們心頭的悲哀；只有平心靜氣，寬容和順才能撫慰我們痛楚的心靈。回到我們這個喪祭哀痛之家來吧，我的朋友，但你不要滿懷對敵人的仇恨，而要滿懷善意和深情回到愛你的家人身邊。

你痛苦中的慈父
阿方斯．弗蘭肯斯坦
一七某某年五月十二日於日內瓦

克萊瓦爾在我看信時一直注視著我臉上的表情。他發現我收到父親來信時的喜悅之情消失了，轉而露出憂鬱絕望的神色，禁不住心頭一驚。我把信扔到桌上，用雙手捂住臉。

「我親愛的弗蘭肯斯坦，」亨利見我在痛苦地哭泣，便大聲問道，「你怎麼沒有高興的時候？我親愛的朋友，到底發生了什麼事情？」

我示意他把桌上那封信拿去看，然後在房間裡來回踱步，心裡萬分痛苦。克萊瓦爾看著這封報噩耗的家書，眼淚撲簌簌地淌了下來。

「我沒法安慰你，我的朋友，」他說道，「你家中的不幸是無可彌補的，現在你打算怎麼辦？」

「即刻返回日內瓦。亨利，跟我一起去訂輛馬車。」

我們倆一路走著，克萊瓦爾竭力想說幾句安慰我的話，可他也只能向我表示深切的同情。「可憐的威廉！」他說道，「多麼可親可愛的孩子，現在卻和天使之母一起安眠了。這孩子天資聰穎、歡快活潑，長得相貌堂堂、洋溢著青春的朝氣，凡是見過他的人，沒有誰不為他的夭折而悲傷哭泣的。他死得多麼淒慘，是被兇手活活掐死的！這個殺人兇手簡直殘忍到了極點，竟殺害了這樣一個生氣勃勃的無辜兒童！可憐的小傢伙！我們唯一可以聊以自慰的是：雖然他的朋友們在為他哀痛流淚，可他卻已永遠安息，他肉體上的痛苦已不復存在，心靈上的痛苦也一去不復返了。一層草泥覆蓋著他那弱小的身軀，他再也不知道什麼是痛苦，也不再需要人們的憐憫。我們必須把這份同情之心留給那些可憐的倖存者。」

克萊瓦爾一邊和我急匆匆地穿過街道，一邊對我說了上面那些話。他的話在我的腦海裡留下了深刻的印象，後來我在獨自回家的路上仍記憶猶新。這時，馬車來了。我急不可耐地跳上車，向我的朋友告別。

一路上，我心情晦暗、抑鬱悲傷。起初，我真巴不得馬車快點往前跑，因為我急著回去安慰我所深愛的、悲不自勝的親人們，向他們表示我的一片同情之心。然而，等馬車駛近家鄉時，我反而放慢了速度。我真沒法忍受我心頭紛至沓來的種種複雜情感。一幕幕少年時代熟悉的情景在我眼前閃過——我已有六年沒見到這些場景了。在這六年裡，一切都有可能發生巨大的變化！這兒曾經突然發生過一次破壞性的劇變；但是，還有無數微小的事件，也可能逐漸引起其他種種變化。雖然這些變化較為隱蔽，並不那麼引人注意，然而，它們並不是無足輕重的。恐懼攫住了我的心；我沒有勇氣再往前走，多少無名的魑魅魍魎使我渾身顫抖，心驚肉跳，儘管我無法說清楚它們到底是什麼。

我在洛桑停留了兩天，一直處於這種痛苦的心情之中。我凝視著湖面，水波不興，四周靜悄悄的，白雪皚皚的群峰——「大自然的宮殿」㉗，依然如故。這神奇而恬靜的景致使我逐漸鎮定下來。我繼續登程，向日內瓦趕去。

當馬車駛近我的家鄉時，這條沿湖的公路變得狹窄了。那烏黑的侏羅山坡，那耀眼的白朗山巔，看得越來越清楚了。我像個孩子似地抽泣起來。「親愛的群山！我那美麗的湖水！你們將怎樣歡迎我這個流浪歸來的人兒？你們的山巔是那樣清亮光潔，天空和湖水又是那樣湛藍、寧靜，這一切是預示著太平安樂，還是在嘲笑我的不幸？」

我的朋友，我一直囉哩囉唆地向你們訴說我過去的事情，恐怕我讓你們討厭了吧，但在過去那段時間裡，我的確過得相當幸福，現在回想起來，我心裡仍然樂滋滋的。我的故鄉，我可愛的故鄉！再次見到你那涓涓溪流、你那崇山峻嶺，特別是你那口大湖，真令我欣然色喜，而我這種愉悅的心情，除了從小在故鄉長大的人以外，誰能體會得了呢？

然而，當我快到家時，悲傷和恐懼又一次襲上心頭。夜色籠罩了大地，我幾乎已看不清那黑黝黝的山巒。這時，我心頭越發覺得陰鬱愁苦。出現在我面前的，是一幅巨大、晦暗、陰森可怖的景象，我隱隱約約地感到，我命中注定要成為這個世界上最不幸的人。唉！我的命運不幸被我言中；不過，有一點我沒有料到，也是我唯一沒有料到的：所有我想到並為之恐懼的不幸尚不及我注定要遭受的百分之一。

當我到達日內瓦市郊時，天已完全黑了下來。城門已經關閉，於是我只得在離城一英里半的賽克朗村歇宿。夜空清朗寧靜；由於無法入睡，我便決定去看一看可憐的威廉被謀殺的地點。因為無法穿過日內瓦城區，我只好乘坐一條小船，橫穿日內瓦湖去普萊恩帕萊斯。在這短短的乘船途中，我看到白朗峰頂閃電飛舞，映射出極為美麗的圖案。雷暴雨很快就要來臨。下船後，我爬上一座低矮的山丘，以觀察雷暴雨的進程。它正向這邊逼近，天空烏雲密布，沒多久，我便感到碩大的雨點徐徐灑落下來。不一會兒，雨勢變得更加猛烈了。

我離開觀察點，繼續向前走去。天色越來越黑暗，暴風雨越來越猛烈，聲聲炸雷在我頭頂掠過，令人毛骨悚然。雷聲在賽勒夫山、侏羅山和薩伏依的阿爾卑斯山之間迴

㉗ 語出拜倫的長詩《恰爾德·哈羅爾德遊記》。

蕩。強烈的閃電照得我眼花撩亂，湖水也被映得通明透亮，整個湖面彷彿燃起一大片漫無邊際的火光。有一瞬間，四周漆黑一團，什麼也看不見，直至視力從剛才令人目眩的閃電中恢復過來。頃刻之間，暴風雨便鋪天蓋地撲灑而來。這種暴風雨在瑞士是屢見不鮮的。暴風雨最為猛烈的中心區域是在日內瓦市正北方上空，即在貝勒里夫與科佩特村之間的湖區上。另一處雨區較弱，隱隱約約地照亮了侏羅山脈；還有一處暴風雨區時暗時明，將日內瓦東部險峻的莫爾山峰照得時隱時現。

我一邊注視著這場如此壯觀，如此驚心動魄的大暴雨，一邊大步流星向前疾走。天空中這場轟轟烈烈的雷電大戲使我精神振奮。我將雙手握在胸前，高聲大喊道：「威廉，親愛的天使，這場暴風雨就是為你舉行的葬禮，就是為你而吟的輓歌！」我正說著，只見昏暗中，一個人影從我附近的樹叢後面悄悄閃了出來。我一動不動地站在原地，凝眸注視。我絕不可能看錯。一道閃電將那人照亮，他的型態清楚地顯露在我的眼前。只見他身材異常高大，面目畸形，奇醜無比，決不像人類。我頓時明白，他就是那個卑鄙的傢伙，那個我賦予其生命的無恥惡魔。他在這兒幹什麼？難道（再往下想，我就渾身發抖。）他就是謀害我弟弟的兇手？這一想法剛剛掠過我的腦際，我立即便斷定這是千真萬確的事實。我的牙齒在格格打顫，我不得不靠在一棵樹上支撐自己的身體。那個人影在我眼前一晃便迅速消失在黑暗中。只要是人，絕不可能對一個可愛的孩子下毒手，他就是兇手！這一點我絕不懷疑。這個想法在我腦海裡出現，本身就無可辯駁地證明了這一事實。我原打算去追那惡魔，可是，去追也是徒然，因為又一道閃電滑過夜空時，我發現他已攀上賽勒夫山的懸崖峭壁之間，這是連接著萊恩帕萊斯南端的一座山。他很快便翻上山頂，消失得無影無蹤。

我站在那兒，一動不動。這時，雷聲已經平息，但雨還在下個不停，四周黑沈沈的，一切都籠罩在一層穿不透的夜幕之中。我竭力要忘卻的那些事情又在我腦子裡盤旋起來——我為製造這個怪物所採取的每一個步驟，我親手製作的這個怪物怎樣出現在我的床邊，以及他最後又是如何從我身邊消失的。從他最初獲得生命的那個夜晚算起，差不多已過了兩年的時間了。他獲得生命之初，是不是他犯罪之始？天哪！我竟將一個無恥的混蛋放到這個世界上來，他專以殺人為快，以給人們帶來不幸為樂。難道不是他殺死了我的弟弟嗎？

誰也想像不到我在那天後半夜所遭受的痛苦——我露宿山野，渾身濕淋淋的，備受寒冷的煎熬。然而，我根本沒把這壞天氣放在心上；我的腦海裡翻騰著一幕幕不幸而令人絕望的情景。我暗自想道，我把這怪物帶到人世，賦予他為非作歹的意志和力量，使他得以犯下現在這種駭人聽聞的罪行。這簡直是我自己變成了吸人血的妖魔鬼怪，是我自己的靈魂從墳墓中被釋放出來，並被逼著去摧毀我所珍愛的一切。

天亮時，我拔腿向城裡走去。城門已經打開，我急匆匆地朝父親的住所趕去。我起初打算向家人披露我所知道的有關兇手的情況，並組織大家立即前去追捕兇手。然而，我必須向他們交代這件事的前後經過。仔細一想，我又猶豫起來。一個由我親手製作、並賦之以生命的怪物，竟讓我深更半夜在渺無人跡的懸崖絕壁上見到；而且我還回想起，就在我製造出怪物的那一天，我同時遭到神經性熱病的侵襲。這件事的前後經過本已荒唐之極，加之我又得過此病，那別人準以為我神智不清，胡言亂語。我心裡十分清楚，如果有誰對我說起這種事情，我肯定會認為他神經錯亂，瞎說八道的。退一步說，即便我能取得家人的信任，說服他們去追捕那怪物，可那怪物生性詭異，定會逃之夭夭。這樣看來，前去追捕他又有何用？一個能在賽勒夫山上飛簷走壁的怪物，有誰能抓得住他？考慮了這種種因素之後，我打定主意不提此事，保持沈默。

大約淩晨五點鐘時，我走進了父親的寓所。我吩咐僕人不要驚動家人，然後走進書房，靜候他們起床。

離家六年了。這六年彷彿夢幻般逝去，僅僅留下一條無法抹去的痕跡。在我動身前往因格爾施塔特時，我就是站在這裡與父親最後一次擁抱告別的。在我的心目中，父親仍像以前那樣可愛可敬！我凝視著壁爐上一幅母親的畫像。這幅畫取材於一件往事，是根據父親的意願繪製的。畫中的卡羅琳娜・波弗特屈膝跪在亡父的靈柩旁，萬念俱灰，痛不欲生。她衣著樸素，雖兩頰蒼白，但神態端莊、儀容秀美，不會輕易引起人們的憐憫之心。在這幅畫像的下方，是一幀威廉的小型畫像。我端詳著這幅畫像，淚水不禁奪眶而出。正在這時，歐內斯特走進書房來。他聽說我回來了，急忙跑來歡迎我。見到我時，他內心既高興，又悲傷。「歡迎你，我最親愛的維克托，」他說道：「唉，你如果早三個月回來該多好，那你就能見到我們全家開開心心，萬事不愁的情景。而你現在回來，卻要與我們一起分擔一份無可緩解的痛苦。不過，我希望你這次回來，能使父親重新振作起來。他由於遭此不幸，似乎心灰意冷，日益消沈。再說，我還希望你多加勸慰伊麗莎白，不要讓她再自怨自責，徒然折磨自己。可憐的威廉！他是我們最疼愛的小兄弟，是我們心中的驕傲！」

弟弟情不自禁，淚水奪眶而出。一陣極度的痛苦在我全身蔓延開來。回來前，我只能想像自己冷清的家裡那淒苦悲慘的景象，而目睹眼前的現實，我彷彿看到了一場新的、同樣可怕的災難。我竭力使歐內斯特平靜下來，並向他更為詳細地詢問了父親和那位我稱之為表妹的女孩。

「她是我們全家最需要安慰的人，」歐內斯特說道，「她指責自己，硬說我弟弟的死是她一手造成的，因此心裡萬分痛苦。不過，既然殺人兇手已經查出……」

「兇手已經查到了！我的天哪！這怎麼可能呢？誰敢去追捕他？這是萬萬不可能的

事。去追捕那兇手無異於追趕清風，或試圖用一根稻草阻擋奔流而下的山澗。我昨天夜裡還見到過他，根本沒被抓住！」

「我不知道你在說什麼，」弟弟以驚訝的口吻回答道，「不過，兇手查出來以後，倒使我們雪上加霜，痛苦到了極點。起初，誰都不相信這是真的，就是現在，儘管證據確鑿，伊麗莎白還是不相信。情況也的確如此，賈絲婷・莫里茲，她可是個非常溫柔的姑娘，又那麼喜歡我們全家人，誰能相信她會突然做出如此卑鄙，如此駭人聽聞的罪惡行徑？」

「賈絲婷・莫里茲！這姑娘太可憐，實在太可憐了。難道她會是被告？她肯定是被冤枉的，這誰都清楚，沒人會相信的，對不對，歐內斯特？」

「起初大家也不相信，可後來發現的幾件事情，幾乎都逼著我們去相信那是真的。再說，他自己的所作所為也前後矛盾，這使原先的證據更加確鑿可信，要想就此事提出懷疑，恐怕已沒有任何希望。法庭今天將會對她作出判決，到時你就什麼都明白了。」

他說，發現可憐的威廉被謀殺的那天早晨，賈絲婷得了病，一連幾天臥床不起。在此期間，一個僕人偶然翻了一下她在謀殺案發生的那天晚上穿過的衣服，結果在口袋裡發現了母親那幀微型肖像。於是她被認定為謀財害命。那個僕人立即將這幀肖像拿給另一個僕人看。這兩人也不對家裡人說一聲，便去報告了地方行政官。根據他們的證詞，賈絲婷被拘押了起來。這可憐的姑娘被法庭指控殺人時，失魂落魄，神色極為慌張，這在很大程度上證明了人們對她的懷疑。

這件事很離奇，可它並未動搖我心中的信念。我認真地回答道：「你們全弄錯了，我知道誰是兇手，可憐的賈絲婷是個好姑娘，她是無辜的。」

我話音剛落，父親走了進來。在他的臉上我看到了極度痛苦的神色，可他還是強顏歡笑，歡迎我的回來。我們懷著悲哀的心情彼此致意後，父親本想把話題岔開，不再談這場災禍，可歐內斯特喊了起來：「我的老天！爸爸！維克托說他知道誰謀殺了可憐的威廉。」

「不幸的是，我們也知道了，」父親說道，「說句老實話，我寧可一輩子什麼都不知道，也不願意看到一個我非常珍愛的人，竟變得如此邪惡墮落，如此忘恩負義。」

「我親愛的父親，你弄錯了，賈絲婷是無辜的。」

「如果她是無辜的，讓她蒙冤受苦，將為上帝所不容。今天就要宣判了，我希望，我真誠地希望，她會被無罪釋放。」

父親的這番話讓我的一顆心安寧下來。別說是賈絲婷，任何人都是無辜的，誰都不可能去犯這個謀殺案，對此，我是堅信不移的。所以我根本不擔心法庭會舉出什麼有力的證據來判她的罪。至於我自己的事情，那是不能在公開場合披露的。此事異常恐怖，令聞者喪膽，因而會被那些凡夫俗子視為痴人說夢。其實，除了我——那個怪物的製造者，世上還有誰會相信，憑著自以為是和輕率無知也能搞出什麼不朽業績，也能搞出那個由我放到世上來的活物？除非誰能用理智去說服自己，否則，任何人都不會相信的。

沒多久，伊麗莎白也來了。自從上次分手以後，歲月給她帶來了很大的變化。她出落得亭亭玉立，楚楚動人，她的美已經遠不是她童年時的美所能比擬的。她仍然顯得那樣真誠，那樣富有生氣，而在她的眉宇之間則增添了一種更為理智和靈慧的神情。她溫情脈脈地歡迎我回來。「親愛的表哥，」她說道，「你這次回來使我心中充滿了希望。也許你能想出什麼辦法，證明可憐的賈絲婷是清白無辜的。唉，如果判她有罪，世人豈不都成了罪人？我相信她是清白的，就像我相信我自己是清白的一樣。我們真是禍不單行，倍受煎熬，不僅失去了可愛的小弟弟，而且我真心喜愛的這個可憐的姑娘，也將被奪走，她的命運甚至更加悲慘。如果賈絲婷被判了死刑，我這一生一世就再無歡樂可言。但是，她不會被定罪的，我相信她不會的；雖然我那小威廉死得淒慘，但只要賈絲婷平安無事，我還是會快樂的。」

「她是清白的，我的伊麗莎白，」我說道，「這一切將會得到證實；你什麼也不用擔心，我肯定她會被無罪釋放，你還是振作起來吧。」

「你的心地多麼善良，你的胸懷多麼寬廣！人人都認為她有罪，這真叫我心如刀割，因為我知道，她絕不會做出那種事情。眼看大家都偏聽偏信，愚頑不化，我已是心如死灰，完全絕望了。」她嗚嗚地哭了起來。

「我最親愛的姪女，」父親說道，「把眼淚擦了吧，如果她像你說的那樣，確是清白無辜的，你就相信我們的法律是公正的，相信我也會採取行動，以防止任何不公正的行為。」

第八章

我們在悲痛中過了幾個小時，直至十一點開庭審判。我父親和家裡其他人都被指定出庭作證，所以由我陪同他們一起前往法院。這場審判是對正義的極大嘲弄，自始至終都活活地折磨著我。必須做出裁決的是，我的好奇心和我使用非法手段製作的生物是否導致了我兩位同伴的死亡：一個是天真清純，笑盈盈、樂呵呵的孩子；另一個則要被處以極刑，其命運遠為不幸；她的死還將因其罪孽深重而令人驚駭膽寒，夢寐難忘。賈絲婷是個好女孩，具有優良的素質，自然能過上幸福的生活，可現在，隨著她蒙受恥辱，含冤而死，她的一切都將化為烏有，而我卻是害死她的元兇。我願意認罪一千次，替賈絲婷承擔強加在她頭上的罪責。然而，謀殺案發生時我並不在現場，如果我替她承擔責任，人們自然會認為我胡言亂語，精神失常，而替我受罪的賈絲婷亦不可能獲救。

賈絲婷身穿喪服，顯得神態自若。她天生麗質，而此刻由於神情莊重，看上去越發風姿綽約。雖然她在眾目睽睽之下受到詛咒，但她毫不慌張，自信是清白無辜的。儘管她的美可能會在平時引起人們的好感，但此刻大家都認為她犯下了滔天大罪，因而人們心裡對她的好感也就不復存在了。她看上去挺沈著，可顯然是在強作鎮定。由於她以前神色慌張而被引為犯罪的證據，因此這時她沈下心來，竭力做出無所畏懼的樣子。她走進法庭時，環視四周，很快便找到了我們的座位。她看到我們時，兩眼似乎被淚水模糊住了，但她很快便恢復了鎮定的情緒。她那滿含怨恨的神色似乎證明了她的清白無辜。

審訊開始了。控方律師陳述了控詞以後，法庭隨即傳喚幾位證人當庭作證。有幾件事很離奇，湊在一起對她十分不利。如果沒有我手頭所掌握的能說明她無罪的證據，恐怕任何人都會感到震驚。在謀殺案發生的當晚，賈絲婷徹夜未歸，快到早晨時，有一賣菜女在後來發現孩子屍體處的附近見到她。這賣菜女問她在那兒幹什麼，她的回答前言不搭後語，不知所云，而且神色顯得十分古怪。賈絲婷大約在八點鐘回到家裡，有人問她在哪兒過的夜，她回答說一直在找那孩子，還十分認真地詢問有沒有那孩子的消息。當別人帶她去看那孩子的屍體時，她立即歇斯底里，後來還在床上一連躺了好幾天。接著，法庭出示了僕人在賈絲婷衣服口袋裡找到的那幀肖像。伊麗莎白用顫抖的聲音作證說，在孩子失蹤前的一小時，她曾將這幀肖像戴在孩子的脖子上。人們立即低聲議論起來，恐懼和憤怒在整個法庭瀰漫開來。

法庭遂叫賈絲婷為自己辯護。在開庭審理此案的過程中，賈絲婷的臉色變了，明顯地流露出驚訝、恐懼和痛苦的神情。有時她強忍著眼淚，不讓自己哭出來；可當她要為自己辯護時，她倒也鼓起了勇氣，雖然說話的聲音忽大忽小，但還是能聽得清楚。

「上帝知道我是完全清白無辜的，」她說道，「但是，我並不奢望我的辯護能使我無罪開釋。對於那些用來指控我的事實，我將作出簡單明瞭的解釋，希望藉此證明自己的清白。同時我還希望，我一貫的人品能使法官們對任何看起來令人迷惑，或使人懷疑的情況作出對我有利的解釋。」

她接著說道，在謀殺案發生的那天晚上，她經伊麗莎白允許，去謝納村的一個姨媽家玩。謝納村離日內瓦約三英里。她大約在九點鐘從姨媽家返回，途中遇到一個男人，問她是否見到那個失蹤的孩子。她聽說後心憂如焚，立即四處尋找，一直找了幾個小時。可這時城門已經關閉，她不得不在一個農戶的穀倉裡待了幾個小時。雖然她跟戶主很熟，但她不願意驚擾他們。這夜的大部分時間她都十分警覺，一直在觀察外面的動靜。快到天亮時，她相信自己睡了幾分鐘。後來，門外傳來腳步聲，她便醒了過來。這時，天已亮了，她於是離開了這個棲身之所，想再去找我的弟弟。即便她走近躺著威廉屍體的那個地方，她自己也全然不知。至於那賣菜女問她話時，她顯得神色恍惚，這並不奇怪，因為她一夜不曾闔眼，而且可憐的威廉下落不明，凶吉未卜。至於那幀肖像，她無法做出解釋。

「我心中十分清楚，」這個不幸的受害者繼續說道，「這一情況對我極為不利，足以判我死刑，可我卻無法做出解釋。我已經說過，我對這件東西一無所知，我只能做這樣的猜測：可能有人將這件東西放到了我的口袋裡。然而作此猜測我同樣沒有根據。在這個世界上，我相信自己沒有任何敵人。沒有誰會如此惡毒，竟無端加害於我。是兇手將它放到我口袋裡的嗎？據我所知，他沒有機會這麼做；如果說我有機會讓他這麼做，那麼為什麼兇手偷了那首飾很快就捨棄不要了呢？」

「我的上述辯詞望法官明斷，但我看希望渺茫。我請求法官就我的人品傳喚有關的幾位證人；如果他們的證詞不足以推翻強加於我的罪名，儘管我發誓自己清白無辜，指望以此獲救，可我肯定還是會被判有罪的。」

法官傳喚了幾位與賈絲婷相識多年的證人。這些人平時對賈絲婷交口稱譽，但他們認為賈絲婷犯了罪，並對這種罪行心懷恐懼與仇恨，因而唯唯諾諾，膽小怕事，不願出庭為她作證。伊麗莎白眼見這最後一著——被告的優秀品質和無可挑剔的品行也將無濟於事，儘管她心中緊張不安，但仍然請求法官准許她為被告當庭陳詞。

「我是那個被謀殺的孩子的表姐，」她說道，「更確切地說，我是他的姐姐，因為自從這孩子出生以來，甚至早在他出世之前，我便受到他父母的教誨，並與他們生活在一起。有鑒於此，我在這種場合出庭為被告辯護，也許會被認為是不適宜的；然而，當我看到我的一位同伴將被她虛偽膽怯的朋友毀掉時，我希望法官准許我發言，就我所瞭解的被告為人和品格向法庭陳述我的看法。我與被告非常熟悉，並與她同住一處，先是五年，後又同住了近兩年時間。在與她共同生活的這些年裡，我始終認為，她是世界上最溫柔可親，心地最善良的女孩。在我姑母弗蘭肯斯坦太太病重期間，她滿懷深摯的情誼，無微不至地護理她。後來，她的親生母親久病不癒，她也悉心照料，可謂其情切切；凡認識她的人有口皆碑，讚嘆不已。這以後，她又回到我姑父家中居住，受到全家上下的喜愛。她深深愛著那個已死去的孩子，對他體貼入微，儼如慈母一般。就我而言，我毫不猶豫地表示，儘管法庭出示的證據均對她不利，但我仍然堅信，她是完全清白無辜的。實在沒有任何誘因能使她犯下此罪；那件做為她重要罪證的小飾品，如果她以前真的想要，我自然會非常樂意地贈送給她，因為我十分尊重她，看重她。」

繼伊麗莎白簡潔有力的申訴之後，人們交頭接耳，法庭裡響起了一片讚揚聲。然而，人們是在盛讚伊麗莎白為被告辯護的坦蕩胸懷，而不是對賈絲婷寄予任何同情。相反，公眾對她的憤慨變得越發強烈，指責她恩將仇報，無情無義。在伊麗莎白發言時，賈絲婷一直傷心流淚，但並未做任何答覆。在整個審判期間，我自己一直坐立不安，心中極其痛苦。我相信賈絲婷是清白的，這我心知肚明。會不會是那惡魔殺害了我弟弟（對此我沒有片刻懷疑），然後又心生歹念，嫁禍於人，將清白無辜的賈絲婷置於死地，讓她蒙受不白之冤？我無法忍受自己這種可怕的處境；當我感到公眾的呼聲和法官們臉上的表情已對那不幸的受害者做出判決時，我懷著痛苦的心情衝出了法庭。被告所受的折磨還不如我所受的折磨；她有精神上的支柱，因為她是清白的；而我心中的悔恨卻像毒蛇的利齒，在撕咬著我的胸膛，毫不放鬆。

那一夜，我完全沈浸在痛苦之中。第二天早晨，我又去了法庭。我唇焦喉燥，沒有膽量去問那個致命的問題。可是，別人已經認識我。法庭裡的一位官員猜到了我來訪的原因。法庭已經投過票，全是清一色的黑票，賈絲婷已被判定有罪了。

我不能對我當時的心情妄加描述。我以前也曾體驗過恐懼的感覺，也曾努力用恰當的詞語去描繪那種恐懼感；然而，我當時的感覺卻是一種令人抑鬱揪心的絕望，絕非任何文字所能形容。那位與我談話的官員還告訴我，賈絲婷已對指控她的罪行供認不諱。「這案子一目瞭然，因此她的供詞可有可無；不過，既然她招供了，我還是很高興。老實說，我們那些法官誰都不願意僅憑旁證判決罪犯，不管這些旁證有多確鑿。」

這一情況十分蹊蹺，完全出乎我的意料。這究竟意味著什麼？是不是我看錯了？難道我真的瘋了嗎？就像我說出自己懷疑的對象，世人都會說我瘋了那樣嗎？我立即趕回家中，伊麗莎白急切地問我判決的結果。

「我的表妹，」我告訴她說，「正如你所預計的那樣，法院已作出判決，無可挽回了。所有的法官都一致認為，寧可錯判十個無辜者，也不放跑一個罪犯，而且賈絲婷自己已經供認了。」

這對可憐的伊麗莎白是一個沈重的打擊。她一直堅信賈絲婷是清白無辜的。「天哪！」她說道，「叫我以後怎麼再相信人的仁慈和善良呢？我把賈絲婷當作親妹妹看待，愛她，尊重她，難道她會裝出一副天真無邪的笑臉，而專幹喪盡天良的勾當嗎？她那雙溫柔的眼睛似乎不可能隱藏著冷酷與奸詐，可她畢竟殘殺了一條生命。」

此後不久，我們聽說那可憐的受害者希望能見我表妹一面。我父親不想讓伊麗莎白去，不過他又說，此事還是由她自己的判斷和感情決定吧。「是的，」伊麗莎白說道，「儘管她犯了罪，我還是要去。維克托，你陪我一起去，我不能一個人去。」要我去見賈絲婷，簡直是對我的折磨，可我實在無法拒絕。

我們走進昏暗的囚室，只見賈絲婷坐在囚室那頭的一堆稻草上；她的手被銬了起來，腦袋垂到膝蓋上。一見我們進來，她便站起身，等牢房裡只剩下她和我倆時，她一下子跪倒在伊麗莎白的腳邊，失聲痛哭，我表妹也禁不住抽泣起來。

「唉，賈絲婷，」伊麗莎白說道，「你為什麼要從我身邊奪走我最後的安慰？我過去相信你是清白的，雖然我那時痛苦不堪，可我現在比以前更加痛苦。」

「您也相信我那麼凶殘歹毒、十惡不赦嗎？難道您也站在我的敵人一邊，指責我是個劊子手，要置我於死地嗎？」賈絲婷泣不成聲，再也說不下去了。

「起來吧，我可憐的女孩，」伊麗莎白說道，「如果你是冤枉的，為什麼要下跪呢？我不是你的敵人；以前我根本不管那些證據，總認為你是無辜的，可後來我聽說你自己承認犯了罪。如果你說沒這回事，那麼，親愛的賈絲婷，你儘管放心，除了你自己承認犯了罪，我對你的信任絕不會有一時一刻的動搖。」

「我的確承認我犯了罪，可我說的並不是真話。我之所以招供，是因為我想得到上帝的赦免；而現在，我的謊言比我其他任何罪孽都更為沈重地壓在我的心頭。上帝饒恕我吧！自從我被判有罪以後，我的懺悔神父就一直揪著我不放，他一而再、再而三地威脅、恐嚇我，最後，幾乎連我自己也開始相信，我就是他所說的那個惡魔。他威脅我，說我如果再不認罪，就會被逐出教門，並在我生命終結之前，將受到地獄之火的燒灼煎熬。親愛的小姐，我孤立無援，誰也不肯幫助我，人人都把我看成是一個卑鄙小人，注定會聲名狼藉，死有餘辜。我又有什麼辦法呢？就在那不幸的時刻，我在假供詞上簽了名，而現在，唯獨我才是真正不幸的人。」

她收住話音，抽泣了一會兒，接著又說道，「親愛的小姐，您那在天堂的姑母曾給了我崇高的榮譽，您本人也非常疼愛我，可您竟然相信您的賈絲婷會做出只有魔鬼才能犯下的罪惡行徑。想到這，我就感到渾身顫慄。親愛的威廉！最親愛的、聖潔的孩子！

我很快就會在天堂裡再次見到你了；在那兒，我們將獲得幸福；在我即將蒙冤死去之際，想到我們將會幸福，我心裡就得到了安慰。」

「啊，賈絲婷！我一時動搖了對你的信任，請你原諒我吧。你為什麼要認罪呢？不過，別難過了，我親愛的女孩。你不用害怕，我要向世人宣佈，你是無罪的；我要證明你的清白；我要用自己的淚水和祈求融化你的敵人的鐵石心腸。你不會死的！你，我的玩伴，我的朋友，我的親妹妹，竟要被處以絞刑！不！不！不！倘若這場可怕的劫難發生，我也不想再活下去了。」

賈絲婷悲哀地搖了搖頭。「我並不怕死，」她說道，「我已不再被死亡的痛苦所折磨。上帝使我擺脫了懦弱，給了我勇氣忍受最大的磨難。我將離開這個悲慘的、令人心酸的世界，如果您還記得我，把我看作是一個受到不公正判決的受害者，那我也就聽天由命，絕無半點怨言了。親愛的小姐，請您接受我的教訓，耐心地順從上蒼的意志吧！」

在她們談話期間，我一直縮在囚室的一個角落裡，以掩飾自己鑽心的痛苦。絕望！誰敢侈談絕望呢？這個不幸的受害者，明天就要跨過生與死之間那道可怕的分界線，可她用不著像我這樣，心中苦澀難言，創劇痛深。我把牙齒咬得咯咯作響，從心靈深處慨然發出一聲呻吟。賈絲婷不由一驚，當她看清楚是我在呻吟，便走過來對我說道：「親愛的先生，非常感謝您來看我。我想您並不相信我是有罪的，對吧？」

我不知道該怎樣回答她。「他不會的，賈絲婷，」伊麗莎白說道，「他比我更堅決，從不懷疑你的清白；即便聽說你招供的消息，他也不相信那會是真的。」

「我由衷地感謝他。在我的生命即將結束的時刻，我向那些善待我的人們表示最誠摯的謝意。他們對我這樣一個不幸的人如此關懷、憐愛，這份情誼是多麼美好，多麼親切啊！他們排解了我心中一大半的苦痛。既然您，我親愛的小姐，和您的表哥已肯定我是清白無辜的，那我覺得自己可以安然地離開人世了。」

這個可憐的蒙難者就是這樣竭力安慰別人、同時也聊以自慰的。她已經如願以償，真正做到了無怨無悔，從順命運的安排。然而，我這個真正的殺人兇手卻感到那條永不死滅的蛀蟲仍在我胸中蠢蠢而動，不給我任何希望和安慰。伊麗莎白也在哭泣，她心裡也感到痛苦，但她的痛苦同樣是清白的，就像一片雲彩，飄過美麗的月亮，一時遮去了她的光輝，卻絕不會使她黯然失色。痛苦和絕望鑽入了我心靈的深處；在我的心頭沉重地壓著一座地獄，任何力量也無法將它摧毀。我們和賈絲婷一連待了幾個小時，伊麗莎白不得不竭力控制住自己的情緒，最後才依依不捨地離開了賈絲婷。「我情願和你一起去死，」她哭泣著說，「我沒法再活在這個充滿了痛苦的世界上。」

賈絲婷做了極大的努力，才強忍下苦澀的淚水，做出一副高興的樣子擁抱伊麗莎白，並用克制住的動情聲調對她說：「永別了，美麗的小姐，我最親愛的伊麗莎白，我深愛的、唯一的朋友，但願上蒼施恩於您，保佑您，讓您活下去；但願這是您遭受的最後一次劫難。您要好好活下去，快快樂樂的，也要讓別人幸福愉快。」

第二天早晨，賈絲婷被處以絞刑。儘管伊麗莎白為賈絲婷做了言詞淒厲、令人揪心的申訴，可法官們仍然認定聖潔的蒙難者有罪，維持已經做出的判決。我也滿懷義憤，慷慨激昂地為賈絲婷申辯，可法官們置若罔聞。我本打算供出自己所做的一切，可當我接到法官們冷冰冰的答覆，聽到他們嚴酷無情的闡釋，我欲言又止，因為我這樣做，只會被人當作瘋子，並不能改變對我那可憐的受害者的判決。就這樣，她被當作殺人犯在絞刑架上處以極刑。

從我自己心中的痛楚，我轉而又想到了伊麗莎白那深沈而無言的悲哀。這也是我的罪過！我父親心中的苦澀，那個不久前還充滿了歡笑，而今卻變得淒愴悲涼的家庭，這一切都是我這雙十惡不赦的手造的孽啊！哭泣吧，你們這些可憐的人；可這不是你們最後的眼淚！你們還會為死去的人出殯號喪，人們還會一遍又一遍地聽到你們的哀嘆慟哭！弗蘭肯斯坦，你們的兒子，你們的親人，你們過去深愛著的朋友，他甘願為你們揮灑每一滴生命之血，可他如今已心無所思，萬念俱灰，失去了往日歡樂的感覺，除非歡樂會映現在你們那親切的面龐上；他願意祈求蒼天賜福你們，甘願終生侍奉左右，可他卻讓你們噓唏悲咽，灑下無盡的淚水；如果無情的命運之神就此得到滿足，而毀滅之神亦就此善罷甘休，不在你們遭受痛苦的折磨之後再將你們打入墳墓，永遠安息，那他就深感幸甚，大喜過望了！

我那先知先覺的靈魂如是預測著未來。我眼望著我深愛的人們在威廉和賈絲婷的墳墓前悲哀嘆息——他們的悲哀是徒然的，因為這兩個蒙難者只是我褻瀆神明之術的第一批不幸的受害者。悔恨、恐懼和絕望折騰著我的心。

第九章

一系列接踵而來的事件往往使人們百感叢生，心情跌宕起伏，隨之而來的便是死一般的沈寂，情緒消沈，懈怠駑散，等待命運的裁決；心中的希望和恐懼也喪失殆盡——世上再也沒有比這更令人悲愴痛苦的事了。賈絲婷離開了人世，她安息了；而我卻還活著。血液仍在我的血管裡自由地流動，然而絕望和悔恨卻沈重地壓在我的心頭，怎麼也擺脫不掉。我夜不能寐，終日像個怙惡不悛的幽靈四處遊蕩，因為我幹出的那些喪盡天良的罪惡勾當，無論用怎樣可怕的文字都無法描述。而且我不得不相信自己以後還會造孽，我的惡行遠遠還沒結束。然而，我的心卻充滿了仁慈和對美德的熱愛。我曾滿懷種種善良的心願開始我人生的旅途，渴望有朝一日能將我的心願付諸實施，從而使我自己成為人類的有用之材。而如今，這一切都化為泡影了。我的良心不得安寧，我無法心安理得地緬懷往事，因而不可能再從往事中獲取新的希望。恰恰相反，悔恨與罪惡感緊緊地攫住了我，而且很快將我推向地獄，使我遭受難以形容的巨大折磨。

這種精神狀態侵蝕著我的身心健康，而且自從第一次遭受打擊之後，我恐怕從來就沒有完全恢復過來。我對所有的人都避而遠之，一聽到別人的歡聲笑語，心裡就感到難受。孤獨——深沈、晦暗、死一般的孤獨，才是我唯一的安慰。

父親發現了我性格和日常習慣等方面的明顯變化，心裡十分痛苦。他千方百計地啓發我，以他自己安然的心緒，清白無過的生活經歷，循循善誘地開導我，試圖激發我的堅強意志，喚起我驅散心頭烏雲的勇氣。「維克托，你是不是覺得，」他說道，「我心裡不難受？我對你弟弟的疼愛是任何人也比不上的。」（他說著說著，眼睛裡便噙滿了淚水。）「但是，我們不應該過度悲傷而增添別人的痛苦，這難道不是我們對活著的人的一種責任嗎？你也應該對自己負責，過度的悲傷不利於你恢復健康，也使你無法享受生活中的樂趣，甚至連日常工作也不能做。如果這樣，一個人是不可能在社會中生存下去的。」

父親的意見固然不錯，可對我的情況一點也不適用。如果不是極度的悔恨和惶恐不安的心情與其他種種感覺交織在一起，我本應該把悲哀埋在心底，去安慰自己的朋友。而現在，我只能以悲觀的神色回答父親，盡量避開他的目光。

大約在這個時候，我們回到貝爾里韋的宅第去住了。這次搬遷使我感到特別愉快；住在日內瓦城裡讓人煩悶，因為城門通常晚上十點關閉，過了十點便不可能在湖上划船；而我現在可自由了。晚上，我常常在家人就寢以後，帶上小船，泛舟湖上，一連划上幾個小時。有時，我將船帆撐起，在湖上隨風飄蕩；有的時候，我把船划到湖中心以後，便索性任由小船隨波逐流，而自己則陷入痛苦的回憶之中。這時，我常常受到誘惑。四周靜悄悄的（只有在我靠岸時，才能聽到幾隻蝙蝠和青蛙時斷時續的刺耳叫聲），唯獨我焦躁不寧，心煩意亂地在這美麗而令人神往的景色中徘徊遊蕩。我是說，每當這時，我就受到誘惑，恨不得縱身躍入寂靜的湖中，聽憑湖水將我連同我的災難一起淹沒。可是，我一想起勇敢的伊麗莎白正在遭受痛苦的煎熬，我就控制住了自己煩亂不寧的情緒。我對伊麗莎白滿懷一腔柔情，她與我心心相印；我還想到了我的父親和我那活著的弟弟。我怎能卑鄙地拋棄他們，任由他們無人保護而遭受那個由我放到他們中間去的惡魔殘害？

在這種時刻，我總是心如刀割，低聲啜泣，同時也企盼著自己的心靈能恢復平靜；只有這樣，我才能為自己的親人帶來安慰和幸福。然而，這一切已不可能實現，悔恨使我心中所有的希望都破滅了。是我一手造成了這一切無可彌補的災難。我惶惶不可終日，生怕自己製造出來的那個魔鬼又會犯下什麼新的罪行。我隱隱約約地感到，這一切並沒有就此了結，他還會做出更令人怵目驚心的罪惡勾當來，而其罪行之嚴重幾乎可以抹去人們對往事的回憶。只要我所愛的一切尚存人間，我心中的恐懼就不可能消除。我對那個惡魔深惡痛絕，這種仇恨難以用語言表達。一想起他，我就咬牙切齒，兩眼冒火，恨不得殺死那個我如此輕率造出來的怪物。每當我想起他毒如蛇蠍的心腸和他喪心病狂的罪惡行徑，我就按耐不住滿腔的憤恨，心中燃起復仇的怒火。如果我能站在安第斯山巔將那惡魔扔下山去，我定要去那兒朝聖，拜謁山神。但願我能再碰見他，好讓我將心中的深仇大恨通通發洩到他的頭上，為威廉和賈絲婷的死報仇雪恨。

我們這個家成了哀喪之家。由於近來發生的一系列令人恐怖的事件，父親的身心受到了極大的摧殘。伊麗莎白痛苦不堪，心如死灰；她再也無法從處理日常事務中獲得任何樂趣。對她來說，任何歡樂都是對死者的褻瀆。她覺得，只有永恆的哀思和淚水才是她對慘遭摧殘、毀殺的無辜者所應表示的敬意。她已不再是兒時那個快樂的小女孩，終日與我漫步湖畔，興致勃勃地暢談未來廣闊的前景；而是第一次感覺到了那些最終將使我們雙雙離開人世的悲傷和愁苦。這初次嘗到的悲哀，使她心情晦暗，往日甜蜜無比的微笑已蕩然無存。

「親愛的表哥，」她說道，「每當我想起慘遭殺害的賈絲婷・莫里茲，我就無法再用以前的眼光去看待這個世界和它的各個組成部分。過去，當我從書本中讀到，或是聽別人說起一些犯罪的事情和不公正的行為時，我總認為這些都是古老的傳說，或是虛構出來的罪惡；至少可以說這些事情離我們十分遙遠，而要理解它們，只能憑人們的理智，而不是人們的想像。可現在，我已深深體嘗到痛苦的滋味。在我看來，人就像嗜血成性的魔鬼。當然，我這麼說也失之偏頗，並不公允。大家都認為那可憐的女孩是有罪的；如果她真的犯下了她為之吃苦受難的罪行，她無疑是芸芸眾生中最為可恥的敗類。僅僅為了些許珠寶，就殺害了自己恩人和朋友的兒子，殺害了一個自出生之日起便由她撫養的孩子，而且她愛這孩子，就像愛自己的親生骨肉一般！我不贊成處死任何人，但我肯定認為，這樣的人是不適合在人類社會中繼續生存下去的。然而，她是無辜的。我心知肚明，她是清白無罪的。在這一點上，你我看法一致，這就更加堅定了我的信念。唉！維克托，如果謊言看上去與真理能如此相像，真假難辨，那誰能擔保自己一定能獲得某種幸福？我似乎覺得自己是在懸崖峭壁的邊沿上行走，而成千上萬的人蜂擁而至，試圖將我推下萬丈深淵。威廉和賈絲婷被殺害了，而兇手卻溜之大吉；他逍遙自在，無拘無束，也許還受到別人的尊敬。如果我犯了同樣的罪行，我寧可被推上絞刑架處死，也絕不像那卑鄙之徒，逃之夭夭。」

我聽著伊麗莎白這番話，心裡就像刀割般痛苦。雖然我並未親手去殺人，但實際上，我就是真正的罪魁禍首。伊麗莎白看出我臉上極度痛苦的神色，便關切地拉起我的手說道：「我最親愛的朋友，你一定要平靜下來。天知道這些事情給我帶來了多大的打擊，可我不像你那麼痛苦。你的臉上帶有一種絕望的神情，有時還露出報仇雪恨的凶相，真讓我看了不寒而慄。親愛的維克托，你要將自己心中陰鬱、暴戾的種種情感排遣掉，不要忘了你周圍的朋友，他們將心中所有的希望都寄託在了你的身上。是不是我們失去了使你幸福的力量？啊！只要我們有一顆愛心，彼此以誠相待，我們就能在你的故鄉——在這塊寧靜祥和、風光綺麗的土地上獲得安寧和幸福——還有什麼力量能攪擾我們平靜的生活呢？」

我對伊麗莎白的珍愛，勝過這世上任何財富至寶。她這番肺腑之言，難道還不足以趕走在我心中作祟的惡魔嗎？即便在她說話的時候，我也身不由己地往她身邊靠過去，似乎心有餘悸，生怕那嗜殺成性的惡魔在這個時候突然出現，將她從我身邊奪走。

如此看來，纏綿的情意，大地的美景，甚至天國的絢麗都無法將我的靈魂從痛苦中拯救出來；愛的訴說也無濟於事，而籠罩在我心頭的烏雲，任何有益於我的力量都無法穿透。一隻被射傷的鹿兒，拖著癱軟的四肢，踉踉蹌蹌地走向一處蕭森冷寂的叢林；在那兒，它盯著那支穿透自己身體的利箭，默默地死去——此鹿與我何其相似。

有時，我倒還能忍受壓抑在心頭的憤懣絕望之情，可有時，我心中旋風般勢如破竹的猛烈情感，驅使我借助肉體的運動或更換所處的環境，以緩解一下難以忍受的劇烈心情。有一次，我突然發作起來，便立刻離家，向附近的阿爾卑斯山峽谷走去，試圖借助雄偉壯麗、萬古千秋的景致，忘卻自我，忘卻短暫（因為是人的）悲愁。我信步朝沙穆尼峽谷㉘走去，那是我少年時代常去的地方。現在，六年過去了，我已變得瘦骨嶙峋、心灰意懶——而那些原始、永恆的山野景觀卻依然如故。

我騎馬走完了前半段路程；隨後，我租了一頭騾子，因為山路崎嶇，騾子步履穩健，失蹄摔傷的可能性最小。天高氣爽；時值八月中旬，離賈絲婷死後約兩個月時間，我所有的悲傷苦痛都是從那個不幸的事件開始的。隨著我不斷向阿爾夫峽谷縱深行進，我明顯地感到自己精神上的重負減輕了。在我的周圍，崇山峻嶺綿延起伏，溝壑絕壁嶙峋陡峭——阿爾夫河在巉岩亂石間喧囂奔騰，周圍那傾瀉而下的瀑布，激越喧豗。這一切，顯示出一種偉大的力量，似乎欲與無所不能的上帝分庭抗禮。我不再感到恐懼，也不再屈從於任何生物，因為一切生物都無法與創造並統治大自然的上帝相抗衡；而在這裡，大自然充分展示出它那無比雄偉壯麗的景色。我繼續往上攀登，只見整個峽谷越發顯得巍然壯觀、氣象萬千，令人驚嘆不已。山上松林叢生，高處的懸崖峭壁上仍殘留著古城堡的頹垣斷壁。奔騰咆哮的阿爾夫河，加上散落在綠樹叢中的山野農舍，真可謂風景獨好，美不勝收；而巍峨雄壯的阿爾卑斯山更使這幅美景平添了幾分莊嚴。那一座白雪皚皚、光芒四射的山峰和隆丘俯視著周圍的一切，它們似乎屬於另外一個世界，是另一種生物的安身立命之處。

過了佩里西爾橋，展現在我眼前的是由阿爾夫河沖擊而成的深谷。我開始攀登聳立在河谷之上的大山。沒過多久，我便進入了沙穆尼峽谷。這一帶比塞沃克斯更顯得雄偉奇妙，莊嚴肅穆；但沒有我剛剛經過的塞沃克斯那麼風景如畫，美不勝收。白雪皚皚的高大山脈直接形成了這條峽谷的邊界，但我沒有再見到古城堡的廢墟和沃野肥田。茫茫無際的冰川幾乎延伸至路邊。我聽到雪崩發出雷鳴般巨大的轟響，看到它移動時噴灑出來的霧氣煙塵。白朗峰，雄偉壯麗的白朗峰，矗立在拱衛著它的針尖般的山峰之中，它那巨大的山頂俯瞰著整座沙穆尼大峽谷。

在這次旅行期間，喪失已久的那種令人心顫的歡愉常常在我心頭湧起。路上的某個轉彎處，或是突然碰到什麼乍看陌生，卻又眼熟的景物，都會使我想起那些逝去的歲月，想起那輕鬆愉快的童年時代。微風在我耳邊喁喁低語，給我以心靈的慰藉；大自然像母親一般安撫我，囑咐我擦乾眼淚。可隨後這股親切友好的感染力失去了作用。我發現自己又一次被哀傷悲愁緊緊纏住，沈浸在對往昔苦痛的回憶之中。於是，我驅使乘坐的牲口向前疾駛，想竭力忘掉這個世界，忘掉自己心中的恐懼，特別是要忘掉自我。除此之外，我還採取一種更加極端的方式，翻身跳下坐騎，一頭撲在草地上，任憑恐懼和絕望將自己壓垮。

㉘ 位於法國境內的阿爾卑斯山中的一冬季旅遊勝地。

最後，我總算到達沙穆尼村。在經受了肉體和精神上的極度勞累之後，我終於精疲力竭，困頓不堪。我在窗前站立片刻，凝眸注視著在白朗山巔飛舞的白色閃電，側耳傾聽在腳下喧囂奔騰的阿爾夫河。這水聲對極為敏感的我來說，宛如一首搖籃曲，催我入眠。我剛把頭靠到枕上，睡意便向我襲來；我能感覺到它的來臨，它使我暫時忘卻了一切。一種感激之情在我心中油然而生。

第十章

第二天，我一直在峽谷中漫遊。我佇立在阿維農河的源頭。這條河源於一條大冰川。這冰川從群山之頂緩緩而下，在峽谷裡形成一條冰河。我的眼前矗立著巍峨陡峭、連綿不絕的崇山峻嶺，而由冰川形成的冰牆高懸在我的頭頂之上。零星幾株倒伏的松樹散落四周。富麗堂皇的大自然威嚴肅穆，一片沈寂，唯能聽到嘩嘩的波濤聲，巨大的土塊坍塌時發出的轟鳴聲，或是冰川崩落時的巨響，以及在山間迴響震蕩的冰川斷裂之聲。恆久不變的自然法則悄無聲息地撕扯著千年冰層，使之不時斷裂，彷彿那冰層只是這些法則手中的一個玩具。這一派壯麗雄偉的景色給了我莫大的安慰，同時蕩滌了我心中渺小卑微的念頭，使我的精神境界得到了昇華。雖然我心中的悲哀尚未消除，但還是有所緩解，我的心中也因此趨於平靜。從某種程度上來說，山中的美妙景致也分散了我的注意力，使我擺脫了鬱積心頭一月之久的種種思緒。夜晚，我安然入睡；白日裡凝目注視的各種雄偉綺麗的景物，彷彿成了一群侍者，侍奉我甜甜地進入夢鄉。那銀裝素裹、潔白無瑕的山頂，那光芒四射的峰尖，那松林，那崎嶇荒蕪的溝壑，還有那在雲天中翱翔盤旋的山鷹——這一切景物都伴隨在我的身邊，囑咐我安然入睡。

第二天清晨，當我從睡夢中醒來時，這一切都躲到哪裡去了？動人心魄的美景已隨著睡夢化為烏有，令人壓抑的悲哀又重新襲上心頭。屋外飄潑大雨傾盆而下，濃厚的霧靄遮住了群山的峰頂，甚至連這些威武雄壯的老朋友的面容也看不清了。然而，我仍要撩開它們的霧簾，去那陰晦的幽靜之處尋找它們的蹤影。狂風暴雨又算得了什麼？僕人將我的騾子牽了過來，我決心登上蒙坦弗特山巔。我第一次見到這座山時，那浩浩蕩蕩、川流不息的冰河在我心中留下的印象仍記憶猶新。當時我欣喜若狂，同時心中充滿了對它的無限崇敬，我的靈魂彷彿生出了翅膀，從昏冥慘淡的世界飛向光明和歡樂。大自然中威武雄壯的奇觀勝景的確讓我肅然起敬，使我忘卻昔日生活中的憂愁和煩惱。我絕對不要嚮導，單獨前往，因為我很熟悉登山的路線，而如與他人同行，勢必破壞那一帶獨具的壯麗而孤寂冷清的景色。

山勢嵯峨，但沿著修築在山間那蜿蜒曲折的小路，你便能爬上陡峭險峻的山峰。這一代荒寞寂涼，令人駭然。冬日雪崩遺留下來的碎冰殘雪隨處可見；滿地都是倒塌斷裂的樹木，有些樹已被完全毀壞，有些則被壓彎了，斜靠在突起的山岩之上，或是橫臥在其他樹上。如果繼續往上爬，山路常被雪溝阻斷，山上的岩石還不時順雪溝滾落下來，其中一種山石非常危險，只要有一丁點聲響，哪怕是說話聲大一點，也會引起空氣的震蕩而足以給說話者帶來滅頂之災。山上的松樹長得並不高大，也不那麼枝繁葉茂，但顯得冷峻森嚴，給這裡的景致平添了幾分凝重的色彩。我俯視著腳下的峽谷，只見茫茫霧靄從流經峽谷的河面瀰漫開來，圍著對面的群山繚繞縈迴，形成一個個圓圓的霧環。群山的峰頂掩藏在浩瀚的雲海之中，而大雨則從昏暗的天空中傾注下來，這更加重了周圍景物給我留下的抑鬱傷感的心情。唉，人為什麼要誇耀自己比野性動物具有更高級的情感呢？這反而使人類成了更受外界事物制約的動物。如果我們的衝動僅僅來自飢渴和情慾，那我們幾乎可以不受外界事物的制約而獲得自由。然而現在，只要颳上一陣風，或是偶爾說的一句話，或是這句話所表達的意境都會使我產生某種情感。

我們就寢，一個夢卻能毒害睡眠，
我們起身，一縷飄忽的思緒就毀了一天。
我們感受，想像或推理；歡笑或哭泣，
心懷繾綣的憂思，或將愁緒擱置一邊；
全都一個樣，因為，無論歡樂或悲哀，
感情的排遣徜徉依然，

人世間的昨天或許永遠不同於明天，
唯有無常才永恆不變！㉙

約莫正午時分，我登上了山頂。我在一塊俯臨冰川的岩石上稍坐片刻。只見茫茫霧靄籠罩著冰川和它周圍的群山。俄頃，一陣微風吹來，雲消霧散。這時，我走下岩石來到冰川上。冰川的表面起伏不平，宛如波濤洶湧的海面——高處如巨浪掀起，低處則舒緩平和，上面還散布著許多深不可測的裂縫。這一大片冰川差不多有三英里寬，我花了將近兩個小時才橫穿過去。對面的山是一座寸草不生的懸崖峭壁。從我站的這邊望去，正對面三英里處便是蒙坦弗特山；而巍然屹立在它上方的便是那座令人敬畏的白朗山了。我待在這座石山上的一個凹陷處，凝望這片瑰異美妙，蔚為壯觀的景色。這片海洋，或是更確切地說，這條巨大的冰河，在與它鄰接的群山中迂迴盤繞，而直插雲霄的群山峰頂則俯瞰著冰河的凹陷處。這座座峰巔為冰雪所覆蓋，四周雲霧繚繞，在陽光的照耀下，閃射出熠熠的光輝。我以前愁思滿懷，而此刻，精神為之一振，心中充滿了無比的喜悅。我大聲呼喊：「遊蕩的神靈啊，如果你們真的四處遊蕩，而不在你們那狹窄的臥榻上安眠，請你們把我當作伴侶，帶我遠離生活的歡樂——請賜給我這一微不足道的幸福吧！」

我話音未落，突然發現離我不遠處有一個人影，正以超過常人的速度向我疾步走來。我剛才走過佈滿裂縫的冰川時，可真是小心翼翼，而他卻毫無顧忌，遇到裂縫一躍而過。等他走近時，我發現他的身材似乎也超過常人。我心中頓時惴惴不安起來，眼前一黑，差點癱倒在地上；幸好這時一陣清涼的山風吹來，我才很快恢復了知覺。那人影越走越近，我這才看清了，這傢伙（五大三粗的，真令人厭惡！）就是我親手造出來的那個惡魔。我又氣又怕，渾身都在發抖，決計等他走到跟前時衝上去，與他決一死戰。他走了過來；只見他臉上顯得十分痛苦，同時還流露出輕蔑、狠毒的神色，而那副奇醜無比的相貌著實可怕，實為人眼所無法忍受。然而我根本無心打量他。剛開始，由於怒火中燒，滿腔仇恨，我一時氣得說不出話來，可等我控制住了自己的情緒之後，我便唇槍舌劍，向他發起猛烈進攻，將自己心中的憤恨和輕蔑一古腦兒地傾瀉到他的頭上。

「惡魔！」我大聲叫道，「你敢走上前來嗎？難道你不怕我有力的手臂一把揪住你那無恥的腦袋報仇雪恨嗎？滾開，卑鄙無恥的東西！否則，你就待在這兒，看我把你踩個稀巴爛！哦！但願我能殺了你這無恥之徒，讓那些被你殘酷殺害的無辜者死而復生！」

「你這樣對待我，早在我意料之中，」那惡魔說道，「大家都恨卑鄙小人，可我，一

㉙ 出自雪萊 1816 年所作的《無常》一詩。

個萬物生靈中最為不幸的人卻反遭眾人痛恨！而你，我的主人，也憎恨我，把我一腳踢開，我可是你創造出來的，你我息息相關，緊密相連，除非毀了我們兩人中的一個，否則，我們之間就不可能一刀兩斷。你怎麼竟敢蓄意殺我，視生命如同兒戲？如果你履行對我的義務，如果你答應我的條件，我就會讓你們大家都平安無事；如果你拒不答應，我就讓死神大飽口福，直到它心滿意足，將你剩下的朋友的血吸乾為止。」

「可惡的惡魔！你這惡貫滿盈的妖魔！你造的那些孽，即使把你打入地獄，施以酷刑，也太便宜了你。凶殘惡毒的惡魔！你責怪我創造了你，那好，你就給我過來，讓我把自己如此貿然賦予你的生命火花熄滅掉吧。」

我怒不可遏。欲將對手置於死地的種種強烈的情感驅使著我向他猛撲過去。

他一閃身，輕而易舉地躲過了我，隨後說道：「冷靜點！你先別將一腔怨恨發洩到我的頭上，我是忠實於你的。且聽我說，難道我受的罪還不夠，你還要雪上加霜，增加我的痛苦嗎？雖然生命只意味著痛苦的不斷累積，可它對我來說畢竟是寶貴的。我一定會保衛我的生命。請你記住，是你賦予了我力量，使我比你更加強大。我身材比你高大，四肢比你靈活，可我並不想與你作對。我是你的創造物，如果你能盡到自己的責任，也就是你欠我的那份責任，我甚至願意對我理所當然的君主和顏悅色，俯首稱臣。唉，弗蘭肯斯坦，你對別人公平，唯獨欺凌我一人，你不能這樣；你是最應該對我公平的人，你甚至應該對我寬厚仁慈，顯示你的一片愛心。你不要忘了，我是你創造出來的，應該是你的『亞當』，可事與願違，我卻成了被打入地獄的天使，平白無故地被你逐出天國的樂園。無論我走到哪裡，都能看到天堂般的極樂世界，可我，唯獨我，卻永遠與幸福無緣。我以前也曾是仁慈、善良的，只是因為不幸的遭遇才使我變得凶殘歹毒。給我幸福吧，我會重新變得心地善良的。」

「滾開！我不想聽你說話。你我之間毫無共同之處，我們是冤家對頭。滾開，否則就讓我們比力鬥勁，大戰一場，拼個你死我活！」

「我怎樣才能打動你的心呢？我懇求你慈悲為懷，善待我，難道你對我的苦苦哀求無動於衷，不願向你的創造物投來同情的目光？相信我，弗蘭肯斯坦，我原本是仁慈善良的，我的靈魂閃耀著愛和人性的光華；然而現在，難道我不孤獨嗎？你，我的主人，尚且恨我，那我還能從你的同類中得到什麼希望？他們根本不欠我什麼，只是切齒痛恨我，將我一腳踢開。蕭瑟冷寂的群山和渺無人跡的冰川就是我的棲身之處。我在這裡已遊蕩多日，我唯一不感到害怕的冰窟便成了我的避難所，而人類願意給我的唯一東西也就這冰窟了。我常向廣袤無邊的蒼穹歡呼致意，因為它比你的同類更加和善親切。如果芸芸眾生知道我的存在，他們就會和你一樣欺凌我，拿起武器殺死我。對於痛恨我的人，難道我不應該報之以仇恨嗎？我絕不會和我的仇家握手言和；我備受痛苦的煎熬，我也要他們嘗一嘗痛苦的滋味。但是，你有能力對我的不幸遭遇作出補償，從而將他們從災難中拯救出來；否則，這場災難將演變成彌天大禍，不僅你和你的家庭，而且成千上萬的人都會被這場浩劫所掀起的狂暴旋風所吞噬。你就發發慈悲吧，不要嫌棄我。請你聽一聽我的經歷，等你聽完之後再做出判斷：我究竟應該被你遺棄，還是應該受到你的同情。但是，你得先聽我說。雖然犯了罪的人凶殘歹毒、血債累累，但在宣判他們有罪之前，人類的法律仍然允許他們為自己申辯。聽我說，弗蘭肯斯坦，你指責我殺了人，可你呢，也想毀了你的創造物，以使你的良心得到安寧。哦！盛讚人類永恆的正義吧！當然，我並不是求你放了我，請你先聽我申辯；然後，如果你硬要殺我，又有本事殺了我，那你就把自己親手創造的成果毀了吧。」

我回答說：「為什麼你要讓我想起那件令人不寒而慄，不堪回首的往事？而那可恥的罪魁禍首就是我。可惡的魔鬼，我詛咒你見到光明的那個日子！詛咒我這雙該死的手（雖然我是在詛咒我自己）竟將你造了出來！你把我折磨得苦不堪言，竟使我失去了判斷的能力，就連對你是否公平也全然不知。滾開！不要讓我再看到你那可憎的身形。」

「既然如此，我的締造者，我這就不讓你看到我。」說著，他伸出那雙令人憎惡的手遮住我的眼睛，我使勁將他的手推開。「我這樣做是為了不讓你看到你所痛恨的東西，而你仍然能聽我說話，並向我表示同情——憑我以前所具有的美德，我要求你賜與我同情。聽我講述我的經歷吧，我的故事曲折離奇，一言難盡。這地方的氣溫不太適合你多愁善感的性格，還是到山上的那間茅舍去吧。太陽這會兒還挺高，在它下沈到那冰雪覆蓋的懸崖峭壁後面，照亮另一個世界之前，你就會聽完我的故事，那時你就可以做出決斷了。是讓我永遠離開人類，去過無害於人類的生活，還是成為你同類的禍害，成為你自己迅速毀滅的罪魁，這就全由你自己決定了。」

他一邊說話，一邊在前引路，穿過冰川。我跟在他後面，心理百感叢生，很不平靜，根本沒有去理睬他。我邊走邊想，掂量著他提出的種種理由，決定至少先聽聽他的經歷。由於對他的同情，同時也出於好奇，我才決定這麼做的。至今為止，我一直認為他就是謀殺我弟弟的兇手，而我也急切地想證實或推翻這一看法。同時，我也是第一次感到，一個創造者對他的創造物應該承擔怎樣的責任，我應該首先讓他快樂幸福，才能指責他的惡劣行徑。這些想法促使我同意了他的要求。於是，我們穿過冰河，爬上了對面的石頭山。寒風瑟瑟，雨又開始下了起來，我們走進那間茅棚，這惡魔欣喜若狂，而我卻心情沈重，精神頹唐。不過，我已同意聽這醜八怪講故事，便在他早已生好的一堆火旁坐了下來。於是，他便開始講起了他的經歷。

第十一章

「我費了九牛二虎之力才回想起自己生命之初的情況。在那段時間裡發生的一切都顯得那麼紛繁雜亂，模糊不清。各式各樣新奇的感覺同時向我襲來，我一下子便既能看又能摸，既能聽又能嗅了。當然，過了好長一段時間我才學會區分各種感官的功能。我還記得，當時一種較強的亮光逐漸壓迫著我的神經，使我不得不閉上眼睛。後來一陣黑暗將我攫住，我不禁心慌意亂起來。可我剛有這種感覺，那陣亮光又重新傾注到了我的身上；現在想來是我又一次睜開眼睛的緣故。我於是邁步走了起來，我想當時是往下走的。沒過多久，我又發現自己的感覺起了很大變化。以前，我的四周全是些黑乎乎不透光的物體，摸不著，看不見；而現在，我覺得自己可以行走自如，可以跨越或者避開任何物體了。那亮光對我神經的壓迫越來愈重。當時天氣很熱，我走著走著，便感到熱得不行，於是我找了個地方歇涼。那是因格爾施塔特附近的森林。我在林中的一條小溪邊躺下，消除身體的疲勞，直至感到飢渴難忍，這才從幾乎是休眠的狀態中甦醒過來。我找來一些掛在樹上或落在地上的漿果充飢，又在小溪邊喝了點水，接著就倒在地上呼呼睡去了。

「等我一覺醒來，天色已黑。這時，我感到冷得慌。也許是出於本能吧，我發現自己孤零零的，心中不免生出幾分恐懼之感。我在離開你的住所之前，覺得有點冷，便在身上裹了幾件衣服；但僅憑這幾件衣服無法抵禦夜晚的寒露。我是個兩手空空、無依無靠的可憐蟲，什麼都不知道，什麼也分辨不清，只感到周身疼痛。我一屁股坐在地上，傷心地哭泣起來。

「沒過多久，一抹柔和的亮光悄悄地在空中閃現，它給我帶來了快樂的感覺。我心頭一驚，站起身來，看見一輪光環從樹叢中冉冉升起。我帶著幾分驚奇，目不轉睛地望著它。只見它移動緩慢，但它照亮了我前面的小路。於是，我又到處去尋找漿果。我仍然感到周身很冷。就在這時，我在一棵樹下找到了一件很大的無袖外套，我便將這件外套裹在身上，然後在地上坐了下來。我腦袋裡亂作一團，沒有任何明確的想法。我感覺到了亮光、飢餓、口渴和黑暗；數不清的聲音在耳邊響起，各種各樣的氣味從四面八方鑽進我的鼻孔。我唯一能辨認的東西便是那輪皎潔的月亮。我凝視著它，心裡十分快樂。

「晝夜交替，幾天過去了，夜間升起的那個球體大大縮小了。到這時，我開始能區分自己的各種感覺。漸漸地，我看清了那條供我飲水的清澈小溪，看清了以其繁茂的枝葉為我遮蔭避暑的各種樹木。我常常聽到一種悅耳的聲音，當我第一次發現這聲音來自一種有羽翼的小動物的喉管時，我心裡充滿了喜悅。那小動物還時常遮住我眼前的光線呢。同時，我也開始能夠更加準確地觀察周圍各種物體的形狀，並且看清了我頭頂上方那碩大閃光的天蓬的邊際。有時，我試著模仿鳥兒那清脆悅耳的歌聲，可總是學不像。有時，我想以自己的方式表達內心的各種情感，可我發出的聲音卻刺耳難聽，含混不清，嚇得我再也不敢出聲了。

「月亮從夜空中消失，接著再次出現，不過形狀已變小了；而我呢，這段時間一直待在森林裡。到這時，我的各種感覺已變得很靈敏，頭腦裡接受的新事物與日俱增。我的眼睛已適應了亮光，並能準確地看清各種物體的形狀；我不但能將昆蟲與草木區別開來，而且逐漸能辨認各種不同的草木了。我發現麻雀只能發出刺耳的聲音，而畫眉與鶇鳥的歌聲卻十分甜美誘人。

「有一天，正當我凍得瑟瑟發抖時，我發現了一堆篝火，那是幾個四處流浪的乞丐遺留下來的。這堆火給我帶來了溫暖，我心裡真有說不出的快活。我趁著一時高興，將手伸進尚有餘火的灰燼中，結果疼得我大叫一聲，趕緊將手抽回來。我心想，同樣一種東西竟能產生完全不同的結果，還真不可思議！我仔細查看了火堆，不禁欣然色喜，原來裡面燃燒著的全是些樹枝木頭。我立即找來一些樹枝，可這些樹枝都是潮的，根本燒不著。我心裡很不是滋味，只好靜靜地坐在那兒，目不轉睛地盯著火堆，看它是怎樣燃燒的。我放在火堆上的潮濕樹枝被熱氣烤乾，也燃燒了起來。我仔細琢磨其中的奧秘，並用手觸摸各種樹枝，這才恍然大悟。我立即站起來收集了一大堆樹枝木材，將它們烘乾之後，我就有足夠的木材生火禦寒了。夜幕降臨了，我也準備歇息，可我心裡還是七上八下，生怕篝火會熄滅。因此，我小心翼翼地將乾柴枯葉蓋在火堆上，然後又鋪了一層潮濕的樹枝。我把那件大外套往地上一攤，躺在上面，呼呼睡去了。

「當我醒來時已是早晨了。我首先想到的就是去看看那堆篝火。我撥開樹枝，火苗很快竄了出來。見此情景，我便用樹枝做了把扇子，扇起火來。那些行將熄滅的灰燼經我一扇，又重新燃燒起來。當夜晚再次來臨時，我欣喜地發現，火不僅生熱，而且發光。此外，火的發現對我的食物也大有用處。我發現遊客吃剩的一些食物都曾被燒烤過，比我從樹上採來的漿果味道好多了。於是，我也學著他們的辦法，將食物放在餘火未盡的灰燼上燒烤。結果，我發現漿果一燒便燒壞了，而堅果和塊莖類食物卻要好吃的多。

「然而，可吃的食物越來越少；我常常整天四處搜尋，想找幾粒漿果充飢，可仍然一無所獲。我發現自己這一處境後，便決定離開這個棲身之地，另找一個容易解決吃喝問題的地方落腳。然而，去別處度日，我就得放棄這堆篝火，心裡真有說不出的難過。我是偶然間發現這堆篝火的，自己根本不會生火。我一連幾個小時冥思苦想，盤算著如何解決這個難題，可最後還是沒想出好辦法。我只好作罷，不再去想那堆火的事了。我將那大外套裹在身上，穿過樹林，迎著落日走去。我就這麼一連走了三天，最後找到了那片空曠的山野之地。前一天夜裡下了一場大雪，四週一片白茫茫的，呈現出一幅蕭瑟淒厲的景象。我的雙腳踩著地面上這又冷又濕的東西，真是凍得厲害。

「這時大約是早晨七點鐘，我眼巴巴地希望能搞到點吃的東西，找個地方歇歇腳。最後，我在一座高坡上發現了一間小棚屋，顯然它是為了方便牧羊人歇息而蓋的。我還從來沒見過這種小茅屋，便好奇地打量著它的結構。我見這屋子的門敞開著，便走了進去。只見火爐旁坐著一位老人，正在爐子上做早餐。那老人聽到動靜轉過身來，一看到我，便大聲尖叫著衝出屋子，一溜煙地跑到野地對面去了。真看不出老人那瘦弱的身子，竟能跑得如此之快。他的外貌與我以前見過的任何東西都不一樣，加之他這麼拼命逃跑，我心裡覺得非常奇怪。不過，我還是被這間小棚屋給迷住了。這裡雨雪透不進來，地上是乾的。對我來說，這真是個精妙絕倫的居所，我那高興的心情就像地獄裡的惡魔，在飽受火海的煎熬之後見到群魔殿一樣㉚。我貪婪地吞食著牧羊人撇下的早餐——麵包、奶酪、牛奶和葡萄酒，可我對葡萄酒不感興趣。吃了些東西以後，我感到渾身疲憊不堪，便躺在稻草上睡著了。

「我醒來後已是中午時分，溫暖的陽光灑在白雪皚皚的原野上；禁不住陽光的誘惑，我還是決定繼續趕路。我找來一個皮口袋，將剩下的早餐倒了進去。我在野地裡一連走了好幾個小時，直至太陽落山時，來到了一座小村莊。這村子在我眼裡真是妙不可言：那一間間小棚屋，那一座座更為整潔的農舍，還有那一棟棟富麗堂皇的住宅真令人目不暇接，讚嘆不已。園子裡各式各樣的蔬菜以及一些農舍窗台上放著的牛奶和奶酪撩撥著我的食慾。我走進一間最漂亮的農舍，可我剛將一條腿跨進大門，屋子裡的孩子們便尖聲大叫起來，其中一個女人還嚇暈了過去。整個村莊都騷動起來；有的奪路而逃，有的則向我進攻，用石頭砸我，向我投來各種利器，直把我打得鼻青臉腫、遍體鱗傷。我趕緊逃到野外，戰戰兢兢地躲進了一間低矮的空棚屋裡。看過了村裡那些宮殿般的宅第之後，這間小棚屋就顯得十分寒酸了。這間小屋連著一座外觀整潔、令人賞心悅目的農舍；不過，由於剛才那段慘痛的經歷，我沒敢再貿然進屋。我這個棲身之處是用木頭搭成的，屋子很矮，只是勉強能坐直身子而已；地上沒鋪木板，是泥地，不過倒也乾燥；雖說這屋子千瘡百孔，四面透風，但有這樣的棲身處，能躲避雨雪，我已心滿意足了。

「我就這樣躲在了這個小棚屋裡。我往地上一躺，心裡美滋滋的，慶幸自己找到了

㉚ 此處典故出自彌爾頓的《失樂園》。

一個安身之處；不管這屋子怎樣簡陋，它畢竟能夠抵禦冬日的嚴寒，更重要的是，能避免人類對我的進攻。

「晨曦微露，我便從這低矮鄙陋的棚子裡爬了出來，想看一看隔壁的那棟農舍，也想打探清楚，看自己還能不能在剛找到的這個小棚子裡繼續住下去。這間棚屋緊挨著農舍的背部，一邊與豬圈相通，周圍還有一個清澈的水塘，棚屋的另一邊是敞開的，我昨晚就是從這兒爬進去的。不過，我現在已用石頭和木塊將所有的縫隙通通堵住，免得別人看到我躲在裡面；當然，我並未將出口封死，外出時還可將石頭和木塊移走。我能享受的一點光線是從豬圈透過來的，但我已覺得足夠了。

「這樣整好了住處之後，我又在地上鋪了一層乾淨的稻草。這時，我看見遠處閃過一個人影，便返身爬進棚屋，因為昨晚的遭遇我還記憶猶新，我決不再將自己交給他們，聽憑他們的擺佈了。不過，那天我事先已為自己準備好了食物——一條偷來的粗麵包，還有一個杯子，可供我飲用住處旁流過的乾淨水。用杯子舀水比我用手捧水喝方便多了。地面墊高以後非常乾燥，加之離農舍的煙囪很近，屋裡還算暖和。

「起居飲食如此安排得當之後，我便決定在這間小棚屋裡住下來，除非出現什麼意外的變故，使我改變自己的決定。我以前棲身於樹林裡，四周無遮無掩，雨水順樹枝淌下，地上陰暗潮濕；相比之下，這裡堪稱天堂了。我喜滋滋地吃完早餐，正想挪開一塊木板去舀點水喝，突然聽到外面傳來腳步聲。我從一條細小的縫隙望去，只見一個年輕女人，頭上頂著一個小桶從我的棚屋前走過。這女孩挺年輕，舉止文雅，與我以前見過的山野村民和農家僕人大不一樣。可她衣著簡陋，僅穿一條藍粗布裙子和一件亞麻布上衣。她那一頭金髮梳成了一條辮子，但頭上沒有任何飾物。她看上去挺堅毅，但還是流露出哀傷的神色。她從我視線裡消失了，但約莫過了一刻鐘，她又折了回來。這回她頭上頂著的那個小桶裡盛了半桶牛奶。看她走路的樣子挺吃力的；這時，一個年輕小伙子迎了過來。那小伙子顯得更加鬱鬱不樂。只聽他神情黯然地說了些什麼，便從那女孩頭上拿下牛奶桶，拎著向農舍走去。女孩跟在他後面，兩人都從我眼前走了過去。不一會兒，只見那小伙子又回來了，他手裡拿了些工具，穿過農舍後面的田野，向對面走去。那女孩有時在屋裡，有時又在院子裡，忙裡忙外。

「我仔細查看了我的住處，發現農舍的一扇窗戶原先開在我這小棚屋的牆上，可後來那扇窗戶被木板堵起來了。其中一個窗格上有一條不易察覺的細小縫隙，透過這縫隙正好可以窺見屋裡的一切。我從縫隙裡看到，這是一間小屋子，四周牆壁刷了白色塗料，顯得乾淨整潔，屋內不見什麼傢具。在屋子的一角的火爐旁邊，坐著一位老人，他兩手撐著腦袋，神色十分沮喪。那年輕女孩正在收拾屋子。不一會兒，她從抽屜裡取出一樣東西，拿在手裡做了起來。女孩在老人身邊坐下，老人順手拿起一件樂器，開始彈奏起來。他彈奏的聲音比畫眉或夜鶯的鳴叫更加優美動聽。眼前的情景，即使在我的眼裡也是那麼美好動人。我真是個可憐蟲！以前從未見過任何美好的事物。這位滿頭銀絲、慈眉善目的老人使我肅然起敬，而這位溫文爾雅的女孩更激起了我的愛慕之情。老人又演奏了一支優雅而淒婉的曲子，我看到他身邊那個溫柔的女孩潸然淚下，可老人未加理會，直到女孩嗚嗚地哭出聲來，他才說了句什麼。那可愛的女孩放下手中的工作，跪在老人的腳邊。老人將她扶起，向她投去慈祥而飽含深情的微笑。此情此景在我心中激起了一種不同尋常的、極其強烈的感覺，一種痛苦與歡愉交織在一起的感覺；以前我無論是飢寒或是溫飽，都從未體驗過這種感受。我無法忍受心頭這番情感，便轉身離開了窗戶。

「此後不久，那年輕小伙子回來了，肩上扛了一捆柴火。那女孩在門口迎接他，幫他卸下那捆柴，並拿了一些柴火走進屋裡去，塞進爐子裡。接著，她和那年輕小伙子走到屋子的一個角落裡。小伙子拿出一大塊麵包和一片奶酪。女孩見了似乎喜孜孜的，便去菜園裡拿了些植物的根塊和莖類，先放到水裡，然後放在火爐上烘烤。做完後，她便接著做她手中的工作，而小伙子去了菜園，看樣子在忙著挖掘植物的根塊。他這麼又挖又拔地忙乎了約莫一個小時，那女孩也來幫他了，爾後兩人一起走進了屋子。

「在這期間，那位老人一直愁眉不展，可當他的兩位同伴回來時，他卻做出一副高興的樣子。他們幾人坐下來吃飯。那點食物很快便吃完了，女孩又忙著收拾屋子；老人由小伙子攙扶，在屋前的陽光下溜達了幾分鐘。這兩個出色的生靈，相互形成鮮明的對比，而他們的美是世上任何東西都無法比擬的：一個是耄耋老人，滿頭鶴髮，慈祥的臉上洋溢著愛的神情；一個是年輕小伙子，身材修長，體態優雅，五官勻稱，相貌堂堂，彷彿是模具澆鑄而成；只是他的目光和神態流露出極度的悲哀和沮喪。老人回身走進屋裡，那小伙子拿了幾件工具——與他上午用過的不同，直奔田裡去了。

「夜幕很快降臨了，可令我驚訝不已的是，這戶農家竟設法用蠟燭來延續光亮；而且我欣喜地發現，我在觀察這家人類鄰居時所感受到的愉悅之情也未因太陽落山而消失。晚間，那女孩和她的同伴忙這忙那，可他們做的那些事情我都看不懂。老人又拿起那件樂器演奏起來，那樂聲與我早晨聽到的一樣優雅、迷人。老人剛演奏完，年輕小伙子也來了一段，不過他不是演奏樂器，而是發出一連串單調如一的聲音，既不像老人手中的樂器那樣和諧，也不像鳥兒的嚶嚶鳴唱。我後來才發現，他是在朗誦，可當時我還不瞭解文字方面的知識。

「就這麼過了沒多長時間，他們全家人便吹熄了蠟燭，我想他們是睡覺了。

第十二章

「我躺在草地上，怎麼也睡不著，又想起了白天發生的事情。這些人溫文爾雅的舉止言談給我留下了極其深刻的印象。我渴望成為他們中的一員，可我又不敢輕舉妄動，因為前天夜裡我被那些蠻橫無理的村民們毒打一頓的情景仍歷歷在目。我打定主意，不管自己將來採取什麼行動，就目前來說，我還是老老實實地待在這個小棚屋裡，仔細觀察，盡量弄清楚支配他們行為的動機是什麼。

「第二天清早天沒亮，這戶人家就起床了。那女孩忙著整理屋子，準備早飯。小伙子一吃完早飯便離家外出了。

「這一天與前一天一樣，他們還是在忙那些日常事務。年輕小伙子總在外面幹活，而女孩則在家裡忙這忙那，辛勤勞作。我很快便發現，那位老人已雙目失明；他閒居在家，常演奏樂器，或陷入沈思；而那兩個年輕人對這位德高望重的老者所懷有的景仰、愛戴之情，是世上任何東西都無法相比的。他們對老人悉心照顧，體貼入微，而老人總是對他們報以慈祥的微笑。

「他們並不十分快樂。那年輕小伙子和他的同伴常常避開老人，暗地裡哭泣淚流。我看不出他們為什麼這樣悲傷，可他們的不幸深深地觸動了我。如果這麼可愛的人也要吃苦受難，那麼，像我這樣一個畸形醜陋、形單影隻的可憐蟲，遭到不幸和痛苦，也就不足為奇了。可是，為什麼這些溫和善良的人們也會有傷心事呢？他們擁有一棟挺漂亮的房子（在我看來是這樣），又不必為了吃穿用度發愁——冷了，他們有火爐取暖；餓了，又有美味可口的食物；他們穿的衣服也挺漂亮，更令人羨慕的是，他們可以朝夕相伴，互相交談，彼此間每日還能向對方展露親切而滿懷深情的面容。可是，他們的眼淚又意味著什麼？是不是真的意味著痛苦？起初，我無法找出這些問題的答案；然而，通過長期不斷的觀察，我終於明白了許多一開始令人迷惑不解的現象。

「過了很長一段時間，我才搞清楚這戶和睦的農家為什麼憂心忡忡的一個原因，那就是貧困。他們深受貧困的煎熬，已經到了令人痛心的地步。他們賴以為生的食物別無其他，只是自己園子裡種的蔬菜，日用牛奶則僅靠一頭奶牛提供，這年冬季，由於主人搞不到多少飼料，因此這頭奶牛產奶很少。我想他們經常要忍受飢餓的痛苦煎熬，而那兩個年輕人更是如此。有好幾次，他們將食物放到老人面前，卻沒給自己留下一點兒吃的。

「這種一心為他人著想的品質使我深受感動。我以前常常趁夜深人靜之際偷拿他們儲存的部分食物，供自己享用；然而，當我意識到自己的行為會給這家人帶來痛苦時，我便不再這麼做了，而是去附近的樹林裡採集野果、堅果和根塊之類的東西聊以充飢。

「此外，我還想出一個幫他們幹活的辦法。我發現那小伙子每天都要花費很多時間上山砍柴，以供家中生火之用。於是，我時常在夜裡拿了他的砍柴工具（我很快便學會了使用這些工具），給他家運回足夠幾天用的柴火。

「我還記得第一次幹這事的情景：那天早晨，女孩剛打開房門，發現外面放著一大堆柴火，禁不住大吃了一驚。只聽她高聲喊了句什麼，那小伙子趕緊奔了過來，他也十分驚奇。我高興地看到，小伙子那天沒再去林子裡砍柴，而是將一整天時間用來修繕房屋或在菜園裡耕作。

「漸漸地，我又有了一個更為重要的發現——這家人是通過發出各種聲音來交流他們的經歷和感情的。我發現他們說的話有時給聽者帶來歡樂或痛苦；有時又使聽者展露笑顏或黯然神傷。這門學問可真是神妙奇特，我熱切盼望自己也能掌握它。可是，我為此作出的一切努力都失敗了。他們的發音非常快，所說的詞語又沒有具體的物體可聯繫，弄得我暈頭轉向，茫無頭緒，根本沒法理解他們謎一般的談話內容。然而，我在小棚屋裡仔細觀察、勤學苦練。終於，在月亮繞行幾周以後，我弄清了他們談話中一些最普通的事物的名稱。我學會了『火』、『牛奶』、『麵包』和『木柴』等詞語的發音，並已能運用自如。我還學會了這家人的名字。小伙子和女孩各有好幾個名稱，不過那老人只有一個——父親。女孩被稱為『妹妹』或『阿嘉莎』；而小伙子則被稱為『菲利克斯』、『哥哥』或『兒子』。當我學會了每一個字音所表達的意思，而且自己也會發出這些詞語時，我心裡真有說不出的高興。我還學會區分其他一些詞的發音，可當時還沒有理解它們的含義，也不會使用它們：諸如『好』、『最親愛的』、『不幸』等等。

「我就是這樣度過了冬天。這戶農家文雅的舉止，俊美的外表，使我深深地喜歡上了他們。每當他們悶悶不樂，我心裡也很不是滋味，而當他們興高采烈，我也與他們同歡共樂。除了這家人以外，我很少看到其他什麼人，即便偶爾有誰進來，這些人粗野無禮的舉止言談，更使我感到我這幾位朋友超群脫俗的修養和造詣。我看得出來，老人常常多方開解自己的孩子；有時我發現他把孩子們叫到身邊，勸導他們驅除心中的憂思愁緒。老人說話的語氣顯得輕鬆愉快，而臉上那親切慈祥的神態甚至使我也變得愉快起來。阿嘉莎恭恭敬敬地聽老人說話，有時眼裡噙滿了淚花，她便悄悄地將淚水抹去。不過，我發現她聽了父親的勸告之後，情緒通常會好一些，說話的語氣也會高興一些。然而菲利克斯的情形就不同了，他是這一家三口中最悲傷的一個。雖然我的反應並不靈敏，但我仍能感到他所受的痛苦比他的家人更深。不過，儘管他的神情顯得十分悲傷，可他說話的口氣卻比他妹妹更高興些，而當他面對老人說話時就更是這樣。

「對於這家和藹可親的人們，我可以舉出許多例子——雖然都是些區區小事——來説明他們的脾氣性格。雖然缺衣少食，生計窘迫，但菲利克斯仍然興沖沖地為妹妹採來第一朵從雪地裡鑽出的小白花。一大早，妹妹尚未起身，他便將妹妹去擠奶房路上的積雪清掃乾淨，打好井水，並從外屋取出柴火——他每次去柴棚都會驚訝不已，因為總有一隻無形的手將柴棚堆得滿滿的。白天，我想他有時是替附近的一個農人幹活，因為他常常外出後要到吃晚飯時才回來，而且不見他帶柴火回來。其他的時候，菲利克斯便在自家菜園裡忙著；不過，正值寒冬臘月，園子裡也沒多少事情可做，他便讀書給老人和阿嘉莎聽。

起初，我對他讀書一事莫名其妙，不知他在幹什麼。可是，我逐漸發現，他讀書時發出的聲音與他講話時發出的許多聲音完全一樣。因此，我猜想他準是在紙上找到了他能理解的語言符號。我懷著急切的心情希望自己也能搞懂這些符號。可我連這些符號所表示的聲音都不懂，又怎麼可能學會這些符號呢？然而，我在學習語言方面還是取得了明顯的進步。雖然我的進步還不足以使自己理解任何談話的內容，可我已經全身心地投入到了語言學習中去。我心裡非常清楚，儘管我渴望結識這戶農家，可我總得先掌握他們的語言，才能做這種嘗試；只有我自己具備了語言方面的知識，他們才有可能不那麼介意我外觀的畸形。他們儀態萬方，而我卻模樣寒磣，這種鮮明的對比始終呈現在我的眼前，讓我時時記著自己這副醜陋的容貌。

「這一家人的外型真可謂十全十美，令我欽羨不已——他們風度翩翩，儀容俊美，皮膚細膩；然而，當我在清澈的水塘中看到自己的容貌時，我真嚇得魂飛魄散！我先是驚得直往後退，簡直不敢相信那水中映出的竟會是我，而當我完全相信，我那時確實是、現在也仍然是一個面目可憎的魔鬼時，我真感到心灰意冷、無地自容，傷心到了極點。唉！可我當時並未充分意識到，自己這副令人厭惡的醜相竟會給我帶來致命的打擊。

「太陽越來越暖和了，白晝變長，冰雪也消融了。我看到了光禿禿的樹枝和黑黝黝的土地。從這以後，菲利克斯變得更加忙碌，而原先隨時可能發生飢荒的種種情況也隨之消失了。我後來發現，他們的食物很充足，雖然粗糙些，倒還算乾淨。他們在菜園裡又新種了幾種蔬菜，供自家食用。隨著季節的變更，這類令人舒心快慰的事情也與日俱增。

「只要天不下雨，那位老人每日中午都由兒子攙扶著外出散步。每當天空將水傾注下來，我就發現他們說下雨了，我於是就學會了『下雨』這個詞。春季常常下雨，但一陣強風颳過，大地很快就被吹乾了。天氣變得越來越令人舒心愜意。

「我在小棚屋裡的生活井井有條。我每天上午都要來觀察這家人的各種舉止神態，而當他們分頭去忙各自的事情時，我便呼呼大睡。白天剩下的時間，我也用來觀察我這幾位朋友。到了晚上，等他們就寢後，如果皓月當空，或者繁星滿天，我便去林子裡為自己弄點吃的，同時也為這家人砍些柴火。回來時，凡有必要，我都會將他們路上的積雪打掃乾淨，而菲利克斯平時幹的那些活，只要我看過，我也都幫著去做。後來我發現，我幹的這些活，神不知鬼不覺的，著實令他們吃驚不小。有一兩次，我還聽到他們說出『好心腸』、『太美妙了』這些字，不過，我那時還搞不懂這些字眼的含義。

「這時，我的思想比以前更加活躍，我很想弄清楚這些可愛的人們的行為動機和感情世界。我懷著好奇的心理，很想打聽菲利克斯為什麼如此痛苦、而阿嘉莎又為什麼心緒鬱結的原因。我心想（真是愚昧之極！），也許我有能力使這些理應享有幸福的人重新獲得幸福。每當我睡覺或離開他們時，這一家人的形象——雙目失明、令人敬重的父親，溫柔善良的阿嘉莎，還有出類拔萃的菲利克斯，便一一浮現在我的眼前。我把他們看作是決定我未來命運的超凡越聖的生靈。我在自己的腦海裡構想出無數畫面，想像自己怎樣在他們面前出現，而他們又如何對待自己。在我的想像中，他們準會討厭我，可我會以自己文雅的舉止，柔順的言詞贏得他們的歡心，再博得他們的愛。

「這些想法使我精神大振，激發了我新的學習熱情去掌握語言這門藝術。說真的，我的發聲器官的確很粗糙，但還算靈活；雖然我發出的聲音不如他們的語調那樣柔和、那樣富有音樂感，但是，只要我理解的詞，我都能比較輕鬆地發出來。這就像《毛驢與小狗❸❶》這則寓言故事裡那頭善良的毛驢，雖然舉止粗魯一些，但畢竟出於一片好心，理應受到更好的待遇，而不應該遭到村民的打罵。

「春雨瀟瀟，春風送暖，令人陶然愉悅、舒心爽快；大地萬象森羅，煥發出嶄新的姿容。冬日裡蟄伏不出、似乎躲到山洞裡去的芸芸眾生，這時都紛紛走出家門，到田間精細耕作，一展他們的技藝。鳥兒唱得更加歡快，枝頭也綻出了新芽。歡樂、幸福的大地啊！你是眾神托跡安身的理想之地，然而不久以前，你還是一片淒涼，冷濕和骯臟。大自然迷人的景色使我精神振奮，往事已從我的記憶中消逝，眼前的一切怡靜安然，而閃光的希冀和對歡樂的神往則將我的未來染成一片金色。

❸❶《毛驢與小狗》是法國作家拉封丹所著《寓言故事集》中的一篇。

第十三章

「現在，我就盡快把我這個故事裡更扣人心弦的一段講一講吧。我要說的幾件事都給我留下了極其深刻的印象，在我心中激起了感情的波瀾，使過去的我一躍而變成了現在的我。

「光陰荏苒，早已是一片春光融融的時候了。天氣變得晴朗清和；天空萬里無雲。令我不勝驚訝的是，過去荒涼淒厲的大地眼下已是草木青蔥，百花盛開。處處花香撲鼻，沁人心脾，春色美景可謂比比皆是，令我神清目爽、心曠神怡。

「就在這樣一個春光明媚的日子裡，這一家子停下手頭的工作，稍事休息；老人彈起了吉他，孩子們在一旁聽著。這時，我發現菲利克斯臉上露出極痛苦的神色。他不斷地長吁短嘆，父親見狀，一度停止了彈琴，看樣子是在詢問兒子為什麼這樣悲傷。菲利克斯回答時口氣輕鬆愉快，老人便又彈起吉他來。這時傳來了敲門聲。

「來的是位女孩，騎著馬，身旁還跟著一個當嚮導的本地農人。這女孩身著黑色上衣，臉上罩著厚厚的黑面紗。阿嘉莎問她找誰，這陌生女孩只是用甜美的聲音報出了菲利克斯的名字。這女孩的嗓音如音樂般柔和動聽，可她的發音卻與我這幾位朋友都不一樣。聽到女孩道出自己的名字，菲利克斯趕緊迎上前去。女孩一見他過來，立即揭去面紗。出現在我眼前的是一張眉清目秀、美如天仙的臉龐。她那一頭亮閃閃的黑髮編成了十分奇特的辮子；一雙黑眼睛顧盼生風，透出股股靈氣，卻又柔情似水；她身材勻稱，皮膚異常白皙，兩頰紅撲撲的，更顯得嬌媚動人。

「菲利克斯見到她喜不自勝；臉上的悲哀頓時渙然冰釋，顯得滿面春風，喜氣洋洋。他怎能突然間變得如此高興，真令人難以置信。他兩眼閃耀出光輝，雙頰泛起喜悅的紅暈。在我眼裡，此刻的菲利克斯與那陌生女孩一樣俊美。女孩這時似乎百感交集；只見她從那雙可愛的眼睛裡抹去幾點淚珠，將手伸向菲利克斯。菲利克斯陶然忘情地吻著女孩的手，稱她為他可愛的阿拉伯人——我聽他是這麼稱呼她的。女孩露出茫然不解的神色，可還是向他莞爾一笑。菲利克斯將女孩扶下馬，打發了那位嚮導，便將她領進屋去。他與父親交談了一陣之後，那位年輕的陌生女孩便撲倒在老人家的腳下。女孩剛要親吻老人的手，老人已把她扶了起來，愛憐地將她擁在懷裡。

「我很快發現，雖然這位陌生女孩吐詞清晰，但似乎是在說她自己的語言，這家人聽不懂她的話，而她也不懂他們在說什麼。他們互相打了很多手勢，我都看不明白，然而我注意到，她的到來給這一家子帶來了歡樂，如同陽光驅散晨霧一樣，消除了他們心中的悲思愁緒。菲利克斯似乎顯得特別高興，眉開眼笑地歡迎他的阿拉伯女孩。阿嘉莎，永遠是那樣溫文爾雅的阿嘉莎，親吻著這位可愛的陌生女孩的雙手，並用手指了指她的哥哥，比劃了一陣，我看她那意思是說，在女孩到來之前，菲利克斯一直鬱鬱寡歡，愁腸百結。幾個小時就這樣過去了；在此期間，他們個個喜形於色，沈浸在歡樂之中。至於其中緣由，我就不得而知了。不久，我發現那陌生女孩跟著他們反覆發出一些字音，原來她正努力學習他們的語言。這時，一個念頭在我腦海裡閃現——我何不趁他們教女孩之際，也跟他們學呢？第一次上課時，這陌生女孩大約學了二十個生詞，其中大多數都是我以前就會的，不過我也有所收穫，學到了幾個新的詞語。

「夜幕降臨之後，阿嘉莎和這位阿拉伯女孩便早早去睡覺了。分手之前，菲利克斯親吻了陌生女孩的手，並且說道：『晚安，可愛的薩菲。』他自己遲遲未睡，與父親談了很長時間。我聽他們一再提到那女孩的名字，猜想他們談話的內容就是這位可愛的客人。我很想聽懂他們在談些什麼，可使出渾身解術也無濟於事，對他們的談話內容仍是一無所知。

「第二天一早，菲利克斯便外出幹活了；而當阿嘉莎忙完了平時那些工作以後，那阿拉伯女孩便在老人腳邊坐下，拿起他的吉他，彈奏了幾首婉轉動聽、令人如痴如醉的樂曲。聽著她那纏綿的琴聲，我頓時悲喜交集，淚如泉湧。女孩又唱起歌來。那歌聲抑揚頓挫，如行雲流水，時而鏗鏘激越，時而哀惋輕柔，彷彿是林中的夜鶯在嚦嚦鳴唱。

「女孩唱完之後便將吉他遞給阿嘉莎。阿嘉莎起先推辭了一番，可後來還是彈了一支簡單的曲子，並以甜美的嗓音和著吉他聲唱了起來。不過，她彈唱的這支曲子與那陌生女孩唱的曲子韻味不同。老人看上去欣喜萬分，他激動地說了幾句什麼，阿嘉莎竭力解釋給薩菲聽，看那情形，老人似乎在說，薩菲的彈唱給他帶來了極大的歡樂。

「日子過得還是像以前那樣平靜祥和，唯一的變化是，我這幾位朋友已不再愁眉鎖眼，而是笑逐顏開了。薩菲是個樂天派，永遠是那樣快樂、幸福。她和我在語言學習方面進步很快，僅兩個月功夫，我的這些保護人日常說話中的大部分詞語，我都能聽懂了。

「在此期間，黑黝黝的大地披上了綠裝，大河兩岸青草茵茵，綴滿了無數鮮艷的花朵，真令人賞心悅目，陶然心醉。太陽越來越暖和，到了夜晚，天朗氣清，芬芳四溢；林中月色溶溶，依稀可見慘淡的星光。晚間外出散步是我的一大樂事，不過由於晝長夜短，我在夜間遊玩的時間已大大縮短了。我從不敢白天外出，生怕再像第一次進村時那樣被人毒打一頓。

「白天的時間我都用來仔細觀察，以便盡快掌握語言。我可以毫不誇張地說，我比那位阿拉伯女孩進步還快。她只是略懂一點，說起話來結結巴巴，而我幾乎能聽懂並模仿我所聽到的每一個詞語。

「在我不斷提高語言表達能力的同時，我還學會了認字，因為他們也在教這位陌生女孩認字。掌握了認字的本領之後，我的眼前展現出一片神奇瑰異，令人欣欣鼓舞的廣闊天地。

「菲利克斯教薩菲學認字的書是沃爾尼㉜的《帝國的滅亡》。如果不是菲利克斯一邊讀這本書，一邊對其內容做詳盡解釋，我是不可能理解此書的含義的。菲利克斯說，他之所以選擇這本書做為教材，是因為它文筆流暢，很適合朗讀，而這種風格是承襲了東方作家的寫作特點。通過這本書，我學到了一點粗淺的歷史知識，大致瞭解了世界上現存的幾個帝國的概況；它使我懂得了世界上不同國家的禮儀風俗、政府機構和宗教信仰。我還瞭解到，亞洲人懶散，而希臘人則思維敏捷，博學多才，瞭解到羅馬人早期的諸多戰事和他們令人讚嘆的美德，他們後期的腐敗墮落，以及這個強大帝國最後的衰亡；我還知道了騎士團、基督教和君主國王，瞭解到美洲大陸的發現。對於美洲大陸土著居民的坎坷命運，我和薩菲都禁不住傷心流淚。

「這些令人驚嘆的故事，使我產生了許多新奇怪異的感觸。難道人類真的是既威武強大、善良正直、偉岸豁達，又是那麼陰險刻毒、卑鄙無恥？人類有時像個十惡不赦的魔王的子孫，有時卻又是崇高、聖潔的象徵。成為一個具有高尚情操的偉大人物似乎是每一個感覺敏銳的人所能獲得的最高榮譽；而卑鄙奸詐、心狠手辣——史書中記載的許多人都是這樣——則是人類最大的墮落。這類奸妄小人的處境甚至比瞎了眼的鼴鼠和溫順的蠕蟲還要可悲。人怎麼會去殺害自己的同胞？為什麼要有法律和政府？在很長一段時間裡，我對這些問題百思不得其解；然而，當我瞭解到種種罪惡行徑和血腥屠殺的詳情之後，我便不再奇怪了。我感到厭惡、痛恨，於是悻悻地走開了。

「現在，這戶人家的每一次談話都使我感到新奇。聽了菲利克斯給阿拉伯女孩的講解，我對人類社會不可思議的社會制度有了一些瞭解。我聽他說了財產分配的不公，有的家貲萬貫，有的一貧如洗，還有等級制度、門第觀念和貴族血統等。

「這些話使我聯想起自己的處境。我知道，你的同類們最看重的便是出身高貴、血統正宗以及與之緊密相連的萬貫家財。一個人只要具備這兩條中的一條，便有可能受到別人的尊重；如果兩條都不具備，除了極少數的例子以外，都會被看作是流浪漢和奴隸，注定要為少數上帝的特選子民徒然賣命！那麼，我究竟算什麼呢？我是怎樣被造出

㉜ 沃爾尼（Constantin-François Volney, 1757-1820），法國大革命時期的思想家、歷史學家。《帝國的滅亡》一書英文譯名為 *The Ruins, or, Meditation on the Revolutions of Empires and the Law of Nature*。

來的？我一文不名，無親無友，沒有任何財產；我所有的，只是這副畸形、醜陋、遭人厭惡的軀體。我甚至連人都不是。我比他們更靈活敏捷，賴以為生的食物也比他們的粗糙，我能忍受嚴寒酷暑，我的身體不會受到多大傷害；我的身材也比他們高大得多。我環顧四周，從未見過，也從未聽說過有誰像我這樣。如此說來，我豈不是個魔鬼、一個玷污人世的小丑？一個誰見了都逃之夭夭，誰都否認與之有任何關係的怪物！

「這些想法給我心靈帶來的極度痛苦，我簡直無法向你描述。儘管我竭力擺脫這些想法，可知道的事情越多，心裡就越痛苦。唉，要是我永遠待在當初那片樹林裡，除了飢渴和冷暖之外，什麼感覺都沒有，那該多好！

「知識這東西的本性真是太奇怪了！一旦它攫住了你的頭腦，它就像岩石上的地衣一般黏附在你的頭腦中。我有時甚至希望將自己所有的思想和情感全部拋棄，然而我知道，要擺脫痛苦，只有一個辦法，那就是死。儘管我對死亡這種狀態一無所知，但我還是怕死。我仰慕崇高的情操，讚美善良的情感，欽慕這一家人文雅的舉止與和藹可親的品質；可我卻被排斥在他們之外，只好在他們不知不覺時偷偷觀察他們。除此以外，我根本無法與他們直接交往。我渴望與他們為伍，成為他們中的一員，然而，我這一願望由於無法得到滿足，因而變得更加強烈。阿嘉莎那溫柔的話語，嬌媚的阿拉伯女孩那富有感染力的微笑並不是為我而發，而老人循循善誘的規勸，可愛的菲利克斯那熱烈的談話也不是為我而說。太慘了，你這不幸的可憐蟲！

「上課時講到的其他內容給我留下的印象更為深刻。我明白了性別的差異，孩子的出生和成長，聽到父親對嬰兒的微笑以及孩子後來的童稚趣語如何百般疼愛，而做母親的又是怎樣耗費畢生的心血照料、撫養自己可愛的孩子；我瞭解到年輕人如何開拓自己的視野，增長知識；懂得了兄弟姐妹等各式各樣將人與人連結在一起的親情關係。

「然而，我的親朋好友在哪裡呢？初來人世時，我沒有父親的留神照看，也沒有母親的微笑和愛撫為我祝福。即便他們曾經疼愛過我，我過去的全部生活也已變得污濁不清，一片混亂，什麼也無法辨認，只有空虛茫然。在我最早的記憶中，我的身材就已經像現在這樣高大，我從來沒有看過誰像我這樣，沒聽說過誰曾與我有什麼往來。我究竟是什麼？這個問題又一次擺在我的面前，但我無法回答，只能唉聲嘆氣。

「至於這些情感將如何發展，又產生了怎樣的結果，我很快會講到；不過，現在還是讓我再來談談那家人的情況吧。這一家子的種種遭遇在我心中激起了一連串感情的波瀾，我時而憤怒、時而歡樂，時而驚奇；不過，這種種感觸最終還是使我更加熱愛，更加尊敬我的這些保護者們（我喜歡這樣稱呼他們，既是出於天真單純，也是出於一種相當痛苦的自我欺騙）。

第十四章

「過了一段時間，我逐漸瞭解了這些朋友們的生活經歷，而他們的經歷所展示的一系列事件，對於我這樣一個從未涉世、毫無經驗的人來說，一樁一件都是那麼精彩絕倫、扣人心弦，給我留下了極其深刻的印象。

「老人名叫德拉西，出身於法國的一個上流人家。他在法國居住多年，生活富裕，並且受到達官貴人的敬重和同胞僚友的愛戴。他兒子在本國軍隊裡服役；阿嘉莎則躋身於名聲最為顯赫的上流淑女名媛之列。我來此前幾個月，他們住在一個名叫巴黎的繁華都市裡，周圍有許多朋友知交。他們心地善良，情操高尚，志趣高雅，兼之家境還算殷實，因而安享年華，過著優裕、舒適的日子。

「薩菲的父親給他們一家帶來了滅頂之災。她父親是個土耳其商人，客居巴黎多年。後來不知什麼原因，他引起了法國政府的惱怒。就在薩菲從康斯坦丁堡趕來與他團聚的當天，他被政府抓了起來，投入監獄；受審之後被判處了死刑。政府明目張膽、草菅人命的行徑引起整個巴黎社會的義憤。人們普遍認為，宣判他死刑的真正原因並不是他所謂的罪行，而是他的宗教信仰和個人財產。

「審判時，菲利克斯恰巧在場。他聽到法庭的判決，不禁疾首蹙額，義憤填膺。他當即發誓，一定要將薩菲父親營救出獄。隨後，他四處奔走，尋求營救辦法。他多次想獲准進入監獄，但均未成功。後來，他發現監獄的一側無人警戒，那裡有一扇安裝了鐵柵欄的窗戶，光線由此透入，裡面便是關押那個不幸的伊斯蘭教徒的地牢。這可憐的穆斯林戴著手銬和腳鐐，垂頭喪氣地等待著這一野蠻判決的執行。菲利克斯趁天黑悄悄來到鐵窗下，向囚犯說明自己是來救他出獄的。這土耳其人聽了驚喜交集，一再許諾要以重金厚禮酬謝，想藉此激起這位營救者的熱情。菲利克斯對他的許諾嗤之以鼻，但是，當他一眼瞥見嬌媚的薩菲（她獲准前來探視她父親），這年輕小伙子不禁暗自歡喜，這囚犯手中還真有一件無價之寶，足以酬謝自己艱險的營救行動。薩菲用手連連比劃，向菲利克斯表示了自己不勝感激的心情。

「這土耳其人察言觀色，很快便看出菲利克斯對自己的女兒動心，便再次許諾，只要他被轉移到安全之處，他便將女兒許配給菲利克斯，以此給菲利克斯吃一顆定心丸。菲利克斯處事慎重，沒有接受土耳其人的美意。不過，他巴望著能與薩菲締結良緣，從而使自己獲得終身幸福。

「在此後的幾天裡，菲利克斯積極為土耳其商人越獄做好準備。與此同時，他收到了那位可愛的女孩寄來的幾封信，這更使他激情滿懷。原來，女孩在父親原先一位懂法語的老傭人的幫助下，用她的心上人的本國語言寫了幾封信向菲利克斯傾訴衷腸。女孩在信中用最熾熱的話語，對菲利克斯營救她父親的英勇行為表示深切的感激；同時，她也稍稍流露出對自己坎坷命運的悲嘆。

「我在小棚屋裡棲身的那陣子，設法弄到了書寫工具，而菲利克斯或阿嘉莎常常將那幾封信拿在手中念，我便趁機將信的內容記錄下來。在我離開這裡之前，我會把信的副本交給你，它們將證明我所說的這些事情完全是真實的。但是，這會兒太陽很快就要下山，時間不多了，我只能將這幾封信的重要內容先講給你聽。

「據薩菲在信中說，她母親是個信奉基督教的阿拉伯人，後來被土耳其人擄走而淪為奴隸。由於她天生麗質，薩菲父親鍾情於她，便娶她為妻。年輕的薩菲滿懷熱情，盛讚自己的母親，說她原本是個自由身，而現在卻淪為奴隸，因此對奴隸的枷鎖深惡痛絕。她常將基督教的信條傳授給女兒，教育女兒努力提高思維能力，培養自己獨立自主的精神——這對於穆罕默德的女信徒來說是絕對犯忌的事。雖然這位太太離開了人世，但她的教誨在薩菲的心中烙下了不可抹滅的印記。薩菲對日後要返回亞洲非常反感，不肯將自己禁錮在閨房之中，僅以兒童遊戲自娛解悶，因為這與她的性格氣質很不協調。

她現在已習慣接受崇高的思想，常以高潔的操守道德做為自己立身處世的目標；而日後如能與一個信奉基督教的男子結婚，生活在一個婦女有生活地位的國度裡，這自然是她所嚮往的前景。

「處死土耳其人的日期已經確定，但就在行刑的前一天晚上，他越獄潛逃，且天亮前已逃出巴黎城外數十英里。在此之前，菲利克斯曾以他父親、妹妹和他自己的名字弄到了幾本護照，並將自己的營救計劃告訴了父親。為了幫助兒子迷惑當局，父親便以外出旅行為由，與女兒一起離開家，去巴黎的一個鮮為人知的偏僻處躲了起來。

「菲利克斯帶著這兩個逃亡者，穿越半個法國到達里昂，接著又翻越切尼山，來到義大利的來亨市。這土耳其商人決定在此等待機會，再設法逃入土耳其管轄的某個地方。

「薩菲決心在父親離開來亨前的這段時間裡留在父親身邊。這土耳其人再次向他的營救者保證，一定把薩菲嫁給他。於是，菲利克斯便留下來與這父女倆待在一起，盼望能與薩菲結婚。他與這位阿拉伯女孩為伴，心裡倒也甜滋滋的。阿拉伯女孩將自己最純真、最溫柔的感情傾注到了他的身上。他倆通過一名翻譯互吐心曲，有時也借助眼神表情交流情感。薩菲還將自己國家裡最優美動聽的歌曲唱給菲利克斯聽。

「那土耳其人表面上允許兩個年輕人保持這種親密關係，甚至推波助瀾，激起這對戀人心中的希望，但骨子裡卻有另一番打算。他不願讓女兒嫁給一個基督教徒，可如果他態度冷淡，又生怕菲利克斯懷恨在心，因為他深知，萬一這個救他出獄的人向他們居住地的義大利當局告發他，那他就在劫難逃了。土耳其人冥思苦想制定出各種計劃，以便自己拖延時間，繼續哄騙菲利克斯，等到無此必要時，便悄悄帶著女兒溜之大吉。從巴黎傳來的消息促使了他將自己的計劃付諸實施。

「法國政府對囚犯潛逃一事惱羞成怒，於是不遺餘力地四處追查幫助案犯越獄的人，並要對其嚴加懲處。菲利克斯營救在押犯一事很快便被當局查出，德拉西和阿嘉莎雙雙被捕入獄。菲利克斯獲悉這一消息後，才從甜蜜的夢中驚醒過來。他那位雙目失明、已是耄耋之年的老父親，還有那溫柔可愛的妹妹此刻正被關押在臭氣熏人的地牢裡，而他卻呼吸著自由的空氣，身邊還有情人相伴，好不快活。想到這裡，他便心如刀割，痛苦不堪。他立即與那土耳其人商定，如果在他返回義大利之前，這土耳其人能尋得合適的機會逃走，那薩菲便會先寄宿在來亨的一個女修道院裡。安排妥當之後，他便告別了可愛的阿拉伯女孩，匆匆趕回巴黎，向當局投案自首，聽憑法律制裁。他希望此舉能換來德拉西和阿嘉莎的自由。

「他的希望落空了。當局將這一家三口關押了五個月才開庭審判他們。結果，他們一家財產全被抄沒，三人均被逐出法國，被判終身流放。

「他們在德國的一個地方找到了一所農舍避難，苦度時日。我也就是在那兒遇到他們的。菲利克斯很快便發現，雖然自己和家人為那土耳其人遭受了聞所未聞的迫害，可那奸詐的土耳其人一聽說自己的救命恩人已經落到傾家蕩產，窮困潦倒的地步，便忘恩負義，不知羞恥地帶著女兒離開了義大利，還侮辱菲利克斯，給他寄來一點小錢，說什麼想幫助他維持將來的生活。

「菲利克斯之所以心情抑鬱，就是為了這些事情，所以我第一次見到他時，他是全家最痛苦的人。生活的貧窮他可以忍受，即便營救他人的壯舉最終給他帶來了不幸，他仍然引以自豪；然而，那土耳其人忘恩負義，加之他又失去了心愛的薩菲，這才是無可彌補的、使他更加痛心疾首的不幸。現在，這位阿拉伯女孩來到了他的身邊，給他的心靈注入了新的活力。

「當菲利克斯被剝奪了財產和地位的消息傳到來亨之後，那土耳其商人便責令女兒忘掉她的戀人，準備打點行裝回土耳其。薩菲生性善良、豁達，聽到父親的命令，怒不可遏。她試圖規勸父親，但他橫眉豎眼，大發雷霆，仍然強迫女兒遵從父命，最後氣沖沖地走開了。

「幾天之後，這土耳其人來到女兒的房間，匆匆告訴女兒，他聽到風聲，確信自己在來亨的住處已被發現，當局很快便要將他引渡給法國政府。因此，他已租好一條船，準備回康斯坦丁堡，由水路去那裡只需要幾小時。他打算將女兒托付給一位可靠的僕人照管，一旦他的大部分財產運抵來亨，她便可伺機帶著財產返回土耳其。

「父親離開她的房間之後，薩菲獨自冥思苦想，考慮如何採取穩妥的辦法以應當前之急。她對回土耳其居住非常反感，因為她的宗教信仰和思想與土耳其人格格不入。父親有幾份報紙落在她手中；通過查閱這些報紙，她獲悉自己的戀人已被流放，並查到了他目前的住處。她猶豫了一陣，但最終還是下定了決心。她拿上一些屬於自己的珠寶首飾和一筆錢，又帶上一名侍女，便離開了義大利前往德國。那侍女是來亨人，但懂得土耳其的通用語言。

「薩菲安全抵達德國的一座小城，這裡離德拉西的住處大約六十英里。然而就在此時，她的侍女患了重病。儘管薩菲滿懷深摯的情義，精心護理這位侍女，但這可憐的女孩還是死了。這樣一來，薩菲變得無依無靠、孤苦伶仃。她對德語一竅不通，對德國的風俗民情也全然不知。不過，她還是遇上了好心人。那位義大利侍女曾說起她倆此行的目的地；待侍女死後，她們借住的那棟房子的女主人精心安排，將薩菲安然送到了她戀人的住處。

「這些就是那可愛的一家人的遭遇。這樁樁件件都深深地打動我的心。它們向我展示了社會生活的一幅幅畫面，因而教會了我崇尚美德，鄙視人類的種種罪惡。

「直到那時，我一直認為違法犯罪是種十分遙遠的罪惡，而仁慈善良、慷慨大方則時時出現在我的眼前，激起了我在忙忙碌碌的生活舞台上充當一名演員的慾望。在這個人生的大舞台上，曾經展示過多少可歌可泣的優秀品質。但是，在交代我智力發展的過程時，還必須說一說那年八月初發生的一件事。

「一天夜裡，我照例去附近的樹林裡採集食物，並為我的保護者砍些柴火。我發現地上有一個旅行皮箱，裡面有幾件衣服和幾本書。我急不可耐地一把抓起這件寶貝，將它帶回小棚屋裡。我還真走運，這幾本書所用的語言，其基本知識我都在農舍學過。這幾本書是：《失樂園》、普魯塔克的《名人傳》[33]和《少年維特的煩惱》。得到了這幾本珍貴的書籍，我真是喜出望外。那陣子我一直研讀這幾本書，並用它們來訓練我的智力，而我那些朋友們則忙於他們各自的日常事務。

「這幾本書對我所產生的影響之大，我真無法用語言來表達。它們在我的腦海裡產生了無數新的形象，引發了我心中無數新的感覺。我有時心潮澎湃，喜不自勝；但更多的時候卻是悵然若失，情緒極為低沈。《少年維特的煩惱》一書，不僅故事淺顯易讀、情節生動感人，更饒有興味的是，它還詳細討論了許多觀點，使我明白了許多我以前感到費解的問題。它是我取之不盡，用之不竭的思想源泉，使我永遠感到驚喜、新奇。書中所描繪的溫馨、歡樂的家庭生活，與一心為他人著想的崇高思想和情操交融在一起，而這種高尚的思想境界與我的保護人所表現出的高風亮節可謂異曲同工，也與始終在我心中湧動的需求完全一致。不過，我覺得維特這個人物比我所見過的或我想像中的任何人物都略勝一籌。他性格穩重、深沈，絕無半點自命風雅、矯揉造作之處。有關他死亡和自殺的段落使我百思不解，但我不想對他自殺一事妄加評說，我還是傾向於支持主角的決定。總之，維特之死令我悲不自勝，潸然淚下，儘管我對他為什麼自殺並不十分理解。

「然而，在我讀這本書時，我常常帶著強烈的個人感情，將書中的人物與自己的感觸和境況加以比照。讀著有關他的遭遇的描寫，聽著他們相互間的談話，我發現自己與他們頗有相似之處，同時又與他們境況各異，真令人百思不解。我同情他們的遭遇，也在一定程度上理解他們，但是，我的心智尚不成熟；我無依無靠，無親無故，任我踏上歸天仙遊的路途，誰也不會為我的逝去而悲傷。我的容貌醜陋無比，身材異常高大——這究竟是怎麼回事？我是誰？我究竟是什麼？我從何處而來？向何處而去？這些問題始終在我腦海裡盤旋，可我無言以對，不知作何回答。

「我手頭這本普魯塔克的《名人傳》，內容包括古代共和國締造者們的生平和業績。這部著作對我所產生的影響與《少年維特的煩惱》一書大相徑庭。從維特那些不切實際的幻想中，我看到的是悲觀、憂愁，而普魯塔克卻給了我豁達高遠的思想；他使我的精神境界得到昇華，將我從冥思苦想一己之不幸遭遇的狀態中解救出來，啓發我崇尚、熱愛古代的英雄豪傑。我從書上讀到的許多事情都是我未曾經歷、因而無法理解的。對於古代的王國，遼闊的疆土，雄偉的河川，以及浩淼的海洋，我尚有一點支離破碎的概念，可對於城市和大批聚集在一起的人群，我就十分生疏了。我的保護者們所居住的那棟農舍，是我瞭解人類本性的唯一學校；而這本書卻向我展示了我從未經歷過的、更加雄偉壯闊的活動和場面。我從書中瞭解到，那些管理國家事務的人們統治或殺戮自己的

㉝《名人傳》通譯為《希臘羅馬名人傳》，是古希臘歷史學家、傳記作家普魯塔克（46-120）所著，共有五十篇，其中四十六篇以類相從，是名符其實的對傳，即用一個希臘名人搭配一個羅馬名人，共二十三組，每一組後面都有一個合論。其餘四篇則為單獨的傳記。

同類。我感到自己心中湧起了一股極其強烈的情感——對美德的渴望和對罪惡的痛恨。在我的理解中，『美德』和『罪惡』這兩個詞的含義是相對的，我於是便僅僅將它們理解為歡樂和痛苦。在這些感情的誘導下，我很自然便欽慕溫和的立法者，如努瑪㉞、梭倫㉟、萊克格斯㊱，而不喜歡羅慕路斯㊲和提修斯㊳。我那些保護者們傳統的生活方式使這些觀念深深地印入了我的思想中。如果我當初是通過一個好大喜功，荼毒生靈的年輕士兵而認識人類的話，那麼，現在充斥在我心頭的感覺也許會完全不一樣了。

「然而讀了《失樂園》，我心中卻別有一番滋味，它給我的感受要深刻得多。與我手頭其他兩本書一樣，我也是把它當作真實的歷史故事來讀的。它使我驚嘆不已，敬畏之極。無所不能的上帝與諸神交戰的場面真令人心馳神蕩、激動不已。我常將書中一些人物的境遇與自己聯繫在一起，因為我與他們有著驚人的相似之處。我與亞當一樣，凡是現存的生物都和我沒有任何聯繫；但除此以外，他的處境與我的情形卻也可說是天差地別。他是由上帝親手締造的一個完美無缺的生靈，幸福快樂，一帆風順，受到造物主的精心照護。他可以和眾神自由交談，從中汲取知識；而我卻孑然一身、無依無靠，處境十分淒慘。我不只一次地感到，撒旦的遭遇才更為貼切地代表了我目前的處境。跟撒旦一樣，每當我看到我的保護者們其樂融融的情景，我就妒忌他們，心中苦澀難言。

「還有一件事證明了我並非平白無故地妒忌他們，因而進一步加深了我的妒忌心理。我曾從你的實驗室裡拿走一件衣服，就在我來到這小棚屋之後不久，我在那件衣服的口袋裡發現了一些稿紙。起初，這些稿紙並未引起我的注意；可現在，我已能辨認稿紙上所使用的文字。於是，我便開始對它們潛心研究起來。原來，寫在這些稿紙上的都是你的日記，是你在我來到人世之前的那四個月裡記下的事情。你當時在製作過程中採取的每一個步驟都詳細地記錄在了這張紙上。此外，你在日記裡還記錄了一些家庭事務。這幾張稿紙，你自然不會忘記的。瞧，就是這幾張紙。一切和我那受詛咒的身世有關的情況都記在這裡面了。我是怎樣來到人世的——這一令人厭恨的事情，其前前後後，根根底底可說一目瞭然。你詳詳細細地描繪了我這副醜陋、令人憎惡的面容，那字字句句記下了你內心的恐懼，也同樣使我心驚肉跳，無法擺脫這種恐懼的心理。我讀著你的日記，心裡直作嘔。『我恨我來到人世的那一天！』我痛苦地大聲呼喊，『該詛咒的造物者，你為什麼要造出一個面目如此可憎的怪物，就連你自己也嫌惡他，棄之如敝屣

㉞ 努瑪（Numa Pompilius），傳說中公元前 715 - 前 673 年在位的古羅馬國王。

㉟ 梭倫（Solon），約公元前 630 – 前 560 年代的古雅典政治家、詩人和立法者。

㊱ 萊克格斯（Lycurgus），傳說中古代斯巴達的立法者。

㊲ 羅慕路斯（Romulus Augustulus），475-476 年在位的西羅馬帝國末代皇帝。

㊳ 提修斯（Theseus），阿蒂卡傳說中的雅典王子，被視為斬妖除怪的偉大英雄。

呢？富有憐愛之心的上帝按照自己的形象把人類塑造的那樣俊美，那樣富有魅力；可是我，我這模樣雖說是你們的翻版，卻奇醜無比，令人生厭，而這種相似甚至更加令人恐懼。撒旦還有一群魔鬼與他為伴，崇拜他，鼓勵他，而我卻形單影隻，招人痛恨。』

「在我孤苦伶仃、情緒頹唐的時候，心裡總是縈繞著這些念頭。不過，每當我想到這一家人的種種美德，想到他們那和藹可親，樂善不倦的品質，我便又說服了自己，心想，只要他們知道我如此崇尚他們的美德，他們就會同情我，不會在乎我外表上的缺陷的。對於一個向他們乞求同情和友誼的人，不管這個人多麼醜陋，他們總不會拒之門外吧？我打定主意，至少自己不能灰心喪氣，而要充分做好一切準備，使自己具備與他們會面的種種條件。這次會面將決定我最終的命運。我將這一意圖的實施推遲了幾個月，因為這次會面的成敗與否對我具有重要的意義。我心裡惴惴不安，生怕受挫，功敗垂成。再說，我發現自己的領悟力每日都有很大長進，因而寧願再過幾個月，等自己變得更加精明靈慧，再付諸行動。

「與此同時，農舍裡也發生了一些變化。薩菲的到來，給這一家人帶來了歡樂的氣氛；我還發現，他們的日子過得比以前好了；菲利克斯和阿嘉莎也有了更多的時間消遣、交談，而且還雇了僕人幫他們做事。他們雖然並不富裕，但日子過得挺美滿、快活。他們心境安然、情緒平和，而我內心卻一天比一天煩亂。知識的增長使我更加清楚地認識到，這個被人遺棄的我是多麼不幸。我心中是相信希望的，真的；可一看到自己映在水中的模樣，或是看到自己月光下的身影，我心中僅有的那一線希望也就像水中的浮影或飄移不定的陰影一樣破碎消失了。

「我竭力驅除心中的恐懼感，盡量使自己堅強起來，以迎接我決定在幾個月後去經受的那場考驗。有時，我聽憑自己不受理智約束的思緒，在天堂的樂土中漫遊，大膽地想像那些可親可愛的人們如何同情我，鼓勵我擺脱心中的憂思愁緒；而在這些天使般俊美的臉龐上如何漾起令人快慰的笑容。然而這一切只是一場美夢；根本沒有什麼夏娃來撫慰我心中的哀傷，分擔我的憂思。我形影相弔，孑然一身。我記得亞當曾向他的造物主乞求過，可我的造物主在哪裡？他拋棄了我，我滿懷一腔怨恨地詛咒他。

「秋天就這樣過去了。我驚訝而傷心地看著樹葉枯了，落了；大自然又呈現出一片蕭瑟、荒涼的景象，與我第一次見到那片樹林和皎潔的月光時的情景一模一樣。然而，我根本不在乎天氣轉冷；就我的身體結構來説，我較能抗寒，但耐熱的能力卻相對較弱。不過，我生活中最重要的樂趣還是在夏季觀花賞鳥，領略大自然生機勃勃的美麗景色。當這一切消失了，我便將更多注意力放到那家人身上。他們的快樂並不因夏季的結束而減少。他們相親相愛、相互同情；他們的幸福是建立在彼此休戚相關、唇齒相依的基礎之上的，因而不會隨著大自然的香銷玉減而中斷。我越是見到他們，就越是想得到他們對我的保護和幫助。我翹首企盼著與這些可愛的人們相識，被他們所愛。我平生最大的心願，就是看到他們對我笑臉相迎，向我投來深情的目光。我真的不敢想像，他們會面帶鄙夷和恐懼，棄我而去。他們從未趕走過那些在他們門前駐足乞討的窮人。誠然，我所需要的東西要比一口食物、一時的休憩逗留更為寶貴；我需要幫助和同情，而我完全相信自己應該獲得這種幫助和同情。

「冬天來了。自從我活轉人世以後，四季交替變更，已整整循環了一周。在此期間，我集中全部精力試圖實現自己的計劃——走進我的保護者家裡，與他們見面。我反覆考慮了種種方案，而最後確定的方案是：等雙目失明的老人單獨在家時再進屋去。我已具有足夠的領悟力，十分清楚以前那些人見了我害怕的原因——主要還是怕我這副異常醜陋的模樣。我的嗓子雖然粗聲粗氣，但聽起來並不可怕；因此我想，老德拉西的孩子不在家時，如果他能善待我，並為我向他的孩子求求情，那麼，通過他的幫助，說不定那兩個年輕的保護人也能寬容我。

「一天，陽光灑在綴滿地面的一片片通紅的落葉上，雖然已經沒有多少暖意，但還是那樣使人振奮、令人歡欣。薩菲、阿嘉莎和菲利克斯結伴外出，去田間遠足，老人自願留在家中。孩子們走了以後，老人拿起吉他，彈了幾首悲哀而柔美的曲子。我還從來沒有聽他彈過如此淒婉動聽的歌曲。他起初還喜形於色，可彈著彈著便露出若有所思、鬱鬱不樂的神情。最後，老人將樂器放到一邊，坐在那兒陷入了沈思。

「我的心怦怦直跳，關鍵時刻到了；要麼我的希望在此刻實現，要麼我內心擔憂的種種情況在此時發生。僕人們都去附近趕集了，屋裡屋外靜悄悄的，這真是個求之不得的大好機會。然而，等我開始按計劃行動時，我卻手腳發軟，不聽使喚，一下子癱倒在地上。我再次起身，使足全身力氣，搬開遮擋在棚屋前的木板。我呼吸了幾口新鮮空氣，頓覺神清目爽。我堅定了自己的決心，朝他家的門口走去。

「我敲了一下門。『誰啊？』老人問道——『請進。』

「我走進屋子。『請原諒我冒昧來訪，』我說道，『我路過這裡，想休息一會兒。如果您能允許我在火爐旁待上幾分鐘，我將不勝感激。』

「『請進來吧，』德拉西說道，『我很願意盡量滿足您的需要。可不巧我的孩子都不在家，我的眼睛又看不見，恐怕很難替你弄點什麼吃的。』

「『請別費心了，好心的主人，我有吃的，只需要暖暖身子，休息一會兒就行了。』

「我坐了下來，接著我倆誰也沒再說話。我知道，現在每分鐘對我都是極為寶貴的，可我還在遲疑不決，不知以什麼方式切入正題。這時，老人又開口說道：『陌生人，聽您的口音，我想您大概是我的同鄉吧——您是法國人嗎？』

「『不是，我曾向一家法國人學習，因此只懂得這種語言。我現在要去找我的朋友，希望能得到他們的保護，我深深愛著他們，也有一定把握得到他們的幫助。』

「『您這些朋友是德國人嗎？』

「『不，他們是法國人。嗯，我們換個話題吧。我是個生不逢時、遭人遺棄的人，在這個世上孤身一人，舉目無親。我要去拜訪的這些親切的人們從沒見過我，對我的情況也幾乎一無所知。我很擔心，如果他們拒絕了我，那我在這個世上將永遠是個無家可歸的浪人了。』

「『別這樣心灰意冷的。一個人在世上無親無友固然不幸，但只要人們不是出於明顯的私利而抱有偏見，那麼，他們的心就會充滿博愛和仁義之情。因此，您要相信自己心中的希望；如果您那些朋友心地善良、和藹可親，那您就不要悲觀失望。』

「『他們都是好心人——是世界上最好的人；可他們對我仍懷有偏見。我性情溫和，迄今為止，還從未傷害過誰，甚至為別人做過一些好事，可他們都被一種根深蒂固的偏見蒙住了眼睛，他們本應把我看做是有情有義、心地仁慈的朋友，可他們卻總認為我是個面目可憎的魔鬼。』

「『這的確很不幸；但是，如果您真的沒有過錯，難道沒辦法消除他們的偏見嗎？』

「『我正打算這麼做；可就是因為這一點，我才感到萬分恐懼。我對這些朋友滿懷一腔柔情；數月以來，我每天都在他們不知曉的情況下，幫他們做事，可他們卻認為我想傷害他們——這就是我要消除的偏見。』

「『您這些朋友住在哪兒？』

「『就在這附近。』

「老人收住話音，頓了頓，又繼續說道：『如果您願意將這件事的詳細情況毫無保留地告訴我，或許我能幫您消除他們的誤會。我雙目失明，無法從您的面容做出判斷，但聽您的談話，我相信您是真誠的。我很窮，又是個被流放的人；但是，如果能為誰做點什麼，我都打心眼裡感到高興。』

「『您真是太好了！謝謝您，我接受您的慷慨相助。您的好意把我從困境中解救出來；我相信，通過您的鼎力相助，我一定會得到您那些同胞的同情，而不會被他們排斥在外的。』

「『哪怕您真是個罪犯，如果他們拒絕您，對您毫無同情之心，那他們也為上天所不容！那樣只會逼著您鋌而走險，而絕不可能激勵您棄邪歸正，走上自新之路。我也是個不幸的人；儘管我和我的家人都清白無辜，可我們仍然被判有罪。因此，您自己可以做出判斷，我是否對您的不幸遭遇寄予同情。

「『我唯一的恩人，您對我恩重如山，我該怎樣感謝您呢？您讓我第一次聽到了親切和善的聲音，您的恩德，我將銘感終生。在我即將和我的朋友會面之際，您的一片仁慈之心將確保我與他們的會面圓滿成功。』

「『您能否告訴我您那些朋友的姓名和住址？』

「我一時不知如何回答；心想，這是決定性的時刻，幸福將從我身邊被奪走，還是永遠與我同在，全繫此時了。我拼命掙扎，想以足夠的堅決回答他的問題，然而，我的努力非但沒有成功，反而耗盡了我所剩下的最後一點力氣。我癱倒在椅子上，嚎啕大哭起來。正在此時，我聽到了我的年輕保護人們的腳步聲。時不待我，刻不容緩，我一把抓住老人的手大聲喊道：『就是此刻！救救我，保護我啊！您和您的家人正是我要找的朋友，在這審判的時刻，請千萬不要拋棄我！』

「『天哪！』老人驚叫道，『你到底是什麼人？』

「與此同時，農舍的門開了。菲利克斯、薩菲和阿嘉莎走了進來。誰能描述他們見到我時的驚愕和惶恐呢？阿嘉莎嚇暈了；薩菲也顧不得照顧朋友，奪門而逃。這時，我正緊緊抱住老人的雙膝，只見菲利克斯一個箭步衝上前來，一把將我從他父親身邊拖開——那股猛勁大得簡直不可思議。他勃然大怒，將我摔在地上，用棍子狠狠抽打我。我完全可以像猛獅撕裂羚羊那樣將他撕成碎片，可我當時心情頹喪，有如重病纏身，因而忍住沒有發作。由於渾身疼痛，加之心如刀割，見他又要朝我打來，我趕緊逃出屋子，趁眾人慌亂之際，偷偷躲進了我的小棚屋。

第十六章

「該詛咒的、可憎的造物者啊！我當時為什麼活了下來？為什麼不在那個時候，將你胡亂點燃的生命火花熄滅掉呢？我不懂；然而我並沒有絕望，我只感到復仇的怒火在心中燃燒。我真想痛痛快快地把那棟農舍毀了，將那家人全部殺死，聽他們高喊亂叫，看他們遭受折磨，以解我心頭之恨。

「夜幕降臨了，我走出小棚屋，來到樹林裡徘徊遊蕩。事到如今，我已沒有必要再提心弔膽，怕被別人發現了。我發出聲聲可怕的吼叫，宣洩心頭的痛楚和憤懣。我就像一頭衝出陷阱的瘋狂野獸，將擋在面前的障礙物全部摧毀，像雄鹿一般在森林中狂奔。唉，這是一個多麼難熬的夜晚啊！群星譏諷地泛出慘淡的寒光，光禿禿的樹枝在我頭頂上隨風晃蕩，四週一片岑寂，只有鳥兒不時發出幾聲清脆悅耳的鳴叫。除我以外，大地萬物都在沈睡，或在盡情享樂，而我卻像魔王撒旦，心頭壓負著一座燃燒的地獄，遭受痛苦的煎熬。我看不出有誰會同情我，真恨不得把林中的樹木連根拔起，將周圍的一切全部毀掉，然後再坐下來對著這一片廢墟悠然自得地幸災樂禍。

「然而，圖一時痛快發洩一番，自然長久不了。由於奔跑過度，不久我便精疲力竭了。絕望中，我癱倒在潮濕的草地上。那些活在這個世上的芸芸眾生，竟沒有一個人願意憐憫我，幫助我。既然如此，難道要我向敵人們表示友善嗎？絕不。從那時起，我向人類宣戰，要與他們，特別是那個將我製造出來，又將我推入無法忍受的苦難之中的人血戰到底。

「太陽出來了，我聽到有人說話的聲音，知道當天已不可能返回自己的棲身之處。於是，我便鑽進濃密的灌木林中躲了起來，決意將整個白天用來考慮自己目前的處境。

「和煦的陽光，清新的空氣使我的心情平靜了一些。我仔細回想發生在農舍裡的一幕幕情景，不禁覺得自己過於倉促地作出了結論。我行事欠考慮，太不謹慎，這一點是確定無疑的。我的談話顯然引起了老人的興趣，情況十分有利，可我卻傻呼呼地將自己暴露在他的孩子面前，引起他們的恐懼。我本應該先讓老德拉西熟悉我，等他的家人對我的到來有了足夠的心裡準備，再慢慢與他們見面。不過我覺得雖然自己舉措不當，可這些錯誤也不是無法挽回。反覆考慮之後，我決定重返農舍，找老人說明原委，將他爭取過來支持我。

「這些想法使我的心情平靜下來。到了下午，我終於沈沈睡去。然而，我心中灼灼，熱血仍在沸騰，無法酣然入夢。前一天那可怕的情景總在我眼前浮現——女人們嚇得飛奔，怒不可遏的菲利克斯將我從他父親的身邊拖開。等一覺醒來，我已是筋疲力盡。見天色已晚，我便從藏身處悄悄爬出來，去尋找食物。

「填飽肚子以後，我便朝通往農舍那條熟悉的小路走去。四周悄無聲息。我偷偷溜進自己的棚屋，靜靜地等待這家人平時起床的時間。他們起床的時間過了，太陽已高高地掛在空中，可這家人還是沒有露面。我渾身直打哆嗦，擔心這家人發生了什麼可怕的事情。只見屋子裡黑洞洞的，聽不到一點動靜。我焦慮萬分，心中痛苦難言。

「過了一會兒，兩個農人路過這裡。他們在這棟屋子附近停下腳步，談起話來。只見他們不停地打著手勢，可他們在說什麼，我一句也聽不懂，因為他們說的是當地語言，與我的保護人們口音不同。不久，菲利克斯跟另外一人走了過來。我暗自吃驚，因我那天上午根本沒見他從家裡出來。於是，我焦急地等待著，想根據他們的談話，來判斷這些異乎尋常的事情究竟意味著什麼。

「『您有沒有想過，』菲利克斯旁邊那人說道，『您必須再交付三個月的房租，還得白白損失園子裡種的瓜果蔬菜？我可不想佔您的便宜，這不上道；所以，還是請您暫緩幾天，再慎重考慮一下您的決定。』

「『我根本不用再考慮，』菲利克斯答道，『我們絕不可能再在您的房子裡繼續住下去。我已對您說過，我家出了這種可怕的事情，現在我父親隨時都有生命危險，而我妻子和妹妹也不可能再從驚恐中恢復過來。我請求您，不用再勸我了，還是收回您的房子，讓我離開這裡，遠走高飛吧。』

「菲利克斯說這些話時，混身顫抖得非常厲害。他與那人走進屋子，在裡面待了幾分鐘，出來後便走了。從此以後，我再也沒見過德拉西一家人。

「那天，他們走了以後，我一直待在小棚屋裡，神情恍惚，心如死灰。我的保護人走了，我與這個世界唯一的連繫中斷了。第一次，我的心中充滿了復仇的怒火，但我卻沒有做任何努力去抑制這種強烈的憤懣，而是聽憑自己隨感情的激流蕩去。我絞盡腦汁考慮如何傷人，甚至殺人。然而，當我想到我那幾位朋友，想到德拉西娓娓動聽的話語，阿嘉莎溫柔的目光，還有阿拉伯女孩那嬌美的面容，我便又打消了惡念，禁不住眼淚撲簌簌地流了下來。淚水使我的心緒平和了一些；然而，當我想起他們拋棄我，將我一腳踢開的情景，先前那股怒火又重新在我心頭燃起。我無法傷害人類，只好將心中這股狂怒發洩到無生命的物體上。入夜，我將各種容易燃燒的東西堆放在農舍四周，又把園子裡種的植物全部毀掉，然後便耐著性子等待，一旦月亮下沈便開始行動。

「夜深了，樹林裡颳起一陣狂風，瞬間吹散了漂浮在空中的雲塊；這股狂風如同威力無比的雪崩，摧枯拉朽，銳不可當；它使我心神錯亂，如痴如狂，喪失了一切理智和思維。我點燃一根枯枝，繞著這棟我曾經深愛的屋子一邊手舞足蹈、狂奔亂跳，一邊死死盯著西邊的地平線——月亮就快要沈到它的邊緣了。終於，月亮的一部分被地平線遮住了，我揮舞著手中那根燃燒著的枯枝；月亮沈下去了，我大叫一聲，將我堆放在那兒的稻草、石南和灌木一一點燃。風助火勢，農舍成了一片火海，很快便被刀叉般凶猛的火舌吞噬了。

「當我確信，農舍的任何部分都不可能再從火中救出時，便趕緊離開現場，逃進樹林裡躲了起來。

「現在，面對這茫茫人世，我將何去何從呢？我打定主意離開這個給我帶來不幸的地方，遠走高飛；然而我遭人恨，惹人嫌，任何國家對我來說都一樣可怕。最後，我突然想到了你。從你那幾頁日記中，我得知你就是我的父親，我的締造者；投靠賦予我生命的人總比投靠其他人更合情合理吧？菲利克斯給薩菲講課的內容也包括地理知識，我從中瞭解到地球上不同國家間的相對位置。你曾經提起你的故鄉名叫日內瓦，於是我便決定去那個地方。

「可我該怎麼走呢？我知道自己必須朝西南方走才能到達目的地，可我唯一的嚮導便是太陽。我既不知道沿途要經過哪些城市，也絕無可能向人問路。然而，我並沒有悲觀失望。雖說我對你沒有任何感情，有的只是滿腔仇恨，但唯有從你這裡我才有希望獲得援助。無情無義、鐵石心腸的造物者！你賦予了我知覺和感情，卻又拋棄我，使我流落異國他鄉，成為人類譏諷奚落的對象，望而生畏的怪物。但是，我只有對你才有權要求得到憐憫和補償。我曾經試圖讓別的具有人形的生物公平對待我，但毫無結果，因此，我下定決心，要向你討回公道。

「我遠道而來，一路風塵僕僕，歷經千辛萬苦。我在原來那個地方居住了很長時間，離開時已是深秋時節。我晝伏夜行，生怕遇到任何人。我周圍的景物凋零衰敗了，陽光變得慘淡無力。秋雨綿綿，大雪紛飛，原先奔騰咆哮的大河結冰了；大地變得堅硬、冷峭，一片淒涼，而我卻連個棲身之處也沒有。唉，大地啊！多少回，我乞求你降禍於那個賦予我生命的人！我原先善良的稟性已經泯滅，代之而來的只有一顆狠毒的心和一腔怨恨。離你的住處越近，我就越強烈地感到復仇之火在我胸中燃燒。雪花飄飄，水面凍得硬梆梆的，可我並沒有駐足休息。途中時而出現的一些情況常為我指明方向，而且我還隨身攜帶了一張這個國家的地圖。不過，我還是經常偏離路線，走了很多冤枉路。痛苦折磨著我，使我不得片刻安寧。途中遇到的每件事情都讓我感到氣憤，感到悲哀。當我到達瑞士邊境時，天已轉暖，大地重新披上了綠裝，但這時發生的一件怪事，卻又大大加深了我心中的怨恨和恐懼。

「我通常是白天休息，只在晚上借助夜幕的掩護趕路，以防被人看見。一天清晨，我發現自己要穿過前方一片密林，便大膽決定在太陽升起之後繼續趕路。這是早春的一天，陽光明媚，空氣中洋溢著陣陣清香，連我也為之歡欣雀躍。我感到自己心裡早已泯滅的那份溫柔和喜悅又重新萌生了出來，於是便聽憑它的撥弄和驅使，忘卻了自己的孤獨和醜陋，壯著膽子去感受快樂。熱淚順著我的面頰緩緩流下，我甚至滿懷感激之情地抬起濕潤的雙眼，遙望那神聖的、賜予我歡樂的太陽。

「我沿林中蜿蜒的小路繼續向前走去，直至來到森林的盡頭。只見一條深不可測、水流湍急的小河繞林而過，林中許多樹木彎曲著身子伸向河面。春風送暖，根根枝條已綻出點點新芽。我在河邊站住，不知該走哪條路。這時，我聽到人聲，便鑽進一棵柏樹的樹蔭下躲了起來。我剛站穩腳跟，只見一個年輕女孩嘻嘻笑著向我躲藏的地方跑來，像是在和什麼人捉迷藏。她沿著陡直的河岸繼續奔跑，突然腳下一滑，跌進了湍急的河裡。見此情景，我一個箭步從藏身處衝出來，費了好大力氣才將她從急流中救起，拖上河岸。這時，她已失去了知覺。我奮力搶救她，直到被一個突然出現的莊稼漢給中斷了為止；看來，他就是女孩剛才嬉笑著要躲過的那個人了。他一見到我，立刻衝上前來，從我懷裡死命奪過那女孩，飛快地向密林深處跑去。我拔腿便追，可為什麼要追趕那人，連我自己也莫名其妙。那人眼見我逼近他，便舉起隨身攜帶的一把槍瞄准我開了火。我一頭栽倒在地上，而打傷我的那傢伙便加快速度逃進樹林裡去了。

「我的善舉竟受到如此回報！我救了一個人的命，可得到的報償卻是遭人槍擊，別說皮開肉綻，連骨頭也被打碎了，痛得我在地上不停打滾。我心中剛剛復甦的溫情善意頓時煙消雲散，而狂怒和切齒之恨重新佔據了我的心頭。由於傷口疼痛，盛怒之下，我橫下一條心，今生今世與人類勢不兩立，不報此仇，絕不善罷甘休。然而此刻，我被傷痛折磨得奄奄一息，脈搏暫時停止了跳動，昏了過去。

「我在樹林裡痛苦地熬過了幾周時間，想方設法治療槍傷。那一槍打中我的肩頭，不知子彈是留在裡面，還是擊穿了肩膀；但不管怎樣我也無法將它取出來。他們恩將仇報，實在有失公允；如此待我，真令我倍覺痛楚，心情十分壓抑。我日日發誓賭咒，定要報仇雪恨——我的報復將是強有力的，置人於死地的，只要一擊便可補償我曾遭受的所有欺凌和痛苦。

「幾個星期之後，我的傷口癒合了，於是我又繼續登程趕路。明媚的陽光，和煦的春風再也不能減輕我旅途的勞頓。一切人間歡樂都是對我的嘲弄，都是對我淒慘境遇的諷刺，使我更加痛苦地感到自己生來就與歡樂無緣。

「現在，我旅途的勞頓總算快結束了。兩個月之後，我到達了日內瓦郊區。

「到日內瓦時已是黃昏，我便在荒野裡找了一個隱蔽處暫且棲身，以便仔細考慮一下該以什麼方式向你求助。受疲勞和飢餓所迫，加之心中抑鬱，我根本無心領略晚間徐徐吹來的微風，欣賞雄偉的侏羅山後那落日的壯麗景色。

「我昏昏沈沈地睡著了，暫時將自己從冥思苦想的痛苦中解脫出來。不料這時卻來了個挺漂亮的小男孩，把我給吵醒了。孩子身上的那股調皮感，在他身上一覽無遺。我見他朝我選擇的這塊隱蔽處飛奔而來，腦袋裡突然閃過一個念頭。這小傢伙思想單純，不會帶有任何偏見；他少不更事，還不至於懼怕醜陋之人。因此，如果我逮住他，對他訓練一番，使他成為我的夥伴和朋友，那麼，在這個布滿人群的世界上，我就不會感到那麼孤寂淒涼了。

「受到這一衝動的驅使，我在孩子經過時一把抓住他，拉到自己面前。孩子一見到我這醜陋的樣貌，便趕緊用雙手捂住眼睛，扯起嗓子尖叫起來。我強行將他的雙手扒開，對他說道：『孩子，你這是何苦呢？我又不想傷害你，你先聽我說。』

「他使足渾身力氣拼命掙扎。『放開我，』他大喊道，『怪物！醜八怪！你是想吃了我，把我撕成碎片——你這個食人妖——放開我，不然我要告訴我爸爸了。』

「『孩子，你別想再見到你爸爸了；你必須跟我走。』

「『可惡的魔鬼！放開我。我爸爸是市政官——他就是弗蘭肯斯坦先生——他會懲罰你！你不敢把我扣住的！』

「『弗蘭肯斯坦！這麼說，你是屬於我仇敵一邊的人了——我和他不共戴天，勢不兩立；我今天就先把你殺了。』

「那孩子仍在掙扎，嘴裡還不停地罵，罵得我心灰意冷。絕望中，我一把掐住他的脖子，不讓他出聲；只一會兒功夫，他便倒在我腳下死去了。

「我目不轉睛地盯著這個被我殺死的犧牲品，心中充滿了魔鬼般勝利的狂喜。我拍著手大聲叫道：『我同樣可以製造人世間凄慘的景象，我的敵人並非堅不可摧，這孩子的死，肯定會讓他悲痛欲絕；而且，日後將折磨他，並置他於死地的災禍還多著呢。』

「我凝眸注視這孩子，突然發現有件東西在他胸前閃閃發亮。我解下一看，原來是幀非常漂亮的女人肖像。雖說我滿懷惡意，但這幅畫像還是軟化了我、吸引著我。我興致勃勃地凝視著她那雙生著長睫毛的黑眼睛，和她富有魅力的嘴唇。然而很快地，我心中的惱怒又捲土重來——我想到自己永遠無權享受這些美人所賜予的快樂；我還想到，我這會兒看著她的容貌，但如果她看得見我，她臉上這副無比溫柔的神情定會轉變成厭惡和驚恐。

「一想到這一切，我不由得心頭火起。你覺得奇怪嗎？可唯一使我奇怪的是，當時為什麼自己只是以大聲叫嚷和痛苦掙扎來發洩心中的怨恨，而不是衝進茫茫人海之中，在試圖毀滅他們的同時自己也粉身碎骨。

「我怒不可遏，憤然離開了殺人現場。為了尋找一個更加隱蔽的藏身之處，我走進了一間穀倉。我原先以為這屋子空無一人，可裡面卻有一個女人躺在稻草上睡覺。這是個年輕女孩，論長相的確沒有我手裡那畫像上的女子漂亮，不過倒也長得端端正正，討人喜歡，而且青春煥發，渾身洋溢著健康的美感。我暗自忖道，她就是那些女人中的一個——她們把令人歡愉的微笑賜給眾人，唯獨把我排斥在外。我俯下身子，輕聲喚道：『醒來吧，絕世美人，你的情人就在你身旁——只要你溫情脈脈地看他一眼，他將死不足惜！親愛的，醒來吧！』

「這女孩身子動了動，一陣強烈的恐懼感突然掠過我的全身。萬一她真的醒過來看見我，會不會詛咒我，大罵我這個殺人兇手？如果她睜開那雙黑眼睛看到我，她肯定會這麼詛咒我的。這個想法使我喪失了理智，喚醒了心中的魔鬼——受苦的不該是我，而是她；我之所以殺人，是因為我被剝奪了她能給予我的一切，她應該贖罪；這樁罪行的根源在她，必須讓她受到懲罰！多虧了菲利克斯給我上過的課，也多虧了那些血淋淋的人類法則，我現在也學會了陷害別人。我彎下腰，將那幀畫像穩妥地塞進她衣服的折縫裡。見她又動一下身子，我便拔腿逃了出去。

「一連幾天，我都去出事地點遊蕩；有時是想見到你，有時又決心離開這個世界，永遠擺脫人世間的痛苦。最後，我信步朝這崇山峻嶺走來，穿過這巨大而幽深的山谷，心中激情燃燒。這股情感折磨得我不能自己，而能滿足我的就只有你。在我們分開之前，你必須答應我的要求。我形單影隻，孤苦伶仃；任何人都不想與我為伴。但是，一個與我同樣醜陋，同樣可怕的生靈，她是不會拒絕我的。我的伴侶必須與我同類，與我有同樣的缺陷。你必須創造出這個生靈。」

第十七章

這怪物講完之後，目不轉睛地盯著我，等待我的回答。可我卻如墮煙海，懵頭懵腦，一時無法理清自己的思緒，弄不懂他這一建議的全部內涵。他繼續說道：「你必須再為我造一個異性伴侶，好讓我與她相依為命，共同生活，進行必不可少的情感交流。這件事只有你能辦到，而我要求你這樣做，是我應有的權利，你對此絕不可以拒絕。」

剛才聽他說到他在那戶村民家中度過的日子還挺平靜，我心中的憤恨也因此而漸漸平息；可是，他這段經歷的後半部分，又點燃了我滿腔的怒火。現在聽他提出這種要求，我便再也按捺不住心頭熊熊燃燒的怒火了。

「這件事我絕不會答應的，」我回答道，「任你怎樣折磨我，也休想迫使我同意。你可以使我成為世界上最不幸的人，但你絕不可能逼我就範，變成連自己都鄙夷不屑的無恥之徒。你要我再造一個你的同類，好讓你倆狼狽為奸，毀了這個世界嗎？滾開吧！我已經回答你了，你盡可來折磨我，但我是絕不會同意的。」

「你錯了，」這魔鬼回答道，「我不會威脅你，倒願意和你講講道理。我因為遭受痛苦和不幸，才如此心狠手辣。所有的人都恨我，迴避我，難道不是這樣嗎？你——我的締造者，竟想把我撕成碎片，然後再歡慶你的勝利；這你總沒忘記吧？我倒要你說說，為什麼人類不可憐我，而偏偏要我去可憐人類呢？假如你能把我扔進冰川上的一個裂縫裡，毀了我的軀體——毀了你親手製造的成果，你自然不會把這叫做謀殺。人類蔑視我，難道要我尊重他們嗎？我是希望和人類友好相處的；如果他們能接受我，我會對他們感激涕零，造福於他們，而絕不會傷害他們。但這是不可能的。人類的理智是我與他們結交的不可逾越的障礙；而我的理智也絕不允許自己卑躬屈膝，淪為可鄙的奴隸。我要為我受到的傷害報仇雪恨，如果不能喚起愛，我就要製造恐懼；而你是我的締造者，是我的頭號敵人，我對你切齒痛恨，今生今世與你勢不兩立。你可要當心，我會採取行動毀掉你的，不把你弄得心膽俱裂，決不罷休，一定讓你詛咒自己為什麼要來到這個世界上。」

他說著說著便惡狠狠地發起火來，顯得騷動不安，那張臉也皺起來變了形狀，真讓人見了毛骨悚然。不過，他很快便又鎮靜下來，繼續說了下去：「我剛才就想和你講道理，這樣發火對我沒好處，因為你根本沒有意識到，我之所以怒火中燒，憤憤不平，完全是你造成的。如果有人肯對我表示仁愛之心，我一定千百倍地報答他，哪怕是為他一人，我也要與全體人類友好相處！然而，我現在只是沈緬於美麗的夢幻之中，這一切是不可能實現的。我對你的要求合情合理，根本不算過分。我要求得到一個異性伴侶，但須與我一樣面目醜陋。我的這一心願實在微不足道；儘管我能得到的只是這麼一點，我也將心滿意足。當然，我和她將成為一對與人世隔絕的怪物，但也正因為如此，我們才會更加相親相愛。雖說我們將來的生活不會很幸福，但也不會對他人造成任何傷害，還能夠擺脱我現在感到的這份痛苦。唉，我的造物主，給我幸福吧！讓我為你的恩惠感激你吧！讓我親眼看到我激發了一個人的同情心；請千萬不要拒絕我的請求。」

我的心被他打動了。當我想到自己一旦同意他的要求所可能產生的後果，我就不寒而慄；然而，我又覺得他這番陳詞也不無道理。他的經歷，以及他此刻流露出來的感情，說明他是個通情達理的生靈。作為他的製造者，我應該在力所能及的範圍內盡量使他幸福，如若不然，我豈不是有負於他？他察覺出我內心的變化，便繼續說道：「如果你同意的話，從今以後，無論是你還是其他任何人，都不會再見到我們——我將去南美的茫茫荒原；我的食物與人類維生的食物不同，我無需捕殺小羔羊、小山羊什麼的以飽口福；各種橡子和漿果就能為我提供足夠的營養。我的伴侶也將與我具有同樣的特性，也會滿足於同樣的食物。我們將以枯葉為床；太陽普照人類，也將哺育我們，也會使我們的作物成熟。我向你描繪的這幅圖景是寧靜祥和而又富有人性的，你一定會感到，只有殘酷無情、胡亂使用手中權力的人，才會拒絕我的請求。儘管你從來沒有對我表示過憐憫之心，但我從你的眼睛裡看到了你的一絲同情。讓我抓住這一有利時機說服你，讓我得到我夢寐以求的東西吧。」

「你的意思是，」我回答道，「你將遠離人類居住的地方，到荒原裡安家落戶，唯與那兒的野獸為伴。但是，你一貫渴望得到人類的愛和同情，又將如何耐得住寂寞，安於顛沛流離的生活呢？你還是會回來，再次要求人類善待你；如果這樣，你還是會受到他們的憎惡。到頭來，你心中那些邪惡的念頭又會捲土重來。到了那時，你還多了一個幫手，助你為非作歹；我絕不允許這種情況出現。不要再與我爭辯了，我是不會同意的。」

「你的感情竟如此反覆無常！剛才你還被我的言詞所打動，為什麼一轉眼就變得如此狠心，對我的申辯無動於衷？我向你發誓——我面對我借以棲身的地球，向你——製造我的人發誓：我將帶著你賜給我的伴侶遠離人世，哪裡最荒涼，哪裡就是我的安家之處。我心中的邪念將蕩然無存，因為我將得到同情和安慰！我將默默地了此一生，而在壽終正寢之際，也不會去詛咒我的造物主。」

聽了他這番話，我心中升起一股異樣的感覺。我同情他，有時還浮現安慰他的慾望。然而，當我注視著他，看到這具污穢可憎的軀體在走動說話，我就覺得噁心，惻隱之心頓時化作厭惡和仇恨。我試圖壓抑這種感覺；心想，儘管我對他毫無同情之心，但他所要求的那一點點幸福完全掌握在我的手中，我實在沒有權利拒絕他。

「你發誓賭咒，」我説道，「標榜自己並無惡意，不會害人，可你的邪惡歹毒不是已經顯露出來了嗎？我完全有理由不信任你，你如此信誓旦旦，恐怕是想掩人耳目，借以擴張報復範圍，擴大你的勝利成果吧？」

「你這是什麼意思？我可不是讓人耍著玩的，我要求你明確答覆我。如果我無牽無掛，無情無義，那我這輩子注定會怨天尤人、作惡多端；然而，另一個人對我的愛將消除我作惡的根源，從此我將匿影藏形，無人將知曉我的存在。我所犯下的惡行，也是被世上強加於我的孤獨給逼出來的。我痛恨這種生活；如果能與我的同類共同生活，我的心中自然會萌生出善良的情感。我將感受這個知疼著熱的異性生靈的柔情蜜意，從此成為世上萬物生存之鏈中的一環；而現在，我是被排斥在外的。」

我沈默不語，仔細琢磨著他剛才所説的一切，以及他提出的種種理由。我心想，從他生命之初的情況來看，他確實有可能成為一個心地善良、品德高尚的生靈；可是後來，他的保護者對他表示出厭惡和蔑視，因而扼殺了他善良的本性。當然，我並沒忘記他本身所具有的力量和他對人類所構成的威脅；他可以在冰川中的冰窟內生存，能在無人涉足的懸崖峭壁間藏身，以躲避追捕。他具有這等本領，人類想對付他也是徒勞的。我沈思良久，最後做出決定：為了對我的同類們公正起見，也為了還他一個公道，我應該答應他的要求。於是，我轉過身來對他說道：「我同意你的要求，但你必須對天起誓：一旦我把你的女伴交到你手中，你就帶著她離開歐洲，離開人類居住的任何一個地方，浪跡天涯，永世不得返回。」

「我發誓，」他大聲喊道，「對太陽，對蒼天，對我心中燃燒著的愛情之火，我嚴肅起誓：如果你允許我的懇求，那麼，只要日輝煌煌，雲漢青青，愛火熊熊，你就永遠不會再見到我。你現在就回家去，開始工作吧。我將滿懷萬分焦慮的心情，注視著你工作的進程。當你完工之時，我一定會出現，這你就不必擔心了。」

也許是害怕我改變主意，他一說完便突然離去了。我注視著他沿山坡飛奔而下，那速度之快，連蒼鷹也望塵莫及，轉眼便消失在連綿起伏的茫茫冰海之中。

他的故事說了整整一天，待他離開時，太陽已經落到地平線上了。我心裡很清楚，得趕緊下山，否則就會被黑夜給吞沒；但我心情沈重，步履緩慢。山裡的羊腸小道迂迴曲折，三彎九轉，下山時每走一步都須格外留神，讓我頭昏腦脹，更別說心裡還七上八下，總是想著白天發生的事情。等我下到半山腰的休息處，坐在山泉旁時，夜已深了。朵朵雲彩在空中飄游，滿天繁星時隱時現；眼前是黑黝黝的一片松林，斷裂倒伏的松樹隨處可見。看著這幅奇妙而肅穆的景象，我心裡生出種種莫可名狀的感覺，禁不住失聲痛哭起來。我沈痛地握緊雙手，大聲呼喊道：「哦！星啊，雲啊，風啊，你們都在嘲笑我；如果你們真的同情我，就把我的感覺和記憶通通碾碎，讓我化為烏有；否則，你們就走吧，走開吧，就讓我一人留在黑暗裡吧。」

這些想法真是瘋狂又可悲；然而我卻無法向你描述，那在空中恆久閃爍的群星是如何沈重地壓迫我的心頭，而我又如何覺得那一陣陣傳入耳際的風聲，好似那沈悶險惡的西洛可風[39]，它正呼嘯而來，企圖將我吞噬。

我抵達沙穆尼村時，天早已亮了。我顧不上休息，立即起程趕回日內瓦。我心裡究竟是什麼樣的感覺，就連自己也說不清楚——這些感覺就像一座大山似的壓在我的心頭，而我原先的痛苦也被這千鈞重負壓得粉碎。我就這樣回到家裡，進了屋，來到家人面前。我形容憔悴、灰頭土臉；家人惶恐不安，可我拒絕回答他們的任何問題，幾乎一聲不吭。我覺得自己似乎遭到詛咒——似乎無權要求他們的同情——似乎再也不能愉快地與家人朝夕相伴了。即便在這時，我仍然深深地愛著他們，敬仰他們；為了拯救他們，我決定以全部精力投入那項令我深惡痛絕的工作。一想到這件事，其他任何事情在我眼前都只是過往雲煙，如夢幻一般無足輕重；對我來說，唯獨這樁心事，才是生活的現實。

[39] 起自撒哈拉沙漠，並由非洲北部經地中海吹向歐洲南部的一種常帶沙塵、間或帶雨的熱風。

第十八章

我回到日內瓦之後，時間一天又一天，一周又一周地過去了，可我一直無法鼓起勇氣開始自己的工作。我於是惴惴不安，擔心那惡魔會因失望而前來報復，然而我怎麼也克服不了心中對這項強加給我的差事的厭惡情緒。我發現，要造一個雌性怪物，我必須再次花費幾個月的時間，深入研究，刻苦探索。我得知一位英國科學家有了幾項新發現，這方面的知識對我的研究成功與否具有極其重要的意義。因此，我有時心想，還需徵得父親的同意，為此事去一趟英國。然而後來，我以種種藉口拖延時日，不願採取這第一步行動，也漸漸覺得去英國一事似乎並不是那麼絕對必要的。這時，我自身也確實發生了一個變化：原先日漸衰弱的身體，現在已明顯恢復；而只要自己不去想那令人不快的諾言，我的心情也比以前愉快多了。父親看到我的這一變化，感到由衷的高興。於是，他便轉而考慮如何尋找一個最為有效的辦法，徹底驅除我心中的憂鬱；因為這毛病仍時有發作，它如同一團烏雲，能鎖住太陽，並吞噬空中的一切。每當我感到心情鬱悶，我便離群獨處，在無限的孤寂中躲避憂鬱的侵襲。我往往一連幾天獨自在湖上泛舟，茫然注視著天上的雲朵，或是傾聽湖面漾起的濤聲，顯得無精打采，不說一句話。不過，由於湖區空氣清新，陽光明媚，我的心情總還是會平靜一些。返回家時，遇到朋友們對我招呼致意，也能勉強笑臉相迎，心情也還算高興。

一天，我從湖區散步歸來，父親把我叫到一邊，對我說道：「親愛的孩子，我很高興地看到，你又恢復了過去那些興趣，開始回到你從前的樣子了。不過，你的心情還是不愉快，你仍然在迴避我們。有段時間，我一直在心裡琢磨其中的原因。昨天，我突然想到一個主意；如果你覺得我這個想法有充分道理，那麼，我懇求你坦率地接受它。避而不談此事，不僅毫無作用，還會給我們全家人帶來更大的不幸。」

聽了父親這段開場白，我禁不住渾身顫抖起來。父親繼續說道：「孩子，說實話，我一直盼望你和我們親愛的伊麗莎白締結良緣，因為你們的婚姻是我們全家幸福的樞紐；再說，我已是風燭殘年，如果你們能結百年之好，我也能多活幾年。你倆自小情深意篤，一起學習，在性格、志趣等方面也完全投合。然而，人的經驗往往是盲目的，我以前曾做過一些事情，本以為是在幫忙實現預期中的計劃，可到頭來卻差點弄得我滿盤皆輸。也許你把伊麗莎白看成是自己的妹妹，從未想過要娶她為妻。恐怕事情還不只如此，也許你遇到了另個使你傾心相愛的女孩；而你會想到，從道義上來說，你對伊麗莎白負有責任，因此你內心矛盾重重，這恐怕就是你現在極度痛苦不安的原因吧。」

「親愛的父親，您儘管放心，我對表妹一往情深，真心誠意地愛她。我從未遇到過任何女人，能像伊麗莎白這樣激起我心中最熱烈的欽羨和愛慕之情。我未來的希望和前途與我倆的結合息息相關。」

「親愛的維克托，你在這個問題上表明了自己的態度，我感到十分欣慰。這一陣子我還從來沒像現在這樣高興過。如果你的想法的確如此，那麼，不管眼前一些事情會給我們帶來怎樣的憂思愁緒，我們終究會開心起來的。但是，你的心看來已被某種憂愁牢牢攫住，而我希望能將它消除。因此，告訴我，你是否同意立即為你們的結合舉行一個宗教儀式？我們的遭遇一直很不幸，近來發生的一些事情破壞了我們日常寧靜的生活，對我這樣年邁體衰的老人來說十分不適。你還年輕，又擁有一份相當可觀的財產，因此我覺得，不管你為將來擬定了怎樣的藍圖，早一點結婚絕不至於妨礙你日後去為自己爭取榮譽，做一個對社會有用的人。不過話又說回來，不要認為我是在逼你成婚，也不要以為你延遲結婚會使我深感不安。別誤會我的意思，我只請求你給我一個誠實、充滿自信的回答。」

我默默聽完父親的話，好一陣子不知如何回答。千百種思緒在我腦海裡飛快地盤旋，我絞盡腦汁，想得出一個結論。天啊！要我立即和伊麗莎白結婚，這個想法真讓我感到恐懼和沮喪。我被一個莊嚴的許諾束縛住了，那個我現在還尚未實踐、更不敢有所違背的諾言；如果我食言毀約，那我自己和我仁慈善良的家人將要遭到多麼不幸的災難啊！如此沈重、致命的包袱纏繞在我的脖子上，將我壓趴在地，我又豈能以這副模樣走進婚禮的殿堂？我必須首先履行諾言，讓那惡魔帶著他的女伴離開，然後才能安享婚禮的歡樂，因為我希望我的婚禮平平安安。

同時我還想到，有件事我必須完成，要麼去一趟英國，要麼與那裡的幾位科學家保持長期的通訊聯繫，因為他們在科學方面的知識和發現對我目前的工作是必不可少的。如果我採取後一種辦法獲取自己所渴望的科學資料，我將花費很長的時間，也很難收到滿意的效果。再者，我已習慣於和自己熱愛的家人無拘無束地相處、交往，一想到要在父親家中幹這件骯臟的勾當，我就厭惡到了極點。我心裡很清楚，到時將會發生許多可怕的事情，哪怕其中最小的一件，也可能會洩漏天機，讓所有與我有關的人都得提心吊膽、魂飛魄散。還有一點我也很清楚，在我從事這項神秘而可怕的工作期間，一種撕心裂肺的痛苦會在我心中翻攪，而我自己常常會失去控制，根本無法掩飾這種痛苦。我在這工作的過程中，必須與我所愛的親人全部隔絕。一旦我開始做起來，便會很快完成的，這樣我就能以安然、快樂的心情重返家中。只要我履行了諾言，那怪物便會離開，一去不復返，搞不好（這只是我胡亂臆想而已）他在此期間遇上什麼災禍而一命嗚呼，那我的苦役也就一了百了了。

我懷著這樣的心情回答了父親。我表達了自己去英國的願望，但並未說出此事的真正原因，而是找了個不致引起任何懷疑的藉口，同時還煞有介事地慷慨陳詞，結果輕而易舉地使父親同意了。長期以來，我一直沈浸在悲傷之中；這種悲傷之深，其危害之大，簡直與神經失常沒什麼不同。現在，我竟然興致勃勃地想去旅遊，父親心裡自然樂滋滋的。他滿心希望我在回國之前，借助環境的變化和各種娛樂消遣活動而完全恢復健康。

至於我在英國將待多久，也完全由我自己決定；我考慮在那兒待上幾個月，或最多一年時間。父親對我關懷備至，考慮問題仔細周到，還特地為我找了一個旅伴。他事前並未對我提起此事，只和伊麗莎白商量了一下，便安排了克萊瓦爾在斯特拉斯堡與我會合。我本來一心想單獨行事，父親如此安排，自然打亂了我的計劃。不過，在此次行程的開始階段，我的朋友還不致於妨礙我；恰恰相反，我還真感到高興，因為這樣我就不會在數小時的旅途中陷入孤獨而痴狂的冥思苦想之中了。不僅如此，亨利還能阻止我那冤家對頭的突然襲擊。如果我只是單獨一人，那怪物豈不是會屢屢前來死攪蠻纏？要麼想提醒我別忘了那件事，要麼又想查看我的進度如何。

就這樣，我準備去英國了。不言而喻，我回來後得馬上和伊麗莎白結婚。父親年事已高，極不願意我推遲婚期。對我自己來說，我也渴望從這項令人厭惡的苦差事中得到一份報酬——對於這極其痛苦的勞役的慰藉——當我擺脫這一痛苦的勞役之時，就是我得到伊麗莎白之日，與她締結良緣將使我忘卻過去的一切。

我開始為旅途做各項準備；可總有一種感覺在我心頭縈繞，攪得我惴惴不安，滿腹憂懼。我的家人根本不知道他們還有一個冤家對頭存在，而我這麼一走，便沒人能保護他們不受這傢伙的攻擊了，說不定他還會因為我離開家裡而惱羞成怒。不過，他曾信誓旦旦地向我表示，無論我走到哪裡，他都會跟蹤我。那麼，他這次會不會跟著我去英國？這麼一想，我心中不禁悚然，但同時又感到寬慰，因為這樣我的親人就會安然無恙。所以，一想到他有可能不來跟蹤我，我心裡就十分愁苦。在我受那怪物擺布的這段時間裡，我總是聽憑自己一時的衝動行事；而我現在有一種強烈的感覺，覺得這惡魔一定會來跟蹤我，因而我的家人還不至於有遭受他殘害的危險。

時值九月下旬，我再度離開了自己的國家。這次外出旅行完全是我自己的意思，因此伊麗莎白也只好默許。但是，她想到我要離開她，獨自在外餐風露宿，含辛茹苦，還要忍受種種悲哀，她心裡就惴惴不安。出於對我的關心，她安排克萊瓦爾與我同行，但男人總是粗枝大葉，對許多細小的事情視而不見，需要女人的悉心照料。她很想叫我盡快返回家園，但她百感交集，心中矛盾重重，竟一句話也說不出來，只是默默地與我揮淚而別。

我一頭鑽進載我起程的馬車，幾乎不知自己要去何方，也無心觀賞窗外的景致。我記得最清楚的便是吩咐別人將我的化學儀器打包裝箱，隨車同行——一想到這一點，我心裡就痛苦萬分。我的腦袋裡充滿了陰鬱慘淡的幻景，儘管沿途山水雄奇壯麗，可謂美不勝收，然而我卻目光呆滯、視而不見。我唯能想起的就是我這趟旅行的目的地，以及在此期間我所要從事的工作。

我就這樣無精打采、暮氣沈沈地在旅途中苦挨時日。經過幾天的長途跋涉，我終於到達了斯特拉斯堡。我在那兒待了兩天，等候克萊瓦爾的到來。他來了。天哪，我與他截然不同，形成了鮮明的對比！他對每一種新的景物都是那樣敏感，那樣興致勃勃；看到落日的美景，他心裡快活不已，而看到旭日東升，開始新的一天，他更是樂不可支。他指給我看那花團錦簇、五彩繽紛的田園風光，又叫我觀看天空中的景象。「這才叫生活啊！」他大聲喊道，「現在我多麼熱愛生活！可你呢，我親愛的弗蘭肯斯坦，為什麼這樣心灰意冷、鬱鬱寡歡？」一點也沒錯，我的確是滿腹憂愁，既看不到晚星的下沈，也看不見萊茵河上泛起的金色陽光——因此，我的朋友，如果您看了克萊瓦爾的日記，會比聽我在這兒講述往事要有趣得多，因為他是用一種充滿熱情和歡愉的目光來觀賞景物的。我是個時運不濟的苦命人，被一禍患所困擾，無法擺脫，因而每一條通往歡樂的途徑都被這禍患堵死了。

我倆商定，先從斯特拉斯堡乘小船，沿著萊茵河順流而下，到鹿特丹之後再換乘輪船去倫敦。在這次航程中，我們經過了許多柳樹成蔭的島嶼和一些風景如畫的小鎮。我們在曼海姆待了一天，並在離開斯特拉斯堡的第五天到達梅恩斯。過了梅恩斯，萊茵河畔的風光更是賞心悅目，湍急的河水在群山中迤邐而下。這些山峰雖然不高，但十分陡峭，而且千姿百態，美不勝收。我們看到許多古城堡的斷垣殘壁矗立在懸崖峭壁之上，周圍林木參天，鬱鬱蒼蒼，可望而不可即。說真的，這一段萊茵河風光獨特，奇觀異景紛呈；時而可見山巒此起彼伏，毀損的古城堡高聳於萬仞絕壁之上，而幽森的萊茵河則在山下奔騰而過；驀地峰迴路轉，出現在眼前的是豐茂繁盛的葡萄園、綠草茵茵的堤岸、蜿蜒曲折的河流，以及人口稠密的城鎮。

我們這次旅行，正值葡萄收穫的季節；輕舟順流而下，兩岸農夫的歌聲不絕於耳。即便像我這樣總是悶悶不樂，被憂思愁緒攪得心神不寧的人也禁不住滿心歡喜。我躺在船上，凝目注視著藍瑩瑩的天空，陶醉在一片寧靜的氣氛之中，而我已很久沒有體會這份恬然之情了。我的心情已然如此，又有誰能描繪亨利的心情？他感到自己似乎踏進了仙境，享受著很少有人享受過的幸福。「我已經領略過，」他說道，「我自己國家中最美麗的景致；我曾遊覽過盧塞恩和烏里的大小湖泊，那兒的雪山陡峭挺拔，幾乎直愣愣地立於湖水之上，在湖面上投下一塊塊漆黑凝重、無法穿透的陰影；如果不是那些鬱鬱蔥蔥的小島，以它們鮮明亮麗的色彩滋養人們的視覺，那塊塊陰影一定會給人以憂鬱而悲淒的感覺。我曾見到暴風雨襲擊湖面的景象，當時狂風捲起陣陣巨浪，使人聯想起汪洋大海上怒濤洶湧的場面；滔天巨浪猛烈地衝擊著山腳，而以前那位牧師和他的情婦就是在那兒被山上崩落的土塊活埋了。據說，每逢夜闌人靜，平息無風之時，在山腳下仍能聽到他們臨死前的呻吟。我也曾見過拉瓦萊州和佩德沃德州的崇山峻嶺，可是，維克托，這個國家比所有那些自然奇觀更使我心曠神怡。瑞士的群山顯得更加雄偉壯觀，光怪陸離，但是，在這條神聖的河流兩岸，有一種我從未見過的無與倫比的魅力。你瞧，遠處那座屹立在懸崖之上的古城堡，還有島上那一座，它幾乎要被那些枝葉婆娑、青翠可愛的樹木遮擋住了。你再瞧那群從葡萄園裡走出來的農夫們，還有那座掩映在山坳裡的村落。哦，我敢說，在此居住並守護這方樂土的神靈，比起那些疊造冰川或隱匿於人跡渺茫的高山之巔的神靈來說，是與人類更親密和諧，情投意合的。」

克萊瓦爾！我親愛的朋友！即便此刻，當我記下你的話語，嘖嘖稱羨你的時候（你完全無愧於這些讚譽之詞），我心裡仍然是如此快樂；克萊瓦爾完全是「自然之詩㊵」孕育出來的生靈，他那熱情洋溢、奔放不羈的想像力被他那顆慧敏的心靈所淨化。他心中充滿了強烈的感情，他對友誼忠貞不渝，令人讚嘆，那些汲汲於名利的凡夫俗子告訴我們，他那種友誼只能在幻想中找到。然而，即便是人類的同感共鳴也無法滿足他那顆如飢似渴的心。對於大自然的美景，人們只是仰慕而已，但他卻滿懷著熾熱的愛戀之情——

洶湧咆哮的瀑布，
猶如翻騰的心潮，令他夢繞魂牽；
巍巍巨石、山巒，冥冥深林，
那顏色，那姿容，在他心中，
撩撥起一股慾望，一片情感，一腔愛戀，
他們無需依靠遠緣的魅力——
不用思想支應，不用興趣補添，
全憑眼睛觸景生情。[41]

[40] 語出英國十九世紀著名詩人李・亨特（Leigh Hunt）在 1816 年所著的〈里米尼軼事〉（The Story of Rimini）一詩。

[41] 引自英國詩人威廉・華滋華斯（William Wordsworth）〈作於聽潭寺上方數哩處〉（Lines Composed a Few Miles above Tintern Abbey）一詩。本處為作者原注。

然而他現在何方？這位溫文爾雅，和藹可親的人就這麼永遠消失了嗎？他的心靈充滿了各種理念，他那豐富的想像奇異而壯闊；他的心靈就是一個世界，而這個世界與其締造者的生命休戚與共，息息相關——這樣的心靈難道也消亡了嗎？難道他現在僅僅存在於我的記憶之中嗎？不，絕不是這樣。你那由神靈精心鑄造的軀體，那雋永健美，熠熠生輝的軀體雖然凋零了，可你的靈魂仍時常飄然而至，前來看望並撫慰你這不幸的朋友。

請原諒我心中奔湧而出的哀思。我這一席話只是聊表自己對亨利超群絕倫的精神價值的讚譽之情；雖然無濟於事，但足以撫慰我這顆因懷念亨利而創劇痛深的心靈。現在還是讓我繼續講我的故事吧。

過了科隆，我們便進入了荷蘭的平原；剩下的路程我們決定改乘馬車，因為風向陡變，河流速度緩慢，無助於我們的航行。

在這段旅程中，我們沒有再領略到美麗的自然景色，因而也就興味索然；好在不幾天我們就到了鹿特丹，在那兒轉走海路前往英國。那是十二月下旬的一個天氣晴朗的早晨，我平生第一次見到了不列顛的白色懸崖。泰晤士河兩岸的風光令我耳目為之一新。只見一馬平川，沃野千里，幾乎每座城市都有一個令人難忘的故事因而聞名於世。一看到蒂爾伯里要塞，我們便聯想起西班牙的無敵艦隊；而格雷夫森德、伍爾維奇和格林威治等地方，我甚至在國內便已聽說過了。

最後，我們總算看到了倫敦城內星羅棋布的教堂尖頂，其中要數聖保羅大教堂的尖頂最為雄偉壯觀，而倫敦塔則在英國歷史上負有盛名。

第十九章

我們目前在倫敦休息，並決定在這座令人稱奇、馳名天下的都市裡待上幾個月。克萊瓦爾渴望與當時處於全盛時期的一些英才俊士交往，可這對於我來說並非頭等大事；我主要忙著通過各種途徑獲得必須的研究資料，從而兌現我的諾言。我很快便用上了隨身帶來的幾封介紹信——都是寫給幾位當時最著名的自然科學家的。

如果我是在幸福的學生時代做這樣一次旅行，那它自然會給我帶來難以言表的快樂。可是，由於我在生活中遭到不幸，因而造訪這些名家大師，便只是為了在自己深感興趣的課題方面，獲得他們可能給予我的一些研究資料而已。我生來不愛與人交往；單獨一人時，我會浮想聯翩，滿腦子都是天際、地上的各種奇觀異景。亨利的歡聲笑語給我以慰藉，我也因此擺脫了胡思亂想而獲得暫時的安寧。但是那些好事者們令人厭煩的笑臉卻又重新將我推向絕望之中。我發現在我與我的同胞之間橫越著一道無可逾越的障礙，一道以威廉和賈絲婷的鮮血凝成的障礙。每當我回想起與這兩個名字有關的那個事件，我的心裡就充滿了痛苦。

我在克萊瓦爾身上看到了我以前的影子。他具有強烈的好奇心，急於豐富自己的閱歷，擴大自己的知識視野。在這裡，他看到了截然不同的風土人情，而這些異國他鄉的風土人情對他來說，是增長見識和獲得樂趣的取之不竭的源泉。與此同時，他也在為實現自己醞釀已久的一項目標而作出努力。他計劃去印度；由於他掌握了當地的各種語言，並對印度社會建構了自己一系列的看法，因此，他相信自己一定能大大促進歐洲殖民事業和貿易事業的發展。只有在英國，他才能進一步實施自己的計劃。眼下，他總是馬不停蹄，忙得不可開交；唯一使他難過的，就是我情緒低落，悲傷憂愁。我於是盡最大努力掩飾自己心頭的哀思，不讓自己影響他享受屬於他的種種歡樂，因為亨利剛剛進入一種嶄新的生活，他無憂無慮，無需經受痛苦往事的折磨。我經常藉口另有約會，拒絕陪他一同外出，以便單獨留下。從那時開始，我已經在蒐集製作新的人體所必需的各種材料。對我來說，這項工作不啻是一種折磨，猶如單調的雨點連續不斷地滴落頭上一般。我為此事所做出的每一個設想都在我心中留下了極度的痛苦；而我提及此事時所說的每一句話都使我嘴角顫抖，心裡怦怦亂跳。

在倫敦待了幾個月之後，我們收到一個蘇格蘭人的來信。這人以前曾來日內瓦拜訪過我們。他在信中提到蘇格蘭美麗的風光，並詢問我們，這山明水秀，無邊風月是否具有足夠的魅力，能吸引我們勤快一些，到他遠在北方的居住地珀斯遊玩一番。克萊瓦爾迫不及待地想接受這個邀請；至於我，雖然落落寡合，不喜交際，但也希望再有機會觀賞一番山川湖泊，飽覽大自然用以妝點她特選住處的每一個奇觀勝景。

我們是去年十月初抵達英國的，現在已是二月份了。於是，我們決定下月底北上遊玩。對於這次旅行，我們不打算沿大路去愛丁堡，而是去溫莎、牛津、馬特洛克、坎伯蘭湖區等地，並決定七月底左右結束這次旅行。我把自己的化學儀器和蒐集到的各種研究資料全部打包裝好，決定在北部蘇格蘭高地某個人跡罕至的角落裡完成這項艱辛的工作。

我們於三月二十七日離開倫敦，在溫莎待了幾天，遊覽了那裡美麗的森林。對我們這兩個喜愛登山的人來說，這裡的景致別具一格，令人耳目一新。偉岸挺拔的櫟樹、成群結隊的野生動物、還有堂而皇之的鹿陣，這一切都令我們嘖嘖稱奇。

離開溫莎之後，我們便去了牛津。當我們踏進這座城市時，一個半世紀以前發生的種種事件立即充斥於我們的腦海。查理一世就是在這裡集結了他的部隊。當全體國民屏棄了他的事業，站到國會與自由的大旗下時，這座城市對他仍是忠心耿耿。想起那位命運多舛的國王和他手下那些臣僚們，想起溫順和善的福爾克蘭㊷和趾高氣揚的戈林㊸，想起王后和王子，城中每一處他們可能待過的地方都有了異樣的情趣。這裡古貌遺風猶存，我們追尋著它的足跡，可謂樂在其中。即便我們不能從想像中滿足自己的懷古之情，單是這座古樸典雅的城市本身就足以使我們為之讚嘆。這裡的幾所高等學府歷史悠久、風景如畫；這裡的街道華麗而壯觀；秀美的艾西斯河繞城而過，流經一塊塊精緻、翠綠的草地之後，河面便擴展開來，形成一片平靜而開闊的水域，映照出巍峨雄壯、掩映在參天古樹中的高塔、尖頂和圓形拱頂的建築群。

這等景致令我賞心悅目；然而，當我憶及往事，展望未來，原先歡愉的心情又變得苦澀起來。我這個人生來就應該享受安寧和幸福。在我的童年時代，我從來不知道什麼是「不滿」，即便有時感到厭倦無聊，但只要看一看大自然的美景，或是讀一點文人雅士內容精闢、格調高尚的作品，我的興致就又提了起來，心情也變得開朗。然而，我卻是一棵遭雷劈的枯樹，雷電擊中了我的靈魂。我當時覺得自己應該活下去，以便向人們展示自己很快便能終結那副模樣——一副人性被蹂躪的淒慘模樣；這模樣在別人眼裡實屬可憐可悲，在我自己亦是無法忍受的。

我們在牛津逗留了很長一段時間，到城郊漫遊，試圖辨認出每一處可能與英國歷

㊷ 第二福爾克蘭子爵（Lucius Cary, 2nd Viscount Falkland, 1610-1643），查理一世的國務大臣。

㊸ 喬治・戈林男爵（George Goring, Lord Goring, 1608-1657），查理一世的皇家部隊將軍。

史上那段最為活躍的時期有關的古蹟遺址。我們這趟小小的採風尋古旅遊，常被途中不斷出現的景物所延長。我們憑弔了功勳卓著的漢普頓[44]的陵墓，以及這位愛國者當年以身許國的戰場。我的靈魂一時得到了昇華，擺脫了低沈而可悲的恐懼心理，思索著自由和自我犧牲的神聖信念。眼前這些景物就是紀念這位愛國者不朽功業的豐碑。在這一瞬間，我大膽抖落禁錮自己的鎖鏈，以自由和崇高的氣概環顧四周；然而這鎖鏈已深深嵌入了我的皮肉，我渾身顫抖，心如死灰，又重新陷入了可悲的自我之中。

我們懷著依依惜別的心情離開了牛津，繼續前往我們下一個落腳處——馬特洛克。這個村莊四周的田園風光與瑞士的景色頗為相似，只是一切都顯得小巧些，沒那麼雄偉壯觀，且那蒼翠的群山，也少了阿爾卑斯山那悠遠而潔白的峰巔，在我的家鄉，這頂銀冠總是和松柏叢生的群山相依為伴。我們遊覽了當地一個奇異的洞穴，參觀了幾個小型的自然歷史博物館；館內奇珍異品的展出方式與賽沃克斯和沙穆尼那裡的博物館沒有什麼區別。當亨利說出沙穆尼這個地名時，我禁不住渾身顫抖起來；於是我趕緊離開了馬特洛克，因為我感到這地方與那可怕的一幕有著某種聯繫。

我們從德比出發，繼續北上，在坎伯蘭和威斯特摩蘭逗留了兩個月。在此期間，我幾乎以為自己置身於瑞士的群山之中。那滯留在北邊山坡上小塊的積雪，那大大小小的湖泊，那在岩石間奔流的山泉，在我眼前都顯得那樣熟悉，那樣親切。我們在這裡也結識了一些新朋友，他們幾乎絞盡腦汁，千方百計地逗我開心。相比之下，克萊瓦爾自然比我更加快活。與有才華的人交往，他開闊了眼界，並從自身發掘出更大的才能和智慧，在他與能力不及他的人交往時，這些都是無法想像的。「我可以在這裡過上一輩子，」他對我說，「置身於這些崇山峻嶺之中，我根本不會因為離開了瑞士和萊茵河而感到遺憾。」

然而他發現，一個旅行者的生活固然有很多樂趣，但同時也包含了許多愁苦。他的情緒總是處於十分緊張的狀態；每當他的心情逐漸平靜下來時，他便發現自己不得不捨棄使他心曠神怡的東西，去追求新的事物，而當新事物再次吸引了他的注意力，他隨即又將它拋棄，再次去獵取別的新奇之物。

我們還沒來得及遊遍坎伯蘭和威斯特摩蘭的大小湖泊，沒和那裡的居民建立起感情，我們與那位蘇格蘭朋友約定的會面日期便快到了。於是，我們便離開那一帶湖區，繼續北上。這對我來說，並沒有什麼好遺憾的。在這段時間裡，我並未將自己的諾言放

44 約翰·漢普頓（John Hampden, 1594-1643），英國查理一世時期著名的國會領導人。1642年，他因反對查理一世所謂的造船稅而被查理一世彈劾，同年內戰爆發。1643年六月，漢普頓在查爾格羅夫戰場受傷陣亡。

在心上，因而惴惴不安，生怕那惡魔感到失望而亂發淫威。也許他還滯留在瑞士，正向我的家人報復。這個念頭一直縈繞在我的腦海中，每當我想趁空稍事休息，使自己的心緒得以片刻安寧之時，這個念頭便冒出來折磨我。我心急火燎地等待著家中來信。如果信來晚了，我便心煩意亂、愁腸百結；等信收到了，眼看著信封上伊麗莎白或父親的姓名地址，自己又幾乎沒有勇氣將信拆開，以免看見厄運。有時我想，那惡魔恐是跟著我，還有可能殺了我的旅伴，以此來懲罰我的懈怠。每當這些想法盤據在我心頭時，我就一刻也不離開亨利，像影子一樣緊緊跟著他，以免那惡魔一怒之下，平白無故將他殺了。我感到自己似乎犯下了什麼彌天大罪，這種想法一直在我腦海裡翻騰。我是無辜的，但我的確給自己引來了一場可怕的災禍，而這場災禍之嚴重，與犯下滔天大罪並無區別。

在愛丁堡遊玩時，我簡直是目光呆滯，頭腦遲鈍；即便是最不幸的人也該對這座城市充滿了興趣。對克萊瓦爾來說，愛丁堡並不及牛津那樣有趣，因為他更喜歡牛津的古樸風味，不過話又說回來，愛丁堡是座新興城市，環境優雅美麗，佈局整齊劃一，它那富有浪漫氣息的城堡，堪稱天下第一的城郊風光，還有亞瑟王的座椅，聖伯納特古井，以及蓬特藍丘陵等名勝古蹟，對克萊瓦爾來說，到此一遊也不算枉然，因而他滿心歡喜，驚羨不已；可我卻心急如焚，想盡快趕往這次旅行的終點。

一星期以後，我們離開了愛丁堡，經庫珀爾、聖安德魯斯，再沿泰河前往珀斯，我們的朋友將在那裡等待我們。不過，我根本無心與陌生人談笑，也不可能像主人指望客人那樣，與他們一起興致勃勃地討論旅遊計劃。因此，我對克萊瓦爾說，希望能獨自一人遊覽蘇格蘭。「玩得開心點，」我說道，「以後我們就在這兒會合。我可能要離開一、兩個月，不過我求你別問我為什麼，讓我一個人平心靜氣地待一段時間，等我回來時，我希望自己的心情會好一些，能與你的心情更加投合。」

亨利想勸阻我，可他見我主意已定，也就放棄了。他請求我經常寫信給他。「我和這些蘇格蘭人素昧平生，」他說道，「與其和他們一起旅遊，還不如和你在一起，就算散散步也好。但既然這樣，親愛的朋友，你就快去快回吧，等你回來，我心裡才能踏實些，你不在我身邊，我是不可能感到自在的。」

離開我的朋友之後，我決心去蘇格蘭某個偏遠的地方，祕密地完成自己的工作。我一點也不懷疑那惡魔會跟蹤我，等我完工以後，便出現在我的眼前，將他的女伴領走。

打定主意以後，我便在北部高地四處尋覓，最後將我的工作現場定在奧克尼群島最偏遠的一個小島上。那地方簡直和一塊礁石差不多大小，高處坡面長年受到海浪的衝擊，很適合我做這項工作。島上土壤十分貧瘠，幾乎連幾頭瘦骨伶仃的奶牛吃的青草和當地居民賴以為生的燕麥也長不出來。這裡的居民一共只有五人，個個瘦得皮包骨，由此可見他們的生活多麼貧苦。如果他們要享受蔬菜、麵包等奢侈品，他們得跑到五英里之外的大陸上去運來，就連淡水也不例外。

整個小島上只有三座破敗的小茅屋。我來時其中有一座是空的，於是我就租下了它。屋裡只有兩個房間，四壁蕭然，空無一物，貧窮在這裡暴露出它極端醜陋、骯髒的嘴臉。那茅草屋頂坍塌下陷，四周牆壁沒塗灰泥，房門上的鉸鏈也已鬆脫。我找人將房子修好，又買了些傢具，便住了下來。我在此租房一事本來肯定會引起本地人的驚奇，但這兒的人缺衣少食，一貧如洗，早已完全麻木了。事實上，我住在那兒，沒有誰朝我看上一眼，也沒有任何人來騷擾我；我送給他們一點少得可憐的食物和衣服，他們也不對我表示什麼謝意。淒慘的生活甚至把這些人最起碼的感覺也磨鈍了。

在這不引人注意的小棚屋裡，我上午工作；到了傍晚，如果天氣好的話，我就去佈滿亂石的海灘上散步，傾聽海浪向我腳邊湧來時的呼嘯聲。這景色既單調，又不斷在變化。我不禁想起了瑞士。故鄉的風光與這淒涼蕭森、令人望而生畏的景色真有天壤之別。故鄉的丘陵坡地隨處可見青青藤蔓，平原上一棟棟農舍鱗次櫛比，美麗的湖泊映照出柔和湛藍的天空；即便風掠過湖面水波驟興，這種騷動與洶湧澎湃的萬傾汪洋相比，也只不過是一個活潑可愛的嬰兒在嬉戲玩耍罷了。

我初來之時，就是這樣工作和生活的；但是，隨著手頭工作的不斷深入，我對它的恐懼和厭惡也與日俱增。有時一連幾天，我都沒法說服自己跨進實驗室；而有時，為了早日完成這項工作，我又日以繼夜地埋頭苦幹。說句老實話，這份工作的確非常骯髒。第一次搞這項實驗時，我被那股盲目的狂熱勁頭衝昏了腦袋，根本沒有意識到這種事情的可怕性；我一心想著如何讓實驗成功，對實驗過程中自己所採取的一系列做法之恐怖程度視而不見。然而現在，我的心是冰冷的，毫無熱情可言，對自己手中的工作常常感到十分厭惡。

我的處境就是如此：幹著最令人憎惡的勾當，又被孤獨所包圍，沒有任何東西能把我的注意力從實際工作中分散開一時半刻。我的心理失去了平衡，變得坐臥不寧、煩躁不安。我惶惶不可終日，時時刻刻都在擔心碰上那個亡命之徒。有時我坐在那兒，眼睛直愣愣地盯著地面，不敢抬頭，生怕看到那個使我望而生畏的東西。我不敢去人們視線看不到的地方散步，擔心在我獨自一人時，他會突然出現在我的眼前，向我索取他的女伴。

與此同時，我繼續做著手頭這項工作，而且還取得了相當大的進展。我懷著忐忑不安的心情，急切地盼望事情的完工——我不敢探究自己為什麼會有這樣的心情；然而，這種心情與一種朦朧的、不祥的預感交織在一起，使我心中倍感厭惡。

第二十章

一天傍晚，我坐在實驗室裡。太陽已經墜下地平線，月亮剛剛從海上升起。由於光線不足，已無法繼續工作，我便閒坐著，心中忖道，今晚是就此罷手，還是繼續苦幹，將之一氣呵成？我靜靜地坐著，一連串的思緒接踵而來。歸根結底，我得考慮現在的所作所為將會產生怎樣的結果。三年前，我以同樣的方法創造出一個怪物；他暴虐無比，使我陷入淒慘的境地，永遠充滿無盡的悔恨和苦澀。現在，眼看我又要造出一個怪物，而我對她的脾性同樣一無所知。也許她會比她的同伴惡毒一萬倍，為了一己之目的，為非作歹、殺人取樂。她的同伴曾發誓賭咒，要離開人類社會，隱匿於沙漠之中。可她卻沒起過誓，還很有可能成為一個會思考、能推理的怪物，因而可能拒絕履行在她出世之前所訂的契約。他們還可能互相厭惡。這個已出世的怪物一直嫌惡自己面目醜陋，如果他眼前再出現一個同樣醜陋的異性同類，他會不會對自己的醜相更加耿耿於懷？同樣，她也會因他的醜陋而嫌棄他，轉而追求相貌堂堂的男人。說不定她會拋棄他，使他重新淪入孤獨。這樣一來，他便會因再次遭自己的同類遺棄而惱羞成怒。

即使他們離開歐洲，去美洲的大沙漠中棲身，他們仍然渴望獲得對方的同情和慰藉。其結果，首先便是他們後代的出世。一代妖魔將在地球上繁衍，從而危及人類的生存，陷人類於惶恐之中。我難道有權為了自身的利益而將這種禍患強加於子孫後代？我創造了這個怪物，可我以前被他的詭辯所迷惑，也曾受他窮凶極惡的恫嚇而變得麻木不仁。可現在，我已幡然醒悟。我第一次意識到，許下這種諾言真是抹滅了良心。我將遭到子孫萬代的詛咒，罵我引狼入室，罵我自私自利，不顧一切地追求個人安寧，而其後果，將可能導致整個人類的滅亡。

一想到這些，我心裡就直打哆嗦。就在這時，我驀然抬頭，借著月色，突然看到那惡魔就站在窗外。我嚇得渾身顫抖，呆若木雞。他呲牙裂嘴，露出獰笑，眼睛緊盯著我，盯著椅子邊那具他指派我製作的怪物。一點也沒錯，他一直在路上跟蹤我。他時而在森林中遊蕩，時而在山洞裡藏身，時而又在空曠、荒蕪人煙的石南叢中棲息。現在，他又跑來查看我的工作進度，要我實踐自己的諾言。

我打量著他，發現他滿臉凶氣，一副陰險奸詐的嘴臉。想到自己竟許下諾言，要為他造一個同類，我簡直是瘋了！我心中火起，渾身發抖，抓起正在製造的怪物，扯個粉碎。這個倒霉鬼原本把自己的幸福寄託在這個將要出世的異性伴侶身上，現在眼睜睜地看著我毀掉了她，頓時發出一聲可怕的、充滿絕望與仇恨的嚎叫，掉頭跑掉了。

我離開實驗室，鎖上門，心中暗暗發誓：今後絕不再重操舊業。然後，我哆嗦著雙腿，踉蹌地朝自己的臥室摸了過去。我孤獨一人，附近無人能排解我心中的憂愁，能把我從最可怕的，令人心緒鬱結的冥思苦想中解救出來。

幾個小時過去了，我仍然站在窗前，凝視著大海。風停了，海面幾乎一平如鏡。月亮眨著眼睛，大地萬物在嫻靜的月色中酣然睡去了。唯有幾條漁船如斑點一樣散布在海面上。和風吹拂，偶爾傳來漁民們互相吆喝的聲音。我感覺到了大自然的靜謐。突然，岸邊一陣划槳聲傳入我的耳朵；這時，我才真正體驗到這種寂靜是何等深沈。只見一人在我屋子附近上了岸。

幾分鐘以後，我聽到大門吱吱嘎嘎地響起來，好像有人企圖偷偷推門進來。我渾身哆嗦，一種不祥的預感掠過心頭。我已猜到來者是誰，真想去離我不遠的村莊叫醒一個村民，可我已身不由己，動彈不得。這就像噩夢中常有的感覺一樣，眼看大難臨頭，你拼命地掙扎逃跑，可到頭來還是被牢牢地釘在原地。

不一會兒，我聽到走廊上傳來一陣腳步聲。房門開了，我害怕的那個壞傢伙出現在眼前。他順手將門關上，逼近我，壓低嗓門道：「你已經開始做了，可又半途毀了她，你究竟是何居心？你膽敢自食其言，失信於我？我不辭勞苦，受盡煎熬，隨你一起離開瑞士。我一路躡足潛行，沿著萊茵河畔，穿過一座座柳樹島，翻越一道道崇山峻嶺。我曾在英格蘭的荒野和蘇格蘭的沙漠裡住了數月之久。我歷經千辛萬苦，忍受飢寒交迫，你竟敢毀了我的希望？」

「滾開！我絕不可能履行諾言，絕不可能再造一個與你一樣，既歹毒、又醜陋的東西。」

「你這無賴，我以前還跟你講道理，可你的所作所為已經證明，你根本不值得我給你面子，對你客氣。你給我記住，我是強而有力的。你以為你夠倒霉了，可我要讓你雪上加霜，連見了陽光都怨聲載道、叫苦不迭。你創造了我，可我才是你的主人。服從我的命令！」

「你現在可以耀武揚威，可我已不像以前那樣猶豫不決。任你怎樣威脅，我都不會屈服，決不再昧著良心做事。恰恰相反，你的威脅只能使我下定決心，不再為你造一個為非作歹的同伙。我豈會明知故犯，將一個專以殺人取樂、作惡為歡的魔鬼放到世上？滾！我心意已決，廢話少說，否則只會給我火上澆油。」

這怪物見我神色堅毅，毫不動搖，氣得咬牙切齒，但也無可奈何。「每一個男人，」他大聲喊道，「都可以將妻子摟在懷裡，連野獸都可以成雙成對，為何偏偏要我承受孤單？我對人一腔柔情，可換來的卻是憎惡和嘲諷。人類！你可以恨我，但你要當心，你將惶惶不可終日，在痛苦中熬度餘生。你馬上就要大禍臨頭，將永遠無法獲得快樂。我被極度的痛苦壓倒在地上，豈能讓你快活？你可以消除我的七情六慾，可我的復仇之心堅不可摧。從今以後，我可以不要陽光，不要食物，但我一定要報仇！我也許會死，可在此之前，我定要你這恣意折磨我的暴君去詛咒太陽對你的痛苦視而不見。你還是小心為妙；我無所畏懼，因而強大有力。我會像毒蛇那樣足智多謀，看準機會，猛咬你一口。人類，你傷害了我，我會讓你後悔莫及。」

「魔鬼，住口！你不要在此惡言惡語，污染空氣。我已經向你表明了決心，我不是貪生怕死之輩，絕不會被你這幾句話嚇倒的。走開，我是不會動搖的。」

「也罷，我走；但你得記住，在你的新婚之夜，我定會前來奉陪。」

我衝上前去，大吼道：「惡棍！你要殺我，那你得小心，別先送了你自己的性命。」

我本想一把抓住他，可他一閃身，飛快地跑了出去。轉眼我便見他上了船，箭一般地掠過海面，瞬間消失在海浪裡。

四周又恢復了沈寂，可他的話仍在我耳邊迴響。我怒火中燒，恨不得追上前去，將那毀我安寧的魔鬼捉住，拋入大海之中。我急促地在屋裡踱步，心煩意亂，腦海裡浮現出無數怪物，折磨我，叮咬我。為什麼我不追上去和他決一死戰，與他做個了斷？可我卻放了他，讓他朝大陸方向跑去。這傢伙嗜殺成性，不知誰會成為他下一個受害者。想到這裡，我不禁毛骨悚然。這時，我又想起了他的話：「在你新婚之夜，我定會前來奉陪。」照此看來，我的新婚之夜必將是我生命完結之時。屆時我會死去，從而滿足他報復的心理，同時也將消除他邪惡的念頭。我對自己終將一死並無畏懼，可我想到了親愛的伊麗莎白。萬一她發現自己的心上人被如此殘忍地從身邊奪走，她定會淒然淚下，悲痛欲絕。想到這些，我禁不住痛哭流涕。好幾個月以來，我還是第一次這樣傷心落淚。我下定決心，不與我的仇敵血戰一場，決不在他面前倒下。

黑夜過去了。太陽躍出海面，我的心情也平靜了一些——如果狂暴的憤怒轉為深沈的絕望，可以稱之為平靜的話。我離開住所——這個昨晚發生爭吵的可怕場所，來到海灘上散步。我把大海幾乎看成是一道阻隔在我和我的同胞之間的不可逾越的障礙。不，這是掠過我腦海的一個心願：真有大海阻隔那該多好！我願在那光禿禿的岩石上度過餘生。誠然，這樣活下去很無聊，但也很平靜，不會遭受任何飛來的橫禍。如果我回去，要麼自己成為惡魔的犧牲品，要麼眼看我親愛的同胞慘死在我親手製造的惡魔的魔爪之下。

我像個煩亂不寧的幽靈在島上遊蕩。我與我所愛的一切天各一方，在分離中忍受痛苦的煎熬。中午時分，太陽升得更高了。我躺在草地上，禁不住昏昏睡去。昨晚我一夜沒睡，神經緊張不安；由於高度警戒，加之悲傷流淚，兩眼布滿血絲。現在睡了一覺，心神頓覺爽快。醒來之後，我重新感到自己回到了與我一樣的人類中間。我開始較為冷靜地思考昨晚發生的一切。然而，惡魔的話仍像喪鐘般在我耳邊迴響，如虛無飄渺的夢幻，卻又是明明白白的現實，令人鬱悶、壓抑。

太陽早已西斜，可我仍然坐在海灘上，貪婪地啃著一塊燕麥餅——我早已飢腸轆轆了。這時，只見一條漁船在附近靠了岸。船上的人給我送來一個包裹，裡面是寄自日內瓦的信，還有一封是克萊瓦爾寫來的。他求我快去找他，說他在那兒無所事事，蹉跎時光。他說他在倫敦結識的朋友曾寫信給他，他們已開始洽談他在印度的有關計劃，希望他能回倫敦辦完此事。他不能再耽擱，必須馬上動身。但是，由於他回倫敦以後，將很快啟程去更遠的印度，動身日期可能比他現在預計的還要早，他懇求我盡可能與他多聚一聚。因此，他要我離開這座孤島，去珀斯與他會面，好一同南下。這封信使我的頭腦清醒了一些，我決定兩天後離開小島。

然而，在我離開這裡以前，我還有一件事要做，一想到這件事，我就渾身直打哆嗦——我必須把帶來的各種化學儀器包裝好；為此我必須走進我原先處理那骯髒勾當的實驗室，親手搬運那些用具，而我一看到那些東西，心裡就深感噁心。第二天早晨天剛破曉，我壯著膽子將實驗室門上的鎖打開。那具剛完成一半就被我毀掉的軀體，其殘肢斷臂歪七扭八地躺在地板上，我幾乎覺得自己好像肢解了一個活生生的人。我駐足片刻，定了定神，然後走進屋裡。我用顫抖的雙手戰戰兢兢地將那些化學儀器搬出房間；但我又想到，我不能將那具軀體的殘骸留在屋裡，以免引起村民的恐懼和懷疑。因此，我便將這些殘肢斷臂裝進一個籮筐裡，又在上面壓上許多石頭，然後將籮筐拖到一邊，決定於當天晚上將它扔進大海。隨後，我坐在海灘上，清洗、整理那些化學儀器。

自從那晚魔鬼露面之後，我的心理狀態便完全不同了；這種變化之徹底恐怕是任何事情都無法比擬的。我以前一直懷著陰鬱、悲觀的心情對待自己的諾言，把它看成是一件無論結果如何，非得去做的事情；而現在，我彷彿覺得眼前的一層薄膜已被揭去，第一次看清了外界的事物。重新開工的念頭一時一刻也沒有在我心裡出現，雖然我聽了那惡魔的威脅之後心裡沈甸甸的，但我並未想到要主動做點什麼來避免這種威脅。我早已想清楚了，如果我再造一個像我第一次造出的那個惡魔，那將是最卑鄙、最殘忍的自私行為；任何可能導致不同於這一結論的想法，全被我拋到九霄雲外去了。

凌晨兩三點鐘，一輪明月冉冉升起。這時，我將那個籮筐搬到一條小帆船上，然後划到離岸四英里左右的海面上。這一帶空蕩蕩的，十分冷寂，只有零星幾條小船正往岸邊駛去。我把船划開，迴避了它們。我彷彿覺得自己是在做一件可怕的罪行，膽戰心驚，焦灼不安，生怕遇見任何人。這夜本來一直是皓月當空，可有段時間月亮突然被厚重的陰雲籠罩，四周一片漆黑，我趕緊抓住這一機會，將籮筐扔進海裡。我聽著籮筐咕嘟咕嘟地沈了下去以後，便划著小船離開了現場。這時，天空陰雲密布，但空氣仍十分清新。儘管颳起了東北風，令人感到陣陣寒意，可我反而覺得神清目爽，心曠神怡。我於是決定在海上再多待一會兒。我將船舵固定在直線航行的位置上，然後伸展四肢，躺在船裡。雲層遮住了月亮，水天之間一片朦朧，除了能聽到輕舟的龍骨破浪前進的聲音，四周一片寂靜。那汩汩的水聲如同喁喁絮語，使我神情安然，沒一會兒，我便沈沈睡去了。

我不知道自己睡了多長時間，但當我一覺醒來，太陽已升得很高了。疾風勁吹，海浪翻湧，小船的安全一直受到威脅。我發現風是從東北方向颳過來的，船乘風勢，我此時離出發時的海岸一定很遠了。我竭力想改變小船的航向，可我很快發現，如果再這樣下去，頃刻之間，海水便會湧進船艙。在這種情況下，順風航行才是唯一可行的辦法。說句老實話，我這時心裡還真有點發慌。我沒有帶指南針，對這一帶的地理情況幾乎一無所知，因此太陽也幫不了多少忙。我有可能會被風颳進煙波浩渺的大西洋，活活餓死在那裡，要不就被周圍無邊無際洶湧咆哮的海浪所吞沒。我在海上一連漂流了好幾個小時，此時已感到喉嚨冒火，焦渴難忍——這是我即將遭受的其他種種痛苦的前奏。我仰望天空，只見滿天的白雲乘風急駛，那一朵朵、一塊塊在我眼前飛速飄過。我將目光投向大海，它將是我葬身的墳墓。「魔鬼，」我大聲叫道，「你即將如願以償了！」我想到伊麗莎白，想到了父親和克萊瓦爾，他們都被我拋下了，那惡魔會在他們身上滿足自己嗜血成性、凶殘歹毒的復仇慾望。這個想法頓時將我拋進了絕望而可怕的冥冥沈思之中。即便時至今日，每每憶及，心中仍不免惶惶然，儘管此刻這一幕已近尾聲，即將永遠在我眼前消逝。

幾個小時就這樣過去了；太陽在西邊的地平線慢慢下沈，風勢也逐漸減弱，成了徐徐輕風，海面上已不見驚濤駭浪。然而這時，海上出現了大片連綿起伏的潮湧。我頭昏噁心，幾乎連舵也掌不穩。恰在這個當口，我突然發現了向南延伸望去有一線陸地。

剛才一連數小時面對死亡的可怕威脅，心中懸慮不安，加之體力消耗很大，此時我幾乎已是心力交瘁、精疲力竭了。但這突如其來的、確切無疑的一線生機，宛如一股歡快的暖流湧入心田，我的熱淚禁不住奪眶而出。

人的心理狀態真是反覆多變，即便處於極大的磨難之中，我們求生的慾望仍是那樣強烈，真是不可思議！我從衣服上撕下一大片布又做了一張風帆，駕著小船急切地向陸地駛去。這片陸地遠看上去十分荒涼，亂石遍佈，但等我靠近以後，一眼便看到了耕作過的一塊塊田地；我還看到海岸附近有船隻在活動。眼前的景象使我突然感到自己重新回到了文明人的居住地。我小心翼翼地沿著蜿蜒的陸地向前划去，最後見到一座從小海岬後面露出的尖塔，我立時歡呼起來。由於身體極度虛弱，我決定徑直向小鎮所在地划去，因為那裡最容易弄到吃的東西。幸虧我身上還帶了點錢。繞過小海岬，映入眼簾的是一座小巧玲瓏、整齊乾淨的小鎮，這裡還是一個良好的港口。我駛進港，心裡高興得怦怦直跳，真想不到這次還能死裡逃生。

正當我忙不迭地拴好小船，收整風帆之時，有幾個人向我圍攏過來。他們似乎對我的到來十分驚訝，可他們並沒有過來幫助我，而是聚在一起低聲議論著什麼。要是在別的時候，看著他們這樣指手畫腳地竊竊私語，我心裡還真會感到幾分驚恐呢。實際上，我當時只注意到他們說的是英語。於是，我就用英語向他們講話。「各位朋友，」我說道，「能否請你們告訴我這座小鎮的名字，我到了什麼地方？」

「用不了多久你就會知道的，」一個嗓音沙啞的男人回答道，「也許你到了一個不太合你口味的地方，但我也就跟你挑明了講，沒人會在意你的想法的。」

如此粗暴無禮的回答竟出自一個陌生人的嘴裡，真讓我驚得目瞪口呆，而且我發現與他同來的人一個個都是橫眉冷對，怒氣沖沖，我更覺得緊張不安。「您為什麼對我出言不遜？」我回答道，「對初來乍到的客人如此粗魯，顯然不是英國人的待客之道吧？」

「英國人怎麼待客我不知道，」那人答道，「但嫉惡如仇可是愛爾蘭人的習慣。」

這場莫名其妙的談話在繼續進行，與此同時，我發現周圍的人迅速增多，他們個個臉上露出既好奇又氣憤的神色，這使我十分惱火，同時又感到有點驚恐不安。我問他們去旅館該怎麼走，可誰也不理我，於是我便向前走去。這群人簇擁著我，一邊走著，一邊嘰嘰喳喳地議論著。這時，一個滿臉凶氣的男人走到我面前，拍了拍我的肩膀說道：「喂，先生，你必須跟我到柯溫先生的辦公室走一趟，把你的情況交代清楚。」

「柯溫先生是什麼人？為什麼要我說明我的情況？難道這裡不是一個自由的國家嗎？」

「當然是，先生，對於安守本分的人來說，這裡有充分的自由。柯溫先生是這裡的鎮長，昨晚這裡發現一位先生被謀殺了，你必須對他的死做出解釋。」

他的這番回答使我大為駭然，可我很快便鎮定下來。我是無辜的，這一點很容易得到證實。於是，我一言不發地跟著這人向鎮上最漂亮的一棟房子走去。由於疲勞不堪，加之飢腸轆轆，我隨時都有可能癱倒在地上；然而，被這麼一大群人簇擁著，我想還是打起精神，以免失禮；再說，體力不支，精神萎靡，會被別人看成是膽怯和做賊心虛。我當時根本沒想到，一場災難竟很快會降臨到我的頭上；它將沈重地打擊我，將徹底驅散我對恥辱和死亡的畏怯；代之而來的，將是我內心的恐懼和絕望。

故事講到這裡，我必須停頓一會兒，因為回憶那些可怕的事件需要我鼓起全部的勇氣。我將根據自己的回憶，詳細地敘述一下這段往事。

第二十一章

我很快便被帶到鎮長面前。這是一位心慈目善的老人，舉止溫和、安詳。然而，他在打量我的時候，目光中卻流露出幾分威嚴。他轉過身去詢問帶我來的那些人，誰能當場為此事作證。

約莫五六個男人站了出來，鎮長選定了其中一人，這人便作證道，昨天晚上，他和兒子及妹夫丹尼爾・紐金特一起出海捕魚，大約在十點鐘，他們眼看颳起了北風，風勢迅猛，於是便將船駛回岸邊。那時月亮還沒升起，四周漆黑一片。他們如往常一樣，沒有把船靠在港內，而是停在下游兩英里處的一個小灣裡。他第一個上岸，扛了一部分捕撈用具，那兩個同伴跟在後面，離他不遠。他在沙灘上走著走著，突然腳被什麼東西絆了一下，整個身子摔倒在地上，他的同伴趕上來將他扶起，借著提燈的光線，他們發現他剛才摔倒在一個男人的身上，那人顯然已經死了。他們起先推測，那人是在淹死之後被海浪衝上岸的，但仔細查看之後，發現那人的衣服是乾的，而且屍體也還沒僵冷。他們趕緊把那人抬到離出事地點不遠的一個老太太家裡，竭盡全力搶救，可沒能救活他。死者是個青年男子，長得相貌堂堂，大約二十五歲年紀。他顯然是被人掐死的，因為除了他脖子上的黑色指痕外，身上沒有任何遭受暴力的痕跡。

這段證詞的前半部分絲毫沒有引起我的興趣，然而當證人提到指痕時，我想起了弟弟被害的情況，心裡頓時覺得極度焦躁不安。我手腳發抖，眼前一片模糊，站都站不穩，不得不將身體靠在椅子上。鎮長以他那犀利的目光盯著我，見我這副樣子，他肯定認為我心中有鬼。

兒子證實了他父親的陳述，而當丹尼爾・紐金特被叫上來時，他指天發誓道，在他的同伴被絆倒之前，他肯定自己看到離岸不遠的海面上有一條小船，船上僅有一人；據他判斷，當時他在依稀的星光下所看到的這條船，正是我乘坐上岸的那一條。

一個女人作證說，她住在海灘附近，在聽說發現屍體前大約一小時，她站在自家門口，等候漁民回來。這時，她看見一條船，船上只有一人，正匆匆駛離後來發現屍體的那段海岸。

另一個女人證實了幾個漁民有關將屍體抬到她家裡去的陳述，說明那句屍體當時並未涼透。他們把屍體抬到床上，不斷揉搓；丹尼爾還跑到鎮上去找藥劑師，可終究回天無力。

當局對有關我乘船上岸一事，詢問了幾個男人。他們一致認定，由於當晚颳起了北風，風勢猛烈，我很有可能在海上胡亂轉了幾個小時，最後不得不又轉回到我原來離開的那段海面附近。此外，他們還聲稱，從當時的情況來看，我是從別處將屍體轉運過來的；而且，由於我對這段海岸似乎並不熟悉，我在進港時可能並不知道這座小鎮（鎮名不詳）離我藏匿屍首的地方究竟有多遠。

柯溫先生聽完這些人的證詞，認為應將我帶到停放屍體的房間，以觀察我見到屍體後的反應。剛才那些人提到兇手作案手段時，我曾表現出極度焦躁不安的神情，也許是因為這一點，鎮長才想出了這個主意。於是，鎮長和其他幾人領我來到一家小客棧。這真是個多事之夜，竟有幾件事同時發生，頗為蹊蹺，真令我不得不心生疑竇。不過，發現屍體那會兒，我正在我居住的那個小島上與幾個村民談話，這一點我很清楚，因此，這件事究竟後果如何，我心裡非常坦然。

我走進停放屍體的房間，他們將我帶到靈柩跟前。我該怎樣才能描述自己見到屍體時的心情呢？我只覺得毛骨悚然，驚恐萬狀；即便現在回想起來，那可怕的一刻仍嚇得我瑟瑟發抖，令我肝腸寸斷。當我見到亨利・克萊瓦爾那僵硬的、毫無聲息的屍體躺在我面前時，別人要觀察我的反應以及在場的鎮長和那些證人，通通像夢幻一般從我的腦海中消失了。我大口喘著氣，一頭撲在屍體上，高聲呼喊道：「我最親愛的亨利啊，是不是我做的那些傷天害理的罪惡勾當把你也給害死了？我已經毀了兩個人了，其他的受害者也正在等待他們的厄運；可是你，克萊瓦爾，我的朋友，我的恩人……」

人的軀體已無法再承受我所忍受的痛苦，我渾身劇烈地抽搐，被人抬出了房間。

我隨即又發起了高燒，在床上一連躺了兩個月。已到了奄奄一息的地步。後來我聽說，我發燒時神智不清，胡言亂語非常可怕。我把自己說成是謀殺威廉、賈絲婷和克萊瓦爾的兇手。有時我還央求護理我的人助我一臂之力，殺了那個折磨我的魔鬼；有時我又感到，那魔鬼的爪子已經掐住了我的脖子，我痛苦不堪，嚇得魂不附體，大聲呼喊。幸好我說的是本國語言，只有柯溫先生一人能聽懂；不過，我的手勢和痛苦的呼叫足以使那些旁觀者膽寒。

我當時為什麼不就此一命嗚呼呢？既然我比以往任何人都更為不幸，為什麼不忘卻一切而永遠安息呢？死神奪走了多少朝氣蓬勃的孩子的生命，可這些孩子是溺愛他們的父母雙親唯一的希望啊！又有多少新婚的妻子，多少年輕的戀人，今日還是青春煥發，充滿希望，明日卻已成了蛆蟲之食，在墳丘中腐爛！我究竟是用什麼材料製成的，竟能經受住如此頻繁的打擊，而這一系列的打擊就像轉動的車輪，連續不斷地折磨著我？

可我命不該絕。兩個月之後，我猶如從夢中驚醒過來，發現自己身陷囹圄，四仰八叉地躺在一張破舊不堪的床上。只見周圍盡是看守、牢頭、鐵柵以及土牢裡一切粗劣的設施。我記得當時清醒過來已是早晨，對以往發生的那些事已記不太清楚，只感到曾被什麼巨大的災難摧垮了。但是，當我環顧四周，看到裝有柵欄的窗戶，看到自己這間破爛骯臟的房子，以前發生的一切又一幕幕在我腦海裡閃過，我痛苦地呻吟起來。

有一個老年女人在我身旁的椅子裡打盹，我的呻吟聲把她給驚醒了。她是一個監獄看守的妻子，受雇來此充當護士；她那個階層的人所具有的典型的壞品德全在她臉上表現了出來。她臉部的線條顯得冷酷而粗魯，與那些慣於對別人的痛苦視而不見，毫無同情之心的人如出一轍。她說話的語氣顯示出她對人漠不關心；她用英語對我說話，那嗓音好像是我生病時聽到過的。「你好些了嗎，先生？」她說道。

我也用同樣的語言有氣無力地回答道：「我想是好點了；不過，如果這一切都是真的，如果我不是在做夢的話，那麼，我覺得十分遺憾，因為我仍然在活受罪，仍然感到驚恐不安。」

「至於那件事，」老女人回答道，「如果你是說你殺了那位先生的事，我看你還不如死了的好，因為我想往後你還有更大罪要受呢！不過，這反正不甘我的事；他們叫我來護理你，把你的身體搞好，我只是憑良心做事，盡到我自己的責任，如果大家都像我這樣，那就好了。」

我心裡油然升起一股厭惡之感，便轉過身去不再理她。這老女人對一個剛從死亡的邊緣救活過來的人竟能說出如此冷酷無情的話！然而我感到身心交瘁，無力去思考過去發生的一切。我這輩子的經歷彷彿是一場夢；有時我簡直懷疑這一切是不是真的，因為我心裡對這一切從來就沒有一種沈甸甸的現實的感覺。

隨著浮現在我眼前的那些形象變得越發明朗清晰，我的心也隨之越來越焦躁不安，只覺得一陣陰霾向我壓來，四週一片黯然，身邊沒有誰用溫柔的、充滿了愛的話語來安慰我，也沒有誰會伸出親切的手來幫我一把。醫生來給我開了藥方，那老女人為我準備藥去了；可我看得出，那醫生臉上流露出一副漫不經心、極不負責的樣子，而那老女人則明顯地流露出惡狠狠的神色。除了能從我身上撈到油水的劊子手以外，還有誰會去過問一個殺人犯的命運呢？

這些是我起初的想法；然而不久我便得知，柯溫先生一直對我十分照顧，他把監獄裡一間最好的牢房安排給了我（這最好的一間竟也如此破爛不堪），醫生和護士也是他為我找的。不錯，他的確很少來看我，可這是因為他不願站在一個殺人犯的面前，親眼看他忍受痛苦，親耳聽他可憐的瘋言瘋語，儘管他熱切地希望減輕每一個人的痛苦。因此，即便他有時來牢房看我，也只是為了查看一下，不要把我給冷落了，而他每次來的時間也很短，間隔的時間卻很長。

我的身體漸漸恢復過來。一天，我坐在椅子裡，半睜著眼睛，臉色鐵青，像死人一樣。憂思愁緒沈重地壓在心頭，淒苦難言。我常想，寧可一死了之，也不要苟活在這個世上，因為這個世界對我來說充滿了苦難和憂愁。有那麼一會兒，我在想是不是乾脆說自己有罪，受法律的制裁，反正我沒有可憐的賈絲婷那麼清白。我正這麼想著，囚室的門開了，科溫先生走了進來，臉上流露出同情和憐憫的神情。他在我身邊拉過一張椅子坐下，用法語對我說道：「恐怕您對這個地方非常討厭，我能做點什麼，讓您感到舒適一些？」

「謝謝您，不過，對您提到的情況，我根本無所謂，因為在這個世界上，無論哪裡都沒有我能享受的舒適可言。」

「我知道，對於像您這樣一個被如此不可思議的災禍折磨得心灰意冷的人來說，我這個陌生人所能表示的同情很難減輕您心頭的痛苦。不過，我希望您能很快離開這個令人悲傷的住所；原因很簡單，我們可以輕而易舉地找出證據，將您無罪開釋。」

「我根本沒想過此事。由於我遭遇到的一系列奇怪事件，我現在成了世界上最不幸的人。我過去歷盡種種殘害和磨難，即便此刻也在受罪吃苦，死對於我來說又算得了什麼？」

「近來發生的一系列怪事，的確是最不幸、最令人痛苦的了。不知是什麼怪事把您給弄到這一帶舒適宜人，遠近聞名的海岸上。他們立刻把您抓了起來，指控您犯了謀殺罪。您上岸後首先看到的就是您朋友的屍體，他遇害身亡，死得十分蹊蹺，死後屍體還被什麼窮凶極惡之徒橫放在您的面前，攔住您的去路。」

柯溫先生觸及了我心酸的往事，儘管我心頭煩亂不寧，但他在說這番話時，我同時又感到十分詫異，因為他對我的情況竟如此清楚。也許我的臉上露出了幾分驚訝，柯溫先生趕緊說道：「就在您病倒時，您隨身攜帶的所有文件便立即交給了我，我仔細審閱了這些文件，想從中找出一些線索與您的親屬聯繫，將您不幸遭難和得病的消息告訴他們。我找出了幾封信件，其中有一封，從寄信人的落款來看，是您父親寫的。我當即寫了一封信寄到日內瓦去。此信自寄出至今快兩個月了——您身體不舒服，瞧您現在還在發抖，任何激動對您都是不合適的。」

「家中音訊全無，真讓人惦念，這比最可怕的事情還要糟糕一千倍。請告訴我最近又發生了什麼死亡事件，我這次該為誰的不幸遇害而哀悼？」

「您全家一切均好，」柯溫先生溫和地說道，「而且還有個人，是您的一位朋友，要來看您。」

一個念頭頓時在我腦海裡閃現——我不知它是從一連串怎樣的思緒中冒出來的——那殺人兇手已開始嘲弄我的不幸了，他殺死了克萊瓦爾，想借此來折磨我，重新刺激我，逼我滿足他邪惡的願望。我用雙手捂住眼睛，痛苦地大聲喊道：「啊！把他趕走！

我不能見他；看在上帝的份上，別讓他進來！」

柯溫先生看著我，臉上露出不安的神色。他見我這麼大喊大叫，也禁不住認為我可能有罪了。他聲色俱厲地說道：「年輕人，我倒認為，您父親的到來應該受到您的歡迎，而不應該引起您如此強烈的反感。」

「我父親！」我大叫一聲，渾身上下五官肌肉全都鬆弛下來，憂愁痛苦煥然冰釋，喜悅之情油然而生。「我父親真的要來嗎？太好了，這真是太好了；可他現在哪裡，為什麼不趕緊來看我？」

我的態度發生這般變化，鎮長見了驚喜交集。他也許認為我剛才那樣大喊大叫是癔病回溯，一時胡說八道，因此馬上又恢復了原先那種慈祥的模樣。他站起身，和護士一起走出了房間。不一會兒，我父親走了進來。

此時此刻，沒有什麼比父親的到來更令人高興的了。我向他伸出雙手，大聲呼喊道：「這麼說，您安然無恙？伊麗莎白和歐內斯特呢？」

父親一再安慰我，說他倆一切都好，要我放寬心。父親將家中使我感興趣的事情一五一十地講給我聽，想讓我擺脫消沈的情緒振作起來。然而他很快發現，身居監獄之中，人是不可能高興起來的。「我的孩子，瞧你住的是什麼地方！」他一面說，一面懷著悲傷的心情打量著這一扇扇裝了鐵柵欄的窗戶和這破爛的囚室。「你外出旅行原本是為了尋求幸福，可飛災橫禍卻一直追逼著你，還有可憐的克萊瓦爾——」

一提起克萊瓦爾的名字，提起我這位慘遭謀殺的不幸的朋友，我就極度煩躁不安，痛苦萬分，身心交瘁的我再也無法忍受，禁不住潸然淚下。

「唉，父親，您説得不錯，」我回答道，「一種最可怕的命運緊緊纏著我，我必須活著，以完成自己的天命；否則，我肯定早已死在亨利的靈柩旁了。」

我們不能進行長時間的交談，因為我目前的身體狀況隨時有可能惡化，必須相當謹慎，方能確保心緒的安寧。這時，科溫先生走了進來。他堅持説，我不能過度操心費神，以免精疲力竭。不過，父親在我眼前，彷彿心地善良的天使守護在身邊一樣，我的體力逐漸恢復了。

疾病驅除以後，極度的憂鬱和悲傷仍籠罩我的心頭。克萊瓦爾遇害時那慘不忍睹的面容總是在我眼前浮現。這聯翩的思緒使我焦慮不安，因而不只一次地引起我這些朋友們的擔心，他們生怕我舊病復發，那可是非常危險的。唉！他們為何要保全一條如此淒慘不幸，又如此令人憎恨的性命呢？當然是因為要我去了結自己的宿命，我的宿命已快完結了。噢，快了，死神很快就會毀滅這顆悸動的心臟，痛苦的重負也將從我心頭卸除，隨我一同回歸塵埃；在執行公正判決的同時，我也將長眠於地下。然而，死亡離我仍然十分遙遠，儘管想死的願望時時在我腦海裡泛起。我經常一連數小時呆呆地坐著，一動不動，一言不發，心中暗暗希冀發生一場巨變，將我和我那仇家一同埋葬在廢墟之中。

法院巡迴審判的日期快到了。我在監獄裡已被關押了三個月；儘管我的身體仍然十分虛弱，隨時有舊病復發的危險，可我仍不得不長途跋涉近一百英里，前往郡政府所在地接受審判。柯溫先生自告奮勇，竭盡全力為我尋找證人，安排辯護事宜。由於我這個案子並未提交決定生死的法庭審判，因而我沒有被當作罪犯那樣在大庭廣眾之下亮相，從而免遭一番羞辱。大陪審團確認，在發現我朋友的屍體時，我正在奧克尼群島，因而據此駁回了起訴書。在我被押至郡政府所在地的兩個星期以後，我被無罪釋放了。

父親獲悉我擺脫了受指控的苦惱心情，又能自由地呼吸新鮮空氣，並獲准返回祖國，真是喜出望外。然而，我沒有與他同喜同樂，分享他的歡愉之情，對我來說，土壁泥牆的地牢和金碧輝煌的宮殿同樣令人憎恨。生活這杯美酒已被玷污，永遠無法挽回了。雖然太陽不偏不倚地照耀著我，也照耀著幸福歡樂的人們；然而我什麼也看不見，四周是一片濃重而可怕的黑暗，不見一絲光亮，唯有一雙閃閃發光的眼睛透過黑暗瞪視著我。有時，它們是亨利那雙富於表情的眼睛，他已奄奄一息，眼瞼和鑲在眼眶四周的又黑又長的睫毛很快就要將他那烏黑的眼珠覆蓋住；有時，它們又變成了那惡魔的一雙濕漉漉、灰朦朦的眼睛，跟我在因格爾施塔特臥室裡第一次見到的那雙眼睛一模一樣。

我父親試圖喚醒我心中的愛。他和我聊日內瓦——我很快就要返回那裡——和我聊伊麗莎白和歐內斯特。然而，他的話還是只能引起我內心深處痛苦的呻吟。當然，我有時也渴望幸福，懷著悲喜交集的心情思念心愛的表妹；有時，我又懷著濃濃的思鄉之情，渴望再次見到孩提時代悠然神往的那口湛藍的大湖和水流湍急的羅納河。可是總的來說，我的心情處於一種麻木狀態，蹲監獄也好，置身於大自然那無比綺麗的風光之中也好，我都無所謂。除了突如其來的悲哀和絕望之外，我的這種麻木的心理狀態幾乎一直遷延不去。每逢這種時候，我常常恨不得了卻我這條可惡的性命，因而需要有人在我身邊日夜守護和監視，才能阻止我做出狂暴可怕的事情來。

然而，我還有一件事要完成。一想到它，我就戰勝了自己置他人於不顧的絕望心理。我必須立即返回日內瓦，一刻也不能耽擱，去那裡守護我所深愛的親人，並暗中埋伏，靜候那殺人兇手，如果碰巧發現他的藏身之處，或者他再膽敢對我突然襲擊，在我面前出現，我便向他瞄準，一槍打死這惡魔——我賦予了這惡魔一顆比他外表更加邪惡而可鄙的靈魂。父親仍想推遲行期，擔心我經受不住旅途的勞頓，因為我在飽經磨難之後，身心受到極大摧殘——成了一具有型的幽靈，一具手無縛雞之力的骷髏；高燒日夜不退，侵蝕著我衰竭的軀體。

儘管如此，我還是等得不耐煩，心裡七上八下，催促父親趕快離開愛爾蘭。父親轉念一想，覺得還是順從我的心願為好。於是，我們乘坐一艘開往格雷斯港的輪船，隨習習微風駛離了愛爾蘭海岸。時值半夜，我躺在甲板上，仰望滿天的星辰，傾聽著海浪喧嘯的濤聲。我向茫茫黑夜歡呼致意——它讓愛爾蘭從我視線中消逝。一想到很快就要看到日內瓦，我便欣喜若狂，激動得心裡怦怦直跳。在我眼裡，往事猶如一場惡夢，可我乘坐的這艘海輪，將我吹離可惡的愛爾蘭海岸的徐徐清風，還有這四周茫無邊際的大海，一切都有力地告訴我，我沒有受到任何幻覺的欺騙，而克萊瓦爾——我的朋友，我最親愛的旅伴，已經成了我的受害者，成了我所製造的魔鬼的犧牲品。我循著記憶，重新回顧了自己的所有經歷——回顧了與家人住在日內瓦時的那段幸福寧靜的日子，母親的故去，以及我奔赴因格爾施塔特等往事。我心驚膽顫地又回想起了那股驅使我日夜製造面目猙獰的冤家對頭的瘋狂熱情，還想起了那惡魔初來人世的那個夜晚。我簡直無法追尋自己的思緒繼續回想下去，千百種感觸湧上心頭，我禁不住失聲痛哭起來。

自從退燒之後，我每天晚上都要服用少量鴉片酊，只有靠這種藥物，我才能獲得維持生命所必需的睡眠。由於一樁樁心酸的往事時時襲上心頭，壓得我喘不過氣來，我這天竟吞下了兩倍於平時的劑量。沒過多久，我便昏昏睡去了，然而睡眠卻沒有消除我內心的痛苦，使我擺脱冥冥苦思而獲得心靈的安寧。睡夢中，無數形象閃現出來嚇唬我。臨到早晨時，一場惡夢將我纏住，只覺得那惡魔死死掐住我的脖子，使我動彈不得，各種呻吟聲和呼喊聲在我耳中大作。父親一直守候在我身邊，見我煩亂不寧，便叫醒了我。周圍是洶湧的海浪，頭頂是陰沈的天空，而那惡魔卻不見了蹤影。我心中湧起一種安全感——在現時與不可抗拒的，災難性的未來之間，我還可以苟且偷安一陣。於是，我心安理得，忘卻了一切。人類的大腦，就其結構而言，是特別容易因心緒安然而忘卻一切的。

第二十二章

我們的海上航行結束了。上岸以後，我們繼續向巴黎前進。沒過多久，我發現自己體力消耗太大，必須好好休息才能動身。父親不辭勞頓，始終關心和照料我，可他並不知道我身心交瘁的根本原因，因而無法對症下藥，治療我這不治之症。他希望我去社交場合尋求樂趣，可我討厭見到任何人。唉！我不是討厭！他們都是我的兄弟，我的同胞，即便是他們中最可惡的人，也如同天使般可愛、如同聖潔的生靈一樣對我有吸引力。我是感到自己無權與他們交往；我把一個冤家仇敵釋放到他們中間，而這惡魔專以殺人放血取樂，欲置他們於痛苦的呻吟之中而後快。如果他們知道我的邪惡行徑和那些由我一手造成的罪行，他們定會同仇敵愾，恨我怨我，揪住我不放，不把我趕出這個世界，他們絕不會善罷甘休！

父親最終還是遂了我的意願，不再堅持要我去參加社交活動，還舉出種種理由，試圖讓我擺脫悲觀失望的情緒。有時，他以為我是因為被指控犯了謀殺罪，不得不應訴抗辯，因而感到辱沒了自己的名譽，於是他就竭力向我證明，人的自尊心是多麼渺小。

「唉！爸爸，」我說道，「您對我瞭解得實在太少了。如果像我這樣一個可憐的人也會有自尊心，那麼，全體人類，包括他們的感情和種種熱情，可就真的要貶值了。賈絲婷，可憐而不幸的賈絲婷，她與我一樣清白無辜，可她為同樣的指控吃苦受罪，還丟掉了性命。她的死是我一手造成的——是我殺了她。威廉、賈絲婷，還有克萊瓦爾——他們都是我親手殺死的。」

在我被關押期間，父親常常聽我重復同樣的話。後來，當我這樣指責自己時，他似乎很想讓我解釋一番，可有時又好像把我這種表現歸咎為癔病的後遺症，認為在我患病期間，我的腦袋裡產生了這種自責的念頭，而在我康復以後，這一念頭便殘留在我的腦子裡。我對此避而不做解釋，對自己造出的那個惡魔也隻字不提，繼續保持緘默。我總認為，要是大家都認為我瘋了才好，這樣我就可以永遠保持沈默了。再說，我根本不能洩漏這個秘密，因為誰聽了都會驚恐萬狀，一輩子心有餘悸，擺脱不了這種恐懼的心理狀態。因此，儘管我急於得到別人的同情，我還是強壓下心頭這股渴望；而每當自己感情用事，想把這一性命攸關的祕密説出去時，總是盡量克制，不露一點口風。然而，像我上面所講的那些話，我有時還是控制不住，會脱口而出，個中原委，我自己也說不清楚。不過，那些話的確是我真實感情的流露，因而在某種程度上減輕了我內心那份難以名狀的痛苦。

這樣一來，我父親說話了，臉上露出極端驚愕的神色。「我最親愛的維克托，你這樣瘋瘋癲癲的，究竟是怎麼一回事？親愛的孩子，我求你以後不要再說這些糊塗話了。」

「我沒瘋，」我扯開嗓子大聲喊道，「太陽和蒼天親眼目睹了我的所作所為，它們可以作證，我沒有說半句假話。是我暗中殺死了那些清白無辜的受害者，是我所做的那些傷天害理的事把他們害死的。如果當時我能挽救他們的生命，我寧願千百次地，一滴一滴地流淌自己的鮮血。然而我不能，爸爸，我確實不能犧牲整個人類。」

我最後說的這句話使父親完全相信，我語無倫次，神經真的錯亂了。於是，他馬上換了個話題，試圖改變我的思緒，並盡了最大努力使自己忘卻在愛爾蘭發生的一切，從此再也沒有提那些事，也沒再讓我談起那些不幸的遭遇。

隨著時間的推移，我的心情漸漸恢復了平靜。雖然痛苦永遠伴隨著我，但是，我已不再像以前那樣語無倫次地歷數自己的罪行，只要意識到這些罪行，也就足夠了。我那騷動不安的痛苦心聲，有時還是想衝口而出，讓世人聽到；我於是便以劇烈的運動將它強壓下去。我從冰海回來後，舉止言談還從來沒有像現在這樣平靜、這樣安然鎮定。

在我們離開巴黎趕赴瑞士的前幾天，我收到了下面這封伊麗莎白寄來的信——

我親愛的朋友：

收到姑父從巴黎寄來的信，我真是喜出望外。你已不再是那樣遠在天邊，遙不可及了。也許不用兩個星期我就有希望見到你。我可憐的表哥，你一定受盡了苦痛磨難！等我見到你時，你準是滿臉病容，比離開日內瓦時更加糟糕。這個冬天我是在極度痛苦之中度過的，心裡總是焦慮不安，備受煎熬。不過，我還是希望能在你臉上看到安然祥和的神色，希望看到你的心裡仍有一絲慰藉和寧靜。

然而，我還是憂心忡忡，生怕你仍舊沈緬於一年前那痛苦的心情之中，說不定隨著時間的推移，你內心的痛苦還越發強烈。種種不幸沈重地壓在你的心頭，我不願在這個時候打擾你；但是，在姑父離家之前，我曾和他談過一次話，覺得有必要在我們重逢之前向你做一番解釋。

解釋！也許你會說，伊麗莎白需要解釋什麼呢？如果你真的這麼說，我也就無須再問什麼，我心中的疑慮也煙消雲散了。可是，你我天各一方，對我的解釋，你也許會感到害怕，但也有可能感到高興。既然你有可能感到高興，我就不敢再耽擱，必須立即寫信給你，向你吐露衷腸，可就是沒有勇氣開這個頭。

你心裡很明白，維克托，我倆自小青梅竹馬，我們的結合一直是你父母最大的心願。在我們還很小的時候，大人們就對我們說過此事，要我們把它當作肯定要實現的事情，翹首盼望它的到來。孩提時代，我倆一塊玩耍嬉戲，朝夕相伴，情深意篤；長大以後，我相信我倆都把對方看作是親密無間、最為寶貴的朋友。可是，兄妹之間固然一往情深，但他們從未想過要把這種關係變得更為親密；我倆的情況不也正是如此嗎？我最親愛的維克托，請你告訴我，為了我倆的幸福，我求你直言不諱地告訴我——你是不是另有所愛？

你出門旅行，在因格爾施塔特度過了幾年時間。我的朋友，我想開誠布公地對你說句心裡話。去年秋天，當我看到你鬱鬱不樂，離群索居，不願與任何人交往時，我無法克制地認為，你或許對我倆的結合感到遺憾；儘管父母不贊成你的態度，同時你也覺得從道義上來說應該滿足他們的心願。當然，我這樣推斷你的心理是錯誤的。我的朋友，我向你坦白地說，我愛你，而且在我對未來虛無飄渺的夢幻中，你早已經是我始終不渝的朋友和伴侶。我希望你獲得幸福，同時也希望我自己幸福；因此，我向你明確表示，除非完全出於你的自願，否則，我們的婚姻將會使我永遠痛苦。即便此刻，當你被世間最殘酷、最不幸的遭遇折磨得心灰意冷時，我仍然要留著眼淚對你說，單憑這「道義」二字，你對愛情和幸福的一切希望就會令你窒息，而只有這份愛情和幸福才能使你振作起來。我對你的愛光明磊落，坦然無私，我絕不會因此而成為你的絆腳石，去阻止你實現自己的願望，使你內心的痛苦平添十倍。唉！維克托，你大可以相信，作為你的表妹和兒時的玩伴，我對你的愛情至真至誠，不會因為作出這樣的推測而肝腸寸斷，黯然神傷！你一定要幸福快樂，我的朋友；如果你答應我這唯一的請求，那你盡可放心，世上再也沒有任何力量能攪擾我心中的安寧了。

別讓這封信攪亂了你的心緒，如果你覺得回信會使你痛苦，那你不必在明天或者後天回信，甚至等你回來時再答覆我也行。有關你的身體情況，姑父會寫信告訴我的。待我們重逢之時，如果我這封信，或者我所做出的其他努力能讓我看到你的嘴角漾起一絲笑意，我此生的幸福便足夠了。

伊麗莎白・拉凡瑟

一七某某年五月十八日於日內瓦

這封信使我想起了已經淡忘的往事：那魔鬼的威脅——「在你的新婚之夜，我定會前來奉陪！」這就是對我的判決，到那天晚上，那惡魔將以各種可怕手段對我下毒手，強行將我從快樂中擄走，不讓我看一眼能給我這淒楚的心靈帶來幾分慰藉的幸福光景。在那天晚上，他將以我的死作為他罪惡累累的大結局。哼，但願如此，屆時肯定會有一場惡戰。如果他贏了，我自然殞命安息，而他也無法再對我施加任何威力；如果他被我打敗，那我便從此自由了。唉！那將是什麼樣的自由？那將是農民所享受的自由：他親眼看到他的家人生靈塗炭，家宅被焚，田地荒蕪；他四處漂流，無家可歸，一貧如洗，孤苦伶仃，但他卻是個自由人。我的自由也將是如此，只是我還有一件無價之寶——伊麗莎白。唉！與此形成鮮明對比的，便是悔恨和內疚給我帶來的痛苦；這種痛苦將時時折磨著我，讓我至死不得安寧。

溫柔可愛的伊麗莎白！我一遍又一遍地讀著她的來信，一縷縷柔情在我心頭悄然升起，它們竟敢竊竊私語，議論起夢中那愛情和歡樂的天堂；可是，禁果已被偷吃，天使揎拳捋袖，趕走了我全部的希望。然而，我寧願死去，也要讓伊麗莎白幸福。如果那惡魔將他的威脅付諸實施，死就是不可避免的。我再次考慮了我的婚姻是否會加速自己命中劫數的到來。我的毀滅也許真的會提前幾個月來臨；但是，如果折磨我的這個傢伙對我起了疑心，認為我推遲婚期是被他嚇住了，那他肯定會尋找新的、更為可怕的手段加以報復。他曾發誓，在我的新婚之夜，一定前來奉陪。可他並不認為，在他發出威脅的同時，他自己也有義務老老實實，不尋釁殺人，因為他在威脅恫嚇之後，立即殺死了克萊瓦爾，這似乎是在向我表明：殺人放血這種事他尚未幹夠。因此，我打定主意，如果我與表妹即刻成婚，表妹或者父親就能獲得幸福，那麼，無論那惡魔如何圖謀行凶，加害於我，他都不能阻止這門婚事，哪怕一個小時也不容他耽擱。

我懷著這樣的心情給伊麗莎白寫了回信。我信中的口氣平靜沈著，充滿了柔情。「我親愛的女孩，」我說道，「我們在這個世界上恐怕不會有多少幸福可言；但是，如果將來有一天我還能享受到幸福的話，那我的幸福也完全是集中在你的身上。打消你心中毫無意義的憂慮吧，我只為你奉獻我的一生，奉獻我對幸福的追求。伊麗莎白，我心中有一個秘密，一個可怕的秘密；一旦我向你吐露這個秘密，你會嚇得全身直打寒顫。與此同時，你絕不會對我的不幸感到驚訝，反而會覺得不可思議，飽經磨難之後的我竟能活下來。等到我們舉行婚禮後的第二天，我將向你吐露心曲，講述這段不幸而可怕的經歷。親愛的表妹，我倆必須推心置腹，以誠相待。但在此之前，我求你不要對任何人提及或暗示此事。我以一顆最真誠的心懇求你，我知道你會答應的。」

在我收到伊麗莎白來信後大約一星期，我們回到了日內瓦。這可愛的女孩含情脈脈地歡迎我，然而，當她見到我瘦骨嶙峋的身軀和異常興奮的雙頰時，禁不住珠淚盈眶。我也發現她變了。她比以前瘦了一些，以前那種令我心馳神蕩的天仙般的活潑也失去了許多。但是，她那文雅的舉止，那柔和的、充滿同情的目光，使她更適合做為我這樣一個不幸的，遭受痛苦摧殘的人的伴侶。

我當時所享受的這份平和的心情並未持續多久，回憶又使我平靜的心田裡升起一股怒火。一想起往事，我的的確確會發瘋。有時我氣得暴跳如雷，心中燃起熊熊怒火；有時又變得意氣消沈，心如死灰。我不説話，也不看誰一眼，只是一動不動地坐著，無盡的苦痛把我折磨得呆若木雞，麻木不仁。

唯有伊麗莎白才能使我擺脱這種間歇發作的癔病。當我激動不安，赫然動怒時，她那溫柔的嗓音便讓我鎮定下來；而當我陷入麻木恍惚的狀態之中，她又喚起我內心所固有的人類的種種情感。她與我同泣，又為我而泣。當我恢復了理智以後，她就循循善誘地勸導我，竭力要我忍耐，要我聽天由命。哎！要不幸者忍字當頭固然不錯，可對一個罪人來説卻無安寧可言。沈浸在極度的悲哀之中有時也會有安寧之時，可就連這難得的片刻安寧也被悔恨和痛苦給污染了。

我回來後不久，父親便提到我與伊麗莎白的婚事，要我們立即結婚，我沒有表態。

「這麼説來，你是另有所愛了？」

「絕無此事。我愛伊麗莎白，而且滿懷喜悦之情盼望我倆的結合。好吧，就把日子定下來吧；到了那天，無論是死是活，我都要將自己奉獻給表妹的幸福。」

「親愛的維克托，快別這麼説。我們遭到了極大的不幸；還是讓我們把仍屬於我們的東西抓得更緊，把我們對死者的愛轉移到生者身上。我們的生活圈子很小，但是，感情和共同的不幸把我們緊緊地連結在一起。時間將撫慰你悲愴的心靈，到那時，需要我們照料的可愛的小傢伙將會誕生，取代那些被殘忍地從我們身邊奪走的人們。」

這就是父親對我的諄諄教誨。可我又想起了那惡魔的威脅；這傢伙專幹殺人放血的勾當，可謂無所不能，依我看來，他幾乎是無法戰勝的。當他口吐惡言「在你的新婚之夜，我定會前來奉陪」時，我自然應該認為自己命在旦夕，無可倖免了。我有這樣的想法您也不必奇怪。然而，如果失去了伊麗莎白，那麼，死亡對我來說便沒什麼可怕的了。因此，我露出一副心滿意足，甚至喜氣洋洋的神色，同意了父親的要求——如果表妹沒有意見，婚禮將在十天後舉行。看來，這無異於鎖定了我的命運。

上帝啊！如果我能事先想到——哪怕能有一時半刻想到那惡魔對手的險惡用心，我也寧願離開祖國，一輩子不回來，做個無親無友，無家可歸的流浪漢，四處漂流，而絕不答應這門不幸的婚事。然而，那惡魔似乎有一股神奇的力量，將我的雙眼迷住，使我看不到他的真實意圖。我心想，我只是在為自己的死亡做準備，誰知我卻加速了一個極為可愛的受害者的死亡。

隨著預定的婚期越來越近，不知是出於膽怯，還是出於某種預感，我總覺得自己的心情越來越沮喪。但我還是強作歡顏，沒把這種情緒流露出來。父親倒是滿面春風，喜笑顏開，可我卻沒法瞞過目光更加敏銳，時刻留神觀察的伊麗莎白。她懷著一種既滿足又十分平靜的心情等待著婚禮的來臨，其中還夾雜著一絲憂慮——這是往昔的種種不幸在她心中留下的印痕。她擔心眼前看來確定無疑、唾手可得的幸福，會很快化為一場虛無飄渺的夢幻，消失得無影無蹤，只剩下深沈而永久的悔恨。

大家都在忙著準備婚事，接待前來賀喜的賓客，人人臉上笑逐顏開，喜氣洋洋。我盡量將折騰我的焦慮情緒幽禁在心底，表面上做出一本正經的樣子按照父親的計劃行事，儘管這些計劃可能只是我人生悲劇的裝飾品罷了。經過父親的努力，伊麗莎白繼承的部分遺產已由奧地利政府歸還給她，現在科莫湖畔有一小片地產屬於伊麗莎白。大家商定，婚禮一結束，我們便立即前往拉凡瑟別墅，在它附近那片美麗的湖濱歡度蜜月。

在此期間，我格外小心，採取一切措施，防範那惡魔明目張膽地向我攻擊。我終日隨身攜帶著手槍和匕首，時刻提防那魔鬼的奸計。由於採取了這些措施，我心裡坦然了許多。說句老實話，隨著婚期的臨近，那魔鬼的惡言恫嚇似乎也漸漸變成了一種幻覺，並不足以攪擾我的安寧，讓我耿耿於懷。舉行婚禮的日子越來越近了，我所企盼的婚姻幸福也越發顯得確定無疑。我不斷聽到人們議論，說無論發生什麼事情，這門親事都是阻擋不了的。

伊麗莎白顯得很快樂，由於我舉止穩定，心緒安然，伊麗莎白的心也安定了許多。然而，就在我了卻心願，完成使命之日，她卻變得憂心慘切，充滿了不祥的預感。也許她也想到了那件我答應第二天向她吐露的可怕秘密。父親這天倒是樂不可支，忙著做好各項準備，僅僅把姪女的憂慮當作是新娘的羞怯。

婚禮儀式舉行之後，父親在家中舉行盛大宴會，不過我們已經商定，我和伊麗莎白將由水路出發，開始我們的蜜月旅行，當晚在埃維昂歇息，次日繼續我們的水上航行。這天天氣晴朗，微風習習，眾人興高采烈地目送我們登船。

這是我一生中最後一段享受幸福的時光。我們乘風破浪，急速行駛。陽光火辣辣的，我們藉一頂天篷遮蔭，欣賞這如畫的美景。有時在湖的一側，我們看到賽勒夫峰和蒙塔萊格山坡上綺麗的風光；遠處，美麗的白朗峰高聳入雲，俯瞰萬物，那群集的座座雪山徒然地想和她爭奇比高。有時，船沿著湖的另一側行駛，我們看到雄偉的侏羅山脈，以其幽暗的一側阻擋叛離祖國的野心，而對那些膽敢奴役祖國的侵略者，它又是一道不可逾越的天塹。

我拉起伊麗莎白的手說：「你心裡悶悶不樂，我親愛的。唉！如果你知道我以前吃了什麼樣的苦，日後還會遭受怎樣的折磨，你一定會盡力讓我體會安寧和自由的滋味，而不是讓我絕望。至少在今天，我還是可以享受安寧和自由的。」

「你還是高興起來吧，我親愛的維克托，」伊麗莎白回答道，「我希望沒有什麼能使你痛苦；你儘管放心，即便我臉上沒有露出歡快的神色，但我還是心滿意足的。不知有什麼東西在我耳邊低語，叫我不要過份寄希望於展現在我們面前的美好前景。不過，我是不會聽信這個陰險邪惡的聲音的。瞧我們的船開得多快，瞧那天上的雲朵，時而遮住白朗峰巔，時而又飄然升起，越過山頂，使這美麗如畫的景致更加引人入勝。你再瞧，無數的魚兒在清澈的湖水中漫遊，湖底那一塊塊卵石清晰可見。多麼美好的一天！大自然中的一切都顯得那樣快樂，那樣恬靜！」

就這樣，伊麗莎白竭力將自己和我的思緒引開，不去想那些令人悲傷的事情。然而，她自己的心情卻很不穩定，一雙眸子偶爾也閃現出歡樂的光芒，但她常常鬱鬱寡歡，心神煩亂，陷入綿綿的沈思。

太陽在空中漸漸下沈。我們經過德朗斯河，看到它在高山和丘陵中的峽谷地帶蜿蜒穿行。這裡的阿爾卑斯山離湖區較近，我們的船已駛進那一片形成阿爾卑斯山東麓的圓形劇場式的山脈。埃維昂城內那座綠樹掩映的尖塔閃射出熠熠的光輝，尖塔的上方則是重巒疊嶂，綿延不絕。

疾風一路伴隨我們，吹拂著船飛速向前行駛。至夕陽西下時，這股勁風漸漸變弱，化為習習微風。這溫柔的風兒在水面掀起陣陣漣漪，當我們的船駛近岸邊時，一陣沁人心脾的花草清香隨風撲鼻而來，樹木翩翩起舞，真令人賞心悅目。我們上岸時，太陽已經沈到地平線下面去了。我的雙腳一落地，憂慮和恐懼又襲上心頭，它們很快就會攫住我，並將永遠與我糾纏。

第二十三章

我們於八點上岸，先在湖邊散了一會兒步，觀賞這短暫的夕陽餘暉，隨後便來到旅店休息。我們凝視著眼前這片美麗的景色——湖水、樹林、山巒在夜色的籠罩下漸漸變得朦朧黯淡，但仍然顯現出它們黝黑的輪廓。

先前那陣強風在南邊平息之後，現在又從西邊颳起，而且風勢猛烈。月亮已爬上中天，正開始沈降。一片片浮雲從月亮面前飛速掠過，速度之快，連傲擊長空的蒼鷹也自嘆不如；月夜變得陰晦慘淡。空中這幅變幻莫測的圖景投映在湖面上，而此時湖面恰好風起浪湧，攪得水中那幅倒影越發紛亂。突然間，狂風大作，暴雨傾盆而降。

整個白天，我的心情倒也平靜，可一旦夜幕籠罩了周圍的景物，千種恐懼，萬般憂慮便在我心中升起。我右手緊緊握住藏在胸前的那把手槍，緊張不安地留神觀察四下裡的動靜，不管聽到什麼聲響，我都會嚇得心驚肉跳。但是，我打定主意，絕不白白去送死；除非我死去，或是我那仇敵斃命，否則，我絕不在這場搏鬥中退縮。

有好一陣子，伊麗莎白忐忑不安、提心弔膽地在一旁默默地注視我，她見我心煩意亂，目光中流露出恐懼，便戰戰兢兢地問道：「什麼事使你這麼煩躁不安，親愛的維克托？你究竟怕什麼？」

「唉！鎮靜，鎮靜，親愛的，」我回答道，「只要過了今晚，一切都安全了，不過今晚很可怕，非常可怕。」

我在這樣的精神狀態中挨過了一小時。突然，我意識到這場搏鬥——這場我時刻等待著的搏鬥對我妻子來說將是多麼可怕。於是，我懇切地請求她去休息，而我自己則打定主意，等摸清了敵手的情況之後再與她一同就寢。

伊麗莎白離開我以後，我繼續在旅店的各條走廊裡來回巡視，並仔細檢查了我那對手可能藏身的每一個角落，可我並未發現他的蹤跡。這時，我開始暗暗慶幸起來，也許我偶然遇到什麼好運，阻止了那惡魔實施他的威脅。但就在這時，我突然聽到一聲尖厲而懾人心魄的慘叫，聲音正是從伊麗莎白的臥室裡傳出的。我一聽到這聲慘叫，心裡頓時明白了一切。我頹然垂下雙臂，每一塊肌肉，每一根纖維都僵住了，我甚至可以感到血液在我的血管裡流動，感到足尖指端在麻札札地刺痛。這種狀態剎那間便結束了。這時又傳來一聲尖叫，我立刻衝進屋子。

我的天啊！為什麼我當時不就此死去呢？為什麼我還活著在這裡講述最美好的希望

的破滅和世界上最純潔的生靈的消亡呢？伊麗莎白就在那兒，一動不動，毫無聲息地橫躺在床上，腦袋垂懸在床邊，頭髮遮掩了她半邊蒼白的、完全變形的臉。現在，無論我轉向何方，我都看到同一幅圖景——她那毫無血色的雙臂，她那被兇手拋在床上——此刻成了新娘棺架上的癱軟的軀體。難道我親眼目睹了這幅慘景，還能好端端地活下去嗎？唉！生命這東西太執拗了，哪裡最恨它，它就偏在哪裡安身。有一瞬間，我昏厥了過去，毫無知覺地摔倒在地上。

當我甦醒過來，我發現身邊圍了一圈旅店裡的客人，個個臉上流露出一種嚇得透不過氣來的神色。然而，別人的恐懼似乎只是對壓在我心頭的種種情感的拙劣的模仿，只是它們的幻影。我從人群中逃出來，回到停放伊麗莎白屍體的房間。伊麗莎白！我的心上人，我的妻子，剛才她還充滿了生機，那麼可愛，那麼高尚。她的屍體已被移動過，已不是我第一次看到的那個姿勢。此刻，她躺在那兒，頭枕在手臂上，臉和脖子上蓋著一塊手帕。我真的以為她睡著了；我衝到她跟前，熱烈地擁抱她，可她毫無生氣。她那冰冷的肢體告訴我，此刻躺在我懷裡的已不是我曾經所摯愛，所珍惜的那個伊麗莎白了。她的手臂上留有那惡魔掐死她的印記，她的雙唇已不再吐出氣息。

我懷著悲痛欲絕的心情一直守候在伊麗莎白的身邊。無意間，我抬起頭來，這房間裡的百葉窗原先都緊閉著，可這會兒卻能看到昏黃的月光投射進來，把房間給照亮了。

我不由得心頭一驚。百葉窗給推開了，我懷著一種難以名狀的恐懼感，看到洞開的窗戶旁站著一個人影——正是那具無比猙獰，可惡至極的軀體。那怪物臉上露出一絲獰笑，他用那魔鬼般的手指朝我妻子的屍體指了指，似乎是在嘲笑我。我一個箭步衝到窗前，從懷裡掏出手槍朝他開火；可他躲過子彈，跳出他原先站的地方，以閃電般的速度跑向湖邊，縱身躍入湖中。

槍聲一響，一大群人頓時圍到我的房間裡來。我指了指那怪物消失的地方，便和眾人乘上船跟蹤追擊。我們撒網捕撈了一陣，結果一無所獲。搜尋了幾個小時之後，大家只好敗興而歸。同去的大多數人都認為那東西只是我一時的幻覺而已。上岸之後，大家分成幾路，繼續從不同方向搜索附近的樹林和草叢。

我也想和大家一起去，可剛走出屋子沒多遠，就覺得頭暈目眩，步履踉蹌，像喝醉了似的，最後精疲力竭地癱倒在地上。我的眼睛像被蒙上了一層薄膜，模模糊糊，又因發燒而感到皮膚焦乾。在這種情況下，我被大家抬了回來，放到床上，至於外面發生的事，我幾乎一無所知。我的雙眼在屋裡左看右看，好像在尋找什麼遺失的東西。

過了一會兒，我爬了起來，似乎是出於本能，我拖著緩慢的腳步走向停放我愛妻屍體的房間。一群女人圍在那兒飲泣吞聲，我俯身望著屍體，與她們一起悲泣——在這整段時間裡，我腦中並沒有什麼明確的想法，各種念頭紛至沓來，思緒飄移不定。我胡亂回想起自己的不幸遭遇及其原因，被驚愕和恐懼的煙雲弄得渾渾噩噩、懵懵懂懂。威廉死了，賈絲婷被處以絞刑，克萊瓦爾也被謀殺了，最後又輪到我妻子。即便到了這個時候，我仍然不知自己僅剩的幾個親人是否安全，是否能免遭那惡魔的毒手。也許此刻父親正在他的魔爪下掙扎翻滾，而歐內斯特則已死在他的腳邊。想到這裡，我渾身顫抖，一下子清醒過來。我驀地站起，決定立即返回日內瓦。

由於弄不到馬匹，我必須乘船從湖上回去。可是，當時正颳著頂頭風，又下著傾盆大雨；不過，這時天還沒亮，應該有希望在天黑前趕到日內瓦。我雇請了幾個男子幫我划船，自己也拿了一把槳，因為我過去總是以身體勞動來減輕精神上的痛苦。然而此刻，我心中創劇痛深，極度煩躁，根本使不出一點力氣。我扔下船槳，把腦袋枕在手上，任憑自己沈緬於憂思之中。只要我抬起頭來，我在往昔那段還算快樂的時光裡所見過的一幅幅熟悉的景象，就會躍入我的眼簾，而就在前一天，我還跟妻子一同觀賞這些美麗的景致；可是現在，她已化作一個無形的幻影，一片無可追及的回憶。我熱淚橫流。雨已停了一會兒，只見魚兒仍像幾個小時以前那樣在水中嬉戲遊玩。那時，伊麗莎白不也在觀看它們？沒有什麼比遭受一種巨大而又突如其來的變化更使人痛苦了。太陽可以重放光芒，雲兒也可以陰沈晦暗，可對我來說，前一天發生的事情，其變化之大又有什麼可與之相比？那個魔鬼毀了我對未來幸福的一切希望。從來沒有人像我這樣痛苦不幸，如此可怕的遭遇在人類歷史上是絕無僅有的。

剛剛發生的這件事對我來說是最沈重的打擊，我又何必嘮叨那些在此之後發生的事情呢？這個充滿了恐懼的故事，我已講到了高潮，而我下面要講的只會使您感到厭煩。您已經知道，我的親人一個接一個地被奪走了生命，留下我孤苦伶仃一人。我已經精疲力竭，可我還得再講幾句，把這可怕的故事說完。

我回到了日內瓦，父親和歐內斯特仍然活著，但父親聽到我帶回來的噩耗，頓時一蹶不振。父親當時的模樣此刻又浮現在我的眼前——多麼令人尊敬、多麼好的老人啊！他雙眼左顧右盼，茫然無神。父親失去了不是女兒卻勝似女兒的伊麗莎白，他的目光失去了魅力，失去了歡樂的光彩。他鍾愛伊麗莎白，在她身上傾注了一個老人的全部愛心。父親年事已高，愛戀情愫已所剩無幾，因而更加執著地固守心中尚存的一絲愛戀之情。那個該詛咒的，該千刀萬剮的惡魔！是他給我白髮蒼蒼的父親帶來了災難，使他注定要在痛苦中度過餘生。在他的身旁接二連三地發生了許多恐怖事件，他已沒法繼續在這種環境中活下去，生命之泉突然斷流枯竭；他一病不起，沒過幾天便死在了我的懷裡。

我當時情況如何，現在實在也說不清楚了。除了感到鐵鍊和黑暗沈重地壓在我身上之外，我已失去了一切知覺。說實在的，我有時夢見自己和兒時的朋友在鮮花盛開的草地上散步，在風景如畫的山谷中漫遊；可當我從夢中醒來，卻發現自己身處地牢之中。隨之而來的便是傷感和消沈。不過，我慢慢地意識到了自己的處境和所遭受的苦難。人們見我清醒了，便將我從「監獄」中釋放出來。人們原先都認為我瘋了；後來我才聽說，他們把我安置在一間斗室中，讓我孤零零地待了好幾個月。

如果我神智清醒，卻沒有報仇雪恨的意識，那麼，自由對我來說只是一種無用的禮物。對往昔苦難經歷的回憶沈重地壓在我的心頭，我開始分析造成這種種不幸的根源——那個由我製造的怪物，那個由我帶到人世來毀滅我自己的卑鄙可恥的惡魔。一想起他，我就火冒三丈，氣得發狂；我翹首企盼，熱切祈禱，但願我能抓住他，朝他那顆該詛咒的腦袋狠命一擊，以報我深仇大恨。

我心中的仇恨並不囿於空泛無用的願望之中；我開始考慮怎樣用最好的辦法抓住這惡魔。為此，我在被放出來大約一個月之後，便去找了本城的治安官，對他說我要提起訴訟，我知道殺害我家人的兇手，要求他行使一切權利，將兇手緝拿歸案。

治安官溫和而認真地聽我說著。「請放心，先生，」他說道，「我將調動一切手段，竭盡全力追捕這個惡貫滿盈的凶犯。」

「我非常感謝您，」我回答道，「那麼就請您聽一聽我必須提供的證詞吧。這是一個非常離奇的故事，其中的情節儘管不可思議，但確有其事，容不得你不信；如果不這樣說，恐怕您是真的不會相信的。這個故事條理清楚，各種事件緊密相連，不可能被誤認為是一場夢幻；再說，我也無意編造謊言。」我在對他說這番話時，神態安詳，但很有感染力。在此之前，我已暗暗下定決心，非置那惡魔於死地不可。這個目標平息了心中的痛苦，使我暫時活了下來。現在，我敘述了自己的經歷，雖然講得簡單扼要，但口氣堅定，措辭準確，把事情發生的每個日期交代得非常清楚，自始至終沒有偏離指控的正題而破口大罵，或高喊大叫。

治安官起先根本不相信我的陳述，但隨著我不斷深入地講下去，他變得凝神專注，興致盎然。我看到他有時嚇得渾身顫抖，有時又驚得目瞪口呆，但並未表現出不相信的樣子。

證詞陳述完畢後，我接著說道：「我要指控的就是這個生物，我希望您不遺餘力地將他捉拿歸案，嚴加懲處。做為一個治安官員，這是您義不容辭的責任；而做為一個人，我相信，同時也希望，您的感情不要妨礙您在這個案子上履行自己的職責。」

我這番話使這位聽者臉上的表情發生了很大的變化。他剛才聽我講這個故事時就有些半信半疑，好像在聽什麼幽靈鬼怪或超自然的故事；而一旦我要求他就這一事件正式採取行動，他心中的懷疑便又如潮水般湧了回來。不過，他回答我時口氣倒還十分婉轉：「我很樂意向您提供一切援助，幫您緝拿兇手，但您所說的這個怪物威力無比，哪怕我使出渾身解數也奈何不了他。這個野獸能穿越冰海，能以無人敢闖的洞穴為棲身之處，誰能追得上他？再說，他是幾個月以前犯的案，現在誰也不知道他逃到哪裡，也不知道他目前在何處藏身。」

「他總是在我居住的地方遊蕩，對此我毫不懷疑。如果他真的躲進了阿爾卑斯山裡，我們也可以像圍捕小羚羊那樣追殺他，像殺死猛獸那樣將他消滅。不過，您的意思我明白，您並不相信我說的那些事情，因而不想去追捕我的仇敵，給他應有的懲罰。」

我越說越惱火，眼裡迸射出憤怒的火花。這下治安官害怕了。「您誤會了，」他說道，「我將盡力而為，如果能抓到這個怪物，我一定根據他所犯下的罪行，嚴懲不貸，這一點您儘管放心。可我還是擔心，根據您剛才所談的情況，他如此神通廣大，要抓住他恐也不切實際。因此，儘管我會採取一切適當的措施，但您心裡還是要做好失望的準備。」

「這不可能。不過我怎麼說也無濟於事了；我要報仇雪恨，這對您是無關緊要的。我承認復仇是一種罪惡，但我可以坦白地告訴您，我心裡壓倒一切的、唯一的念頭就是消滅仇敵，以解我心頭之恨。我一想到自己親手釋放到世上來的那個殺人凶手仍然活著，我就怒不可遏，心頭之恨無以言傳。您拒絕了我的正當要求，可我還有最後一步：無論是死是活，我都要豁上自己這條命，消滅那個惡魔。」

我說這些話時，因過度激動而渾身顫抖。我的態度顯得有點狂亂，而且我毫不懷疑，其中還帶著一點據說古代殉道者所具有的那種傲岸、勇猛的神色。然而，對日內瓦的一個治安官來說，他頭腦裡考慮的東西遠非獻身精神和英雄氣概，因此，在他眼裡，這種靈魂的昇華與瘋狂並無多大區別。他就像保母哄孩子那樣竭力安撫我，還說我的故事是精神錯亂導致的夢囈。

「哎！」我大聲吼道，「您自以為聰明，其實您無知得很！別再說了，您根本不知道自己在說什麼。」

我心煩意亂，怒氣沖沖地跑出了那所屋子。回到家以後，我冥思苦想，打算採取別的行動。

第二十四章

我目前的情況是：頭腦裡一切自發的思想全被抑制住，全都蕩然無存了。憤怒驅使著我，唯有復仇的意念給我以力量，使我鎮定下來。復仇之心重新塑造了我的情感，使我變得老謀深算，沈著冷靜。否則，我只會落得神經失常或一命嗚呼的下場。

我首先決定永遠離開日內瓦。當我生活幸福快樂並為人所愛，祖國在我眼裡是多麼親切；而當我身處逆境，橫遭不幸和痛苦時，她又變得那樣可恨。我籌集了一筆錢，又帶上屬於我母親的少量珠寶首飾，離開了家園。

我從此開始了流浪生活，只要我活著，這種流浪生活就不會結束。我走南闖北，浪跡千里之外，凡是旅行者在沙漠或野蠻之地常遇到的艱難困苦，我都領受過了。我究竟是怎麼活過來的，連我自己也說不清楚。不知有多少回，我癱軟地躺在茫茫沙漠上，祈求死神的降臨。然而復仇之心使我活了下來；我絕不能就此死去，讓我的仇敵逍遙世上。

我離開日內瓦時，第一件要做的事就是搜集線索，以便跟蹤追擊，查出那惡魔的下落。但我還是遲疑不決，沒有一個明確的計劃，因而在城郊徘徊了好幾個小時，不知該走哪條路。夜晚來臨時，我不知不覺來到了公墓的入口，威廉、伊麗莎白和我父親便安息在這裡。我走進墓地，來到刻有他們名字的墓碑前。四周一片寂靜，只有樹葉在微風的吹拂下輕輕搖曳，沙沙作響。這時，天已快全黑了，即便是對一個毫不相干的旁觀者，此時的墳場也顯得肅穆蕭然，令人傷感。死者的靈魂彷彿就在四周穿梭遊蕩，在哀悼者頭臉周圍投下一道看不見，然而卻能感覺得到的幻影。

這幅情景在我心頭激起的深沈的悲哀，很快便為憤怒和絕望所替代。他們都已故去，我卻仍然活著，而殺害他們的兇手也還活著；為了消滅這個惡魔，我不得不延宕自己消沈而無聊的生命。我跪在草地上，親吻著泥土，顫抖著雙唇大聲呼喊道：「面對我所跪的這塊神聖之土，面對在我周圍徘徊的魂靈，以我親身感受到的深沈而永恆的悲哀，我發誓；哦，黑夜，我向您，向主宰您的神靈發誓，我一定要追上那使我慘遭如此不幸的惡魔，與他決一死戰，不把他消滅，絕不罷休。為了達到這一目的，我要活下去；我要再次迎著陽光，踏著綠色的大地，去報這切骨深仇，否則，這一切將永遠在我面前消失。我請求你們，死者的魂靈；也請求你們，四處遊蕩的復仇之神，在我行動之時，請求你們扶助我，為我指明方向，讓那可詛咒的、令人深惡痛絕的魔鬼也飽嘗痛苦的滋味，讓他也感受一下此刻折磨我的絕望吧。」

我開始起誓時神情肅然，心中充滿了敬畏之情，而這種敬畏之情幾乎使我確信，這些慘遭殺害的親人們的亡靈，已經聽到了我的誓言，對我的一片赤誠之心深表讚許。可我話音未落，已是怒火滿胸膛，氣得再也說不下去了。

對我這番誓言的回答，卻是透過夜晚的寧靜傳來的一聲魔鬼的狂笑。這笑聲在我耳邊久久不息，又在群山之間迴盪。我彷彿覺得自己身陷地獄之中，備受魔鬼的譏諷和嘲笑。如果不是自己的誓言在耳邊響起，如果不是想到自己必須活下去報仇雪恨，當時我肯定會心神錯亂，了結自己不幸的生命。那笑聲漸漸消失了。這時，一個熟悉而令人憎惡的聲音傳來，這聲音顯然就在我耳邊，它對我輕輕說道：「我已經心滿意足了，可憐人！你決心活下去，這可正合我意呢。」

我向傳來聲音的地方猛衝過去，可那惡魔一閃身，溜掉了。突然，月亮那巨大的圓盤躍出地平線，照亮了他那令人恐怖的畸形身軀。月光下，那惡魔以閃電般的速度，轉眼便逃得無影無蹤。

我拔腿朝那惡魔逃跑的地方追去。幾個月以來，我的重要任務就是追趕他。我循著一絲蹤跡，沿羅納河蜿蜒的河道追去，可一無所獲。湛藍的地中海出現在我的眼前；這時，說來也怪，我竟偶然間看到那惡魔趁夜色潛入一條開往黑海的船上。於是，我也搭上這條船，可不知怎的，他又溜走了。

在韃靼和俄羅斯的曠野上，儘管他仍然想躲開我，可我還是尋蹤而去，窮追不捨。有時，一些農人——他們被這具可怕的幽靈嚇得惶惶不可終日——告訴我他的去向；有時，這惡魔會故意留下一些痕跡讓我跟蹤，生怕我若完全失去他的行蹤，會在絕望中死去。大雪紛飛，飄落在我的頭上，只見白雪皚皚的原野上留下了他那巨大的腳印。您剛剛踏上人生的旅途，尚未經歷人生的憂患，還不知痛苦的滋味，又怎能體會到我以前的心情和此刻的感受？在我注定要遭受的種種痛苦中，寒冷、飢餓和疲勞是最微不足道的。我遭到魔鬼的詛咒，無論走到哪裡，身上總是背負著一座永恆的地獄。不過，一個心地善良的神靈總是伴隨著我，為我帶路。當我怨聲載道，叫苦不迭時，她便會出人意料地將我從似乎無法擺脫的困境中解救出來。有時，當我飢腸轆轆，精疲力竭，難以支撐時，荒漠之中卻有為我準備的食物，使我恢復體力，振作精神。當然，這些食物與當地農夫的食物一樣，很是粗糙，但我深信，這些食物是我曾經乞求過援助的那些神靈安放在那兒的。常有這樣的情況：大地一片焦乾，萬里晴空不見一絲雲彩，正當我唇乾舌燥之時，一小片烏雲便會出現在空中，撒下幾星甘露，滋潤我的心田，隨即便飄然逝去。

只要有可能，我總是沿河道行走，可那惡魔卻常常避開河道，因為這是人口最為稠密的地方。除此以外就很難見到人煙了。我一般都以途中捕到的野獸為生。我身上帶著錢；由於我把這些錢分給了村民，所以和他們交上了朋友。如果我隨身帶著捕獲的獵物，我總是只給自己留下一小部分，而將大部分都送給那些向我提供火種和炊具，讓我燒煮的村民們。

過這樣的日子真讓我討厭，只有在沈睡之中我才能嘗到歡樂的滋味。啊，多麼令人酣暢的睡眠！我往往在痛苦不堪時沈沈睡去；夢幻使我全然忘記了自己的痛苦，甚至使我心醉神迷。是護衛我的神靈給我帶來了短暫的幸福，或者說得更確切些，給我帶來了幾個小時的歡愉，讓我養精蓄銳，走完這段漫長的歷程。如果沒有這些喘息的機會，我自然會被艱難困苦壓垮的。白天在途中跋涉時，對夜晚的期待支撐著我，給我以精神力量，因為在睡夢中我能見到我的朋友，我的妻子和我可愛的祖國，我還能見到父親那慈祥的面容，聽到伊麗莎白那銀鈴般的嗓音，看到身強體壯、青春煥發的克萊瓦爾。當我長途跋涉、困頓不堪時，我常常安慰自己，我這會兒是在做夢，而待夜晚來臨，我就能享受現實的歡愉，投入親朋好友的懷抱之中。我愛他們愛得好苦啊！我多麼眷戀他們那親切的身影，即便在白天我清醒時，他們也伴隨著我，時時在我心頭縈繞。我要自己相信：他們仍然活著！每當這時，原先在我心中熊熊燃燒的復仇之火便熄滅了。我此刻前去消滅那惡魔，與其說是出於我內心熱切的渴望，還不如說是替天行道，或是出於一種下意識的、機械的衝動。

至於我跟蹤追擊的那個惡魔，他此刻的心情如何，我就不得而知了。有時他會在樹皮上或石頭上留言，既給我指路，又激我發火。他在一次留言中曾清清楚楚地寫道：「你仍然在我的控制之中，你還好端端地活著，而我也精力十足。跟我來吧，我要去冰雪永不消融的北極，你將在那裡嘗嘗地凍天寒的滋味，而我卻不會受到任何傷害。如果你不是蝸行牛步，走得還不算太慢的話，你會在這附近找到一隻死兔，吃了它，補充點體力。快點，我的敵人，我們還要較量一番，鬥個你死我活；不過，在此之前，你還得餐風露宿，苦挨漫漫時光呢。」

你這惡魔，竟敢如此奚落我！我再次發誓，定要報此深仇大恨，非將你這十惡不赦的魔鬼折磨至死不可。只要那惡魔不死，只要我還有一口氣，我就絕不會偃旗息鼓、半途而廢。此行結束之後，我將滿懷喜悅之情去找我的伊麗莎白和我那些逝去的摯愛親朋——即便此刻，他們已在準備對我這次艱難竭蹶、含辛茹苦的長途跋涉予以獎勵。

我繼續向北極前進，地面上的積雪越來越厚，氣溫也越來越低，冷得我幾乎無法忍受。農夫們全被困在家裡，只有少數身體最強壯的漢子才敢冒險出門，追捕那些為飢餓所逼不得不離開藏身之處出來覓食的野獸。河面全被冰雪封住，根本抓不到魚，這樣一來，我賴以為生的主要食物來源就給切斷了。

我一路上遇到的困難越來越多，我那仇敵也變得越發得意洋洋。有一次，他留言道：「你可要做好準備，你現在吃的這些苦頭只是開端，用野獸的毛皮裹好你的身子，別斷了糧食，我們很快就要進入另一個地區，你在那裡將嘗到的苦頭將一解我長久鬱積心頭的仇恨。」

這些諷刺挖苦的言詞激發了我的勇氣和毅力，我橫下一條心，不達目的誓不罷休。我乞求上蒼助我一臂之力，同時繼續以旺盛不衰的鬥志，穿越茫無邊際的荒漠，最後，遠方出現了大海，那就是地平線的終極了。唉！這片海域與南方湛藍的大海真有天壤之別！海面上覆蓋著厚厚的冰層，它與陸地唯一的不同之處是，它比陸地更加荒涼，更加崎嶇不平。希臘人登上亞洲的群山之巔，看到地中海時心花怒放，激動得熱淚直流；他們為自己完成了艱苦卓絕的長途跋涉而歡呼雀躍。我沒有流淚，可我跪倒在地上，激動地向為我指點行程的神靈致謝，感謝她將我平安地帶到了我希望抵達的地點；儘管我的敵手諷刺挖苦，我最終還是到達了能與他相遇並決一死戰的地方。

在此之前的幾個星期，我曾搞到了一架雪橇和幾條狗，因而能在雪地上急馳，那速度之快，簡直難以想像。我並不知道那惡魔是否也搞到了雪橇，但我發現，以前我追趕他，每天都要落後一段距離，可現在我加快了速度，已逐漸逼近他，及至我第一次見到大海時，他只比我快了一天的距離。我希望在他到達海邊之前將他截住。於是，我勇氣陡增，飛速向前追去，兩天後便到達了海邊一座破敗蕭條的小村落。我向村民打聽了那惡魔的去向，掌握了他的確切情況。村民們說，前一天晚上來了一個巨大的怪物，手上提著一桿長槍，身上還掛了好幾把手槍。這怪物那猙獰的模樣，把一所孤零零的農舍中的人全給嚇跑了。他把這家人準備過冬的糧食全部搬到一輛雪橇上，又抓了一大群訓練有素的狗，給他們套上挽具。村民們嚇得魂飛魄散，可令他們高興的是，這惡魔當天晚上便離開了村莊，駕著雪橇穿越大海，朝著一個沒有陸地的方向疾馳而去。村民們估計，用不了多久他就會因冰層斷裂而喪命，或是被活活凍死在千里冰封的大海上。

聽到這一情況，我心中突然感到一陣絕望。他又把我甩掉了。我必須穿越高低不平、幾乎沒有邊際的冰海；這裡天寒地凍，就連土生土長的居民也很少有人能長時間忍受這種酷寒，而我這樣一個自小在氣候溫潤、陽光燦爛的國度裡長大的人，是不可能指望活下去的。這次旅行對我來說不啻是一種毀滅。然而，一想到那惡魔竟然活著，而且還高視闊步、耀武揚威，原先的憤怒和復仇的欲念就像浩浩蕩蕩的潮水在我心頭重新湧起，淹沒了其他所有的想法。經過短暫的休息——在此期間，死者的英靈在我身邊徘徊，激勵我不畏艱辛，去為他們報仇——我開始為這次旅行做準備。

我把自己那架陸用雪橇換成了一架專門用於坎坷不平的冰海上行駛的雪橇，並購買了充足的食物，然後便離開了大陸。

自出發後至今究竟走了多少天，我自己也估算不出來，然而我飽嘗了艱辛，若不是心中始終燃燒著一股正義的復仇之火，我根本不可能忍受這樣的艱難困苦。如山一般巨大的冰凌此起彼伏，綿延不絕，常常擋住我的去路，而且我還經常聽到冰層下的海水發出雷鳴般的巨響，威脅著我的生命。不過嚴寒再次來臨，海面上又變得安全可靠了。

從我吃掉的食物來看，我估計自己已在海上走三個星期了。我想起了自己的願望，然而卻遲遲不能如願以償；我不禁心灰意冷，黯然神傷，流下了苦澀的淚水。絕望女神幾乎抓住了她的獵物，用不了多久，我就會被這場災難所吞噬。有一次，這些拖雪橇的可憐小狗使出渾身的力氣，好不容易將我拉上一座陡峭的冰山頂峰，其中一條由於過度勞累，倒下死去了。我望著這一片無邊無際的冰海，心中痛苦難言。這時，我的目光突然在昏暗的冰原上捕捉到一個小黑點。我用力睜大眼睛，想看個究竟。終於，我發現那是一架雪橇，而那熟悉的畸形軀體正坐在雪橇上。我不禁欣喜若狂地大喊了一聲。啊！希望帶著熾熱的激情又一次在我的心田噴湧！熱淚充盈了我的雙眼，但我趕緊抹去眼淚，生怕它們模糊了我的視線，遮住了那惡魔的身影。然而，滾燙的淚珠還是遮住了我的眼睛。我終究控制不住心頭的激動，失聲痛哭起來。

然而，時不我待，絕不可在此耽擱。我將小狗死去的同伴拉開，又讓他們飽餐一頓。經過一個小時的休息——這是絕對必要的，儘管我心急火燎，不願在此耗費時間——我又繼續趕路了。那輛雪橇仍清晰可見，除了偶爾被大塊冰石短時間擋住之外，它一直沒有逃脫我的視線。我的確十分明顯地逼近了它。經過近兩天的追趕，我看到那冤家離我已不足一英里的距離，我的心狂跳起來。

追到現在，眼看就要抓到我的仇敵，可我的希望卻突然間破滅了——那傢伙銷聲匿跡，不知去向；而這次的情況令我比以往任何時候都更加束手無策。冰層下的大海在喧嘯，海水在我腳下翻湧、高漲，發出巨大的轟鳴，每時每刻都變得越發凶險可怕。我拉緊韁繩，全速前進，可無濟於事。狂風驟起，大海咆哮，猶如發生強烈的地震，海面上的冰層在一聲穿雲裂石的巨響中斷裂開來。這一切發生得如此之快，僅幾分鐘時間，浩瀚奔騰的海水便將我和我的仇敵阻隔開來。我隨著腳下一塊崩裂開來的碎冰漂流，而這塊碎冰不斷消融變小，等待著我的將是可怕的死亡。

就這樣，我惶恐不安地度過了好幾個小時。又有幾條狗死了，正當我自己也將葬身在這險象環生的大海上時，我看到了您停泊在水面上的輪船，我的心中重新燃起了獲得援救而死裡逃生的希望。我沒有想到船能航行至如此遙遠的北方，看到您的輪船，真讓我大吃了一驚。我趕緊從雪橇上拆下幾條木板做船槳，吃盡千辛萬苦，才得以將我腳下這塊浮冰划向您的船。我下定決心，如果你們向南航行，那我仍然要北上，聽憑大海的擺布，而絕不放棄我的既定目標。我原打算說服您給我條小船，讓我繼續追趕我的敵人，可您正好也是往北行駛。您在我精疲力竭時把我救上船，否則，我一定會被接踵而來的苦難和災禍所吞沒；可我不想死，因為我的任務尚未完成。

噢！為我引路的神靈，您何時才能帶我去見那惡魔，從而賜予我日夜渴望的安寧？難道要我就此死去而讓他活著嗎？如果我死了，沃爾頓，您得對我發誓，絕不讓他逃之夭夭；一定要抓住那惡魔，殺死他，為我報仇雪恨。我會要求您像我這樣長途跋涉，忍受我所經歷的種種艱辛嗎？不會，我還沒有自私到那種地步。不過，等我死了之後，如果他出現，如果復仇之神將他帶到您的面前，您要發誓，一定要把他消滅，絕不能讓他在我所遭受的巨大苦難面前幸災樂禍，拍手稱快，讓他繼續活在世上為非作歹。他能言善辯，很有說服力；就連我也曾經被他的話打動過；但請您不要相信他。他的靈魂與他的外型一樣醜陋，陰險奸詐、毒如蛇蠍，別聽他那一套。您要大聲呼喚著威廉、賈絲婷、克萊瓦爾、伊麗莎白、我父親，還有我這不幸的維克托的名字，將您的利箭插進他的胸膛。我將在您身旁徘徊，指引您將鋼箭準確無誤地刺進他的心臟。

沃爾頓薩維爾夫人的信（續）

一七某某年八月二十六日

瑪格麗特，你已經讀完了這個離奇又恐怖的故事，我當初聽到這個故事時，嚇得魂不附體，現在回想起來仍心有餘悸，彷彿血液凝固了一般，你現在一定與我有同感吧？有時，他被突如其來的痛苦所攫住，沒法繼續講下去；而其他時候，他的嗓音低弱而尖利，艱難地傾吐著滿含痛苦的言詞。他那雙明亮可愛的眼睛時而閃閃發亮，迸射出憤怒的光芒，時而黯然失色，流露出憂鬱沮喪、無限悲哀的神情。他有時竭力控制住自己的表情和語調，沈著鎮定地講述那些最令人恐怖的事件，沒有流露出一丁點激動的情緒；然而沒過一會兒，彷彿是火山爆發一般，他突然心頭火起，怒形於色，尖叫著詛咒那個迫害他的怪物。

他的故事絲絲入扣，講得明明白白，似乎是在敘述一個最簡單不過的真實情況。

不過，我得對你說句心裡話，我之所以相信他所講的事情，倒並不僅僅因為他講得非常認真誠懇、條理清晰，更重要的是他曾給我看過那幾封菲利克斯和薩菲的親筆信，而且我們在船上也親眼看到了那個幽靈般的怪物。這個怪物的確是存在的！對此我不能懷疑，但又深以為異，同時也讚嘆不已。有時我竭力想從弗蘭肯斯坦嘴裡瞭解他製造那怪物的詳細情況；可在這一點上他格外謹慎，不露一絲口風。

「你瘋了，我的朋友？」他說道，「換句話說，你的好奇心毫無意義，它會導致什麼結果？難道你也想為自己和這個世界製造一個凶殘歹毒的敵人？冷靜點，別那麼衝動！記住我所遭受的種種苦難，不要再為自己增加痛苦。」

弗蘭肯斯坦發現我把他講的經歷記了下來，便要我把記錄給他看，並在許多地方做了修改和補充；但主要是修改了他與那怪物的對話，以便使這些對話顯得真實、生動。「既然你已經把我的經歷記錄在案，」他說道，「我不願意給後世留下一份支離破碎的記錄。」

就這樣，我花了一個星期的時間，聽了這篇人們所能想像出來的最離奇不過的故事。這故事本身和弗蘭肯斯坦超凡脫俗、溫文爾雅的神態使我對這位來客產生了極大的興趣，我的縷縷思緒，種種情感都被他深深地吸引住了。我真想勸慰他幾句；可對一個遭受了無盡的苦難，心灰意冷，不希望得到任何慰藉的人來說，我又怎能勸說他活下去？噢，我愛莫能助！現在，他唯一能感受的快樂，便是讓他安然歸天，使他那顆破碎的心得以平靜。但他還是能領受一種安慰的，就是在孤獨與譫妄狀態下沈入夢境。他相信，在夢幻中，他可以和他的摯愛親朋交談，並從這種情感的交流中獲得慰藉，以消除他心頭的痛苦；或者他可以受到某種激勵，以驅使他去報仇雪恨。他相信這絕不是他的幻覺，而是他的親人和朋友從另一個遙遠的世界來看望他了。他的這一信念使他在神情恍惚時顯出一種莊嚴的神色，因而在我眼裡，他那些幻覺就像千真萬確的事實，既令人敬畏，又富有情趣。

我和他的談話並不總局限於他本人的經歷和不幸的遭遇。對普通學科裡的任何問題，他都給人以學識淵博、思維敏捷和見地精闢的印象。他很有口才，說話令人信服，很有感染力。當他敘述一件哀惋淒楚的事情，或想激起聽者的同情與憐愛時，我總是禁不住潸然淚下。他現在身陷絕境，面臨毀滅，尚能如此高潔，如此超凡入聖，而在他一帆風順，事業興旺之時，定是個光彩照人的魁奇之士。他似乎清楚自己的人生價值，同時也感到自己雖敗猶榮，死得崇高偉大。

「年輕時，」他說道，「我相信自己注定會成就一番偉大的事業。我感情深沈，判斷問題沈著冷靜，這種判斷力為我在事業上創造出輝煌的成就提供了必要條件。我意識到自身性格的價值，並從中獲得信心和勇氣，而其他人卻可能因此受到壓抑。我認為，空自悲傷而不去好好利用自己的才華，這無異於犯罪，因為我的才華也許會對人類有益。當我想到自己完成的那件作品——我的成就在於創造了一個有感情、有理性的生物——我就認為自己絕非普通工匠之輩。這種想法在我事業開始時曾給我以信心和力量，然而現在卻只能使我沈淪、毀滅。我的全部事業和希望都是毫無價值的；如同那個渴求無上權威的大天使一般，我也被永久禁錮在了地獄之中。我的想像力非常豐富，而且具有很強的分析能力和實際運用能力。正因為我集多種才華於一身，我才構想出這個計劃，並成功地創造了一個人。即便現在，每當我回憶起當時製作過程中那一次次冥思苦想，我都會激動不已。我那時想入非非，狂妄自大，時而為自己精明強幹沾沾自喜，時而又心焦如焚，渴望獲得成功。自兒時起，我就有遠大的志向，決心做出一番轟轟烈烈的大事業；可我現在一落千丈，摔得好慘！唉！我的朋友，如果你以前認識我，現在見到我這副一蹶不振的潦倒相，你哪裡還會認出我呢？我以前很少有悲觀失望的時候，命運帶著我扶搖直上，結果重重地摔了下來，一蹶不振，再也爬不起來。」

難道我真要失去這樣一位俊才雅士嗎？我渴望獲得知心朋友，一直在尋覓一位能同情我，熱愛我的知音。瞧，在這荒漠般的茫茫大海上，我終於找到了他，可我只是剛剛瞭解了他的價值，就很快又要失去他。我勸他不要輕生，好好活下去，可他十分反感。

「謝謝你，沃爾頓，」他說道，「感謝你如此關心我這樣一個不幸的人；可是，當你提到新的連結、新的情感時，你有沒有想過，有誰能替代那些已溘然長逝的人呢？在我心目中，有哪個男人能與克萊瓦爾相比，又有哪個女人能像伊麗莎白那樣？即便當初高尚的操守和美德沒有激起強烈的愛情，兒時的伴侶也永遠會對我們的心靈產生某種影響，這是日後的朋友幾乎無法替代的。這些孩提時代的伴侶瞭解我們兒時的脾性，長大後我們無論怎樣改變，兒時的脾性都不會完全消失；因此，他們能夠更加準確地判別我們的行為是否出於公正的動機。兄妹之間絕不會懷疑對方欺騙自己，或在搞什麼不正當的勾當，除非這種跡象早就暴露出來；然而一個其他的朋友，無論你對他感情有多深，你都會不由自主地懷疑他。不過我還是喜歡朋友；友誼的珍貴不僅僅是由於互相的習慣和交往，而且更在於各自的美德。無論我在哪裡，伊麗莎白那令人寬慰的聲音和克萊瓦爾的話語總是在我耳畔縈繞。儘管他們都已離開了人世，留下我形單影隻，但在這樣一種孤獨的境遇中，仍有一種信念能說服我繼續活下去。如果我投身於一項對人類大有裨益的崇高事業，或致力於一個造福人類的偉大目標，我就有可能活下去，為完成它們而奮鬥。然而我的命運卻並非如此；我必須去追趕那個我賦予了生命的怪物，將他消滅。此舉完成之後，我的命數也就完結，我也可以安息了。」

九月二日

我親愛的姐姐：

我提筆給你寫信時正好處於極其危險的境地，不知我是否還能見到親愛的英格蘭，見到那裡更令我愛戀的親朋好友。我已陷入重重冰山的包圍之中，毫無生還的機會，我的船每時每刻都有可能被巨大的冰凌所毀。當初被我勸說來一同出海的硬漢，現在都求助於我，眼巴巴地看著我，可我也束手無策。我們的處境十分險惡，令人憂心忡忡；但我仍然無所畏懼，心中充滿了希望。儘管如此，想到這麼多人的性命都是因為我而危在旦夕，我就惶恐不安。如果我們葬身海底，那都是我的瘋狂計劃造成的。

瑪格麗特，你那時的心情將會如何？你無法得到我身遭不測的噩耗，仍然望眼欲穿，盼著我的歸來，物換星移，年復一年，你悵然若失，心緒黯然，卻還要遭受希望的挑撥。唉！我親愛的姐姐，你心頭那強烈的企盼之情將令人痛心地漸漸逝去。這種情景比我自己殞命還要可怕。當然，你有丈夫，有活潑可愛的孩子；你會幸福的，願上蒼保佑你，賜給你幸福！

這位不幸的來客向我投來無比溫柔、同情的目光，並竭力鼓勵我，將希望充滿我的心田。從他的談話來看，他似乎把生命看成是一件他所珍視的財產。他對我說，試圖在這一海域行船的其他航海家們，也常會遇到同樣的意外事件。他向我談了許多好兆頭，使我在不知不覺中振奮了精神。就連水手們也被他富有說服力的談話感染了——他說話時，水手們原先悲觀失望的情緒煥然冰釋；他鼓起了他們的幹勁，聽了他的一番話，他們相信這些巨大的冰山只是些鼴鼠丘，在人的意志面前全會冰消瓦解。然而，這些感覺只是短暫的；他們日日盼望著，可他們的處境卻遲遲不見好轉，人人心中充滿了恐懼，我幾乎擔心這種絕望的情緒會引起一場叛變。

九月五日

剛剛發生了一件非同尋常的事情，儘管這些信件很有可能到不了你手中，但我還是忍不住要將這件事記錄下來。

我們仍然處在冰山的重重包圍之中，由於冰山間的互相碰撞，我們仍然有隨時被它們碾碎的危險。寒氣格外逼人；我的同伴中很多人都已死在了這淒愴肅殺的大海之上。弗蘭肯斯坦的身體日漸衰弱；雖然他的雙眸炯炯發光，充滿了激情，可他已精力不繼，疲困不堪，只要偶爾用點力氣，便會很快陷入毫無生氣的委頓狀態之中。

我曾在前一封信中提到擔心叛變一事。今天上午，我坐在這位朋友的身邊，端詳著他那蒼白的面容——他微微睜著眼睛，手臂無力地垂在一旁——正在這時，只見五六個水手吵著要進船艙。他們進來以後，那個領頭的對我說，他和同來的人是經其他水手推出的代表，要向我提出一項要求——我是不能拒絕他們的，否則就有失公允了。我們被禁錮在這冰原之中，恐怕很難死裡逃生；然而令他們擔心的是，萬一到時冰層消融，船道暢通無阻——這種可能性也是存在的——而我仍然不顧後果，繼續貿然向北航行，那麼，他們可能剛剛慶幸自己脫離險境，卻又要立即被帶入新的危險之中。因此，他們定要我莊嚴保證，如果航船脫離險境，我必須立即向南航行。

他們的要求使我左右為難。我還沒有絕望，還不想在脫離危險後立即返航。然而說句公道話，我根本不能拒絕他們的要求。我猶豫不決，不知如何回答。弗蘭肯斯坦起初一言不發，他也確實沒有力氣參與這場談話，可正當我猶豫之際，他打起精神，雙眸炯炯發光，兩頰因一時激動而泛起紅暈。他轉過臉對那些人說道：

「你們這是什麼意思？你們要叫船長幹什麼？你們就這麼輕易半途而廢，放棄自己的既定目標？你們不是把這次航行稱為光榮偉大的遠征嗎？為什麼稱之為光榮偉大呢？絕不是因為在這裡行船會像在南方的大海上行船那樣一帆風順，海面波瀾不驚，而是因為這次遠征危機四伏，險象環生；是因為無論出現什麼意外的情況，你們都要堅忍不拔，表現出大無畏的精神；還因為你們時時處於危險和死亡的包圍之中，要求你們拿出勇氣，攻而克之。正因為如此，它才光榮偉大，才稱得上是一次令人肅然起敬的壯舉。你們從此會受到人們的歡呼致意，被譽為人類的造福者，你們的名字也將受到人們的崇敬，因為你們已躋身於為了榮譽，為了人類的利益而視死如歸的英雄們的行列。可你們看看，現在你們剛想到有危險，或者說——如果你們不反對的話——你們的勇氣才第一次受到嚴峻的考驗，經受強有力的挑戰，你們就畏縮不前，心甘情願地被人認為是一群無法忍受嚴寒，懼怕艱難險阻的懦夫。你們這些可憐的人，一個個凍得瑟瑟發抖，全都縮到暖和的爐子邊烤火去了。唉，如果是這樣的話，你們當初根本無需做什麼準備，也不必跑這麼遠，把你們的船長拖來蒙受失敗的恥辱，而你們自己呢，到頭來也只是被證明是群膽小鬼而已。唉！做個男子漢，並且做個勇敢的男子漢吧。你們應該矢志不渝，堅如磐石。冰之堅硬豈能與你們心靈的堅強同日而語？堅冰不是不可能戰勝的，只要你們敢於藐視它，它就會在你們面前低頭讓路。別讓你們的臉上帶著恥辱的烙印返回家園，要像浴血奮戰，痛擊敵人的英雄——從未在敵人面前臨陣脫逃的英雄那樣凱旋而歸。」

他說這番話時，語調隨著所要表達的各種情感，時而委婉動聽，時而鏗鏘有力；他的目光中飽含著崇高的信念和大無畏的英雄氣概。水手們聽了他的話深受感動，我想你是不會奇怪的。他們面面相覷，不知如何回答。最後我說話了。我讓他們回去休息，好好想一想他剛才說的這些話，如果他們執意返航，我也不會帶他們繼續北上，但是，我希望他們經過認真考慮之後，能再次變得勇敢起來。

他們走了以後，我回到我朋友的身邊，然而他卻因精疲力竭而頹然倒下，已是奄奄一息了。

我們最後的結局將如何，我無法預料，但我寧可死去也不願半途而廢，帶著恥辱回去。然而，我的命運恐怕只能如此了；那些水手並無自豪感或榮譽心可言，沒有這種精神支柱，他們是絕不會心甘情願地繼續忍受目前這種艱難困苦的。

九月七日

事情已成定局：我已經同意，如果我們得以死裡逃生，就南下返航。我滿心的希望就這樣被怯懦和猶豫不決給毀了。我終將一無所獲，敗興而歸。受到這種不公正的待遇，我可沒有那麼好的涵養保持冷靜。

九月十二日

事情都過去了，我已在返回英格蘭的途中。我已失去了對榮譽的希望，再不想造福於人類；我也失去了我那位朋友。可是，親愛的姐姐，我還是要把這段令人心酸的經歷詳詳細細地講給你聽。我既已飄向英格蘭，飄向你的身邊，我是不會愁眉鎖眼，垂頭喪氣的。

九月九日這一天，冰層開始鬆動，隨著一座座冰島從四下裡斷裂開來，大老遠就能聽到雷鳴般的隆隆巨響。我們當時的情勢極其險惡，隨時都有可能喪命，然而我們又無可奈何，只好聽天由命。因此，我的注意力大都集中到了我那位不幸的朋友身上。他的病情明顯惡化，已完全臥床不起了。冰層在我們身後斷裂之後，又被強大的衝力推向北方。這時，西邊突然吹來陣陣輕風，到十一日，往南的航道已豁然開通了。水手們見此情景，確信自己返回祖國已無任何問題，一個個欣喜若狂，亮起嗓子大喊大叫；他們的歡呼聲震天動地，經久不息。昏睡中的弗蘭肯斯坦被驚醒了，問我外面吵吵鬧鬧的是何原因。「水手們在大叫大嚷，」我說道，「因為他們很快就能回英格蘭了。」

「這麼說，你真的要回去了？」

「唉，是的，我沒法拒絕他們的要求。他們不願意，我也不能硬帶他們去冒險，我必須回去了。」

「如果你主意已定，那就回去吧，可我不回去。你可以放棄自己的目標，可我身負天命，不敢違抗。雖然我身體虛弱，可那些幫助我報仇雪恨的神靈們一定會賦予我足夠的力量。」說完，他使勁從床上一躍而起，可他不堪如此用力，又猝然倒在床上，昏了過去。

過了好長時間他才甦醒過來，我還一直以為他就這麼走了呢。他終於睜開了眼睛，可呼吸仍很困難，無法開口說話。醫生給他服了些鎮靜劑，叫我們不要打擾他。之後，醫生對我說，我這位朋友活不了幾小時了。

既然醫生已做出判決，我也鞭長莫及，唯有暗自悲傷，耐心等待。我坐在他的病榻邊，端詳著他。只見他雙目緊閉，我還以為他睡著了，可沒一會兒，他用虛弱的聲音叫了我一聲，招呼我挨近一些。只聽他說道：「唉，我賴以生存的力量已經耗盡了，我覺得自己時間不多了，然而他，我那仇家，那迫害我的惡棍，可能仍然在世上逍遙。沃爾頓，在我生命的最後時刻，不要以為我還是仇恨滿懷，渴望報仇雪恨——我過去確實這麼說，不過，我要那冤家對頭的性命，我覺得自己這樣做完全是正當的。在我生命的最後這幾天裡，我一直在反省我的過去，我認為，我的所作所為是無可指責的。出於一時的狂熱，我製造了一個有理性的生物，我有責任盡自己的最大力量確保他幸福快樂，安然無恙。這當然是我應盡的義務，可我還有一項更為重要的義務，即對我同胞的義務，需要我給予更多的關注，因為這涉及更多人的幸福或疾苦。基於這樣的考慮，我拒絕為我製造的第一個生物再造一個同伴，我這樣做是完全正確的。他於是製造禍端，其用心之險惡，秉性之自私，可謂登峰造極。他殺害了我的摯愛親朋，還不遺餘力地試圖毀掉那些感情細膩、聰慧而快樂的生靈。他報復心切，何時洗手不幹，我無從得知。這傢伙自己也挺慘的，但他不可以加害別人。他應該死。我承擔了消滅他的任務，可我沒有完成。我以前出於自私和其它一些邪惡的動機，曾要求你完成我這件未盡之事；現在我再次請求你，可這次我是出於理智，出於一片赤誠之心。

「然而，我不能要求你拋棄祖國和朋友去完成這件事。既然你很快就要回英國去，你也不會再有什麼機會碰到那傢伙。不過，我還是想請你考慮一下我剛才所講的那幾點，考慮一下你應如何看待自己的職責。我已氣息奄奄，命在旦夕，我的想法和判斷已不準確，即便是我認為正確的事，我也不敢要求你去做，因為我還是有可能被衝動引入歧途。

「他竟然仍活在世上胡作非為，我心中很是不安，不過除此以外，在這段時間裡，我時刻都在等待自己得到解脫，因而是我多年來最幸福的時刻。我那些逝去的親人們，他們的身影在我眼前飄忽飛掠，我得趕緊投入他們的懷抱。永別了，沃爾頓！你要保持平和的心境，知足常樂，千萬別雄心勃勃，即便是那種試圖在科學發明中出人頭地的毫無害處的念頭也要不得。我為什麼要這樣說呢？我自己就是被這些希望給毀了，而還有人可能會步上我的後塵。」

他說著說著，話音逐漸低落下去。最後，他終因心力衰竭而說不出話來。約莫過了半個小時，他再次想張嘴說話，可一個字也說不出來。他無力地按著我的手，一絲淡淡的笑容從他雙唇間消散，他永遠閉上了眼睛。

瑪格麗特，這樣一位魁奇之士英年早逝，叫我做何評說呢？我究竟該說些什麼才能讓你明白我心頭深深的悲哀呢？無論我說什麼都是蒼白無力的，都不足以表達我此刻的心情。我潸然淚下，失望的陰影籠罩著我整個心田。好在我已啟程回英國，我會在那兒尋得安慰的。

寫到這裡，我突然被什麼聲音打斷了。這聲音會不會是什麼凶兆？正值午夜時分，輕風習習，在甲板上值班的海員並未被驚動。又傳來一陣聲音，像是人發出的聲音，但要嘶啞些；這聲音是從停放弗蘭肯斯坦屍體的船艙裡發出的。我必須站起來，出去查看一下，晚安，姐姐。

天哪！當時發生的那一幕太可怕了！現在回想起來我還頭暈目眩。我幾乎不知道自己是否能將這一幕詳詳細細地描述出來；可如果我不把這令人驚嘆的結局記錄下來，我這個故事就不完整了。

我走進那個船艙，我這位命運多舛、卻令人欽慕的朋友的遺體就停放在那裡。只見遺體旁站有一人，他身軀異常高大，各部分不成比例，呈畸形狀態，很是粗俗、笨拙；他這副模樣非我所能描述。他俯著身子立在靈柩旁，臉被亂蓬蓬的長髮遮住，一隻寬大的手掌平伸開來，手上的膚色和表皮組織與木乃伊差不多。他聽到我走近的聲音，戛然收住令人恐懼的悲嚎，縱身向窗口跳去。我從未看過如此恐怖的嘴臉，醜陋無比，令人憎惡。我不由自主地閉上眼睛，認真考慮我對這個壞傢伙應履行什麼責任。我喝令他站住。

他收住腳步，驚訝地看了我一眼，遂又轉過臉去注視著他的造物主那毫無生息的軀體，像是忘記了我的存在。他面部的每一個表情，身體的每一個舉動，似乎都是由一種無法控制的、極為狂亂的衝動所引發的。

「這也是我的刀下之鬼！」他大聲嚷道，「殺了他，我犯下的一系列罪行也算完滿無缺、大功告成了，而我這作惡多端的一生也該結束了。噢，弗蘭肯斯坦！你是一個多麼豁達大度，多麼富有犧牲精神的生靈！但現在請求你寬恕又有何用？我把你深愛的人一個個殺死，因而無可挽回地毀了你。唉！他屍骨已寒，無法回答我了。」

他喉頭哽咽，似乎在飲泣吞聲。先前湧上我心頭的第一個衝動——履行我朋友的義務，順應他臨終前的請求，鏟除他這冤家對頭——此刻卻被好奇心和惻隱之心抑制住了。我向這個龐然大物走過去，可我還是不敢抬起頭正眼看他。他這副醜相非塵世所有，因而格外令人毛骨悚然。我欲張口說話，可話到嘴邊又吞了回去。這怪物不停指責自己，情緒激烈，語無倫次。我終於下定決心，趁他瘋狂的情緒稍稍安定下來之際，對他說道：「你現在自怨自艾是多餘的。如果你當初肯傾聽自己良心的呼聲，念及悔恨給你帶來的錐心的痛苦，而不是把自己瘋狂的報復心推到現在這種無以復加的地步，弗蘭肯斯坦就不會離開人世。」

「你是說夢話吧？」那惡魔說道，「你以為我當時對痛苦麻木不仁，毫無悔恨之心？他，」惡魔指著屍體繼續說道，「他在仙逝之時並未受罪；唉！比起我在實施這一報復行動的漫長過程中所經受的痛苦，尚不及萬分之一。一種可怕的自私心理驅使著我繼續下去，而我的心靈卻同時遭受悔恨的折磨。你真的以為我聽克萊瓦爾的呻吟聲會像聽音樂那樣美妙嗎？我這顆心生來便渴望愛，渴望同情；然而，苦難挑撥著我的心，使它變得毒如蛇蠍，充滿了仇恨，可它卻無法忍受這種巨變的折磨——這種折磨之深你是無法想像的。

「殺死了克萊瓦爾之後，我回到了瑞士，腸斷魂銷，悲傷不已。我可憐弗蘭肯斯坦，並由憐憫轉而憎惡：我憎惡自己。然而，我發現弗蘭肯斯坦——他既賦予我生命，同時又給我帶來了難言的痛苦——竟敢奢望獲得幸福，他使我承受著越發深重的苦難和絕望，而他自己卻在我永遠無法享受的情意和愛戀中尋求樂趣。他的所作所為使我妒忌，使我切齒痛恨，然而妒忌又有何用？我心中不由得湧起強烈的、永無滿足之日的報復慾望。我想起了自己曾發出的威脅，決心將它付諸實施。我心裡清楚，我這麼做是自虐自凌，自掘墳墓。我痛恨自己一時的衝動，可我無奈，只好任其擺布——我無法控制這種衝動，只能做它的奴隸。就在她死去的時候！不，那時我並不感到痛苦。我拋棄了所有的情感，強壓下一切痛苦，在極度的絕望中肆無忌憚地胡作非為。自那時起，邪念代替了我的善心。我陷得如此之深，已無任何選擇，只有使自己的本性適應自己心甘情願選定的處境。實現罪惡的目標成了我貪婪的慾望。現在，一切都結束了；那裡就是我最後一個刀下之鬼！」

起初，我被他娓娓道來的不幸遭遇所打動，可我轉念一想，弗蘭肯斯坦曾說他能言善辯，巧舌如簧，再看看我的朋友那毫無氣息的軀體，我心中的怒火重新燃燒起來。「你這無恥之徒！」我說道，「你倒不錯，自己一手造成了這幅淒慘的景象，卻跑到這兒來哀鳴訴怨；你將一把火扔到一大群樓房中，等房子燒光了，自己卻坐在廢墟上哀嘆房屋的倒塌。虛偽的惡魔！如果你哀悼的這個人還活著，他仍然會成為你那可詛咒的報復的對象，成為你的受害者。你之所以在此悲嘆，並非動了惻隱之心，而是因為你永遠不能在你惡意殺害的人頭上作威作福了。」

「噢，不是這樣——情況不是這樣的。」他打斷了我的話，「一定是我採取這些行動的險惡用心給你留下了這些印象，但是，我寧可忍受痛苦，也絕不去尋求同情——我也不可能獲得別人的同情。當初，我內心充滿了幸福和柔情，因而渴望得到別人的理解；我所尋求的正是對美德的熱愛。然而現在，美德在我眼裡已成了幻影，幸福和柔情已化為令人心酸而厭惡的絕望。既然如此，我又能從哪裡尋得同情呢？如果我內心的痛苦遷延不去，我會心甘情願獨自一人領受這份痛苦。待我歸天之時，我將心滿意足，因為我的記憶將充滿憎惡和輕蔑。對美德、名譽和享樂的嚮往曾撫慰過我的心靈，我也曾希望與人類結識，希望他們能原諒我的外表，並因我能展示自己的優良品質而愛我；但我的希望卻只是幻想而已。我曾受過榮譽感和獻身精神等崇高思想的教育，可如今，我為非作歹，已墮落到連最卑賤的畜牲都不如的地步。我犯的罪，我造的孽，我這顆狠毒的心，還有我遭受的不幸，可謂空前絕後，無人能比。當我回顧那一系列令人震驚的罪行，我簡直無法相信，以前的我竟也有過超凡脫俗的美好境界，也曾渴望過卓爾不群的高尚情操。但事實恰恰如此，墮落的天使還是成了陰險惡毒的魔鬼。上帝和人類的敵人縱使處境淒慘，也還是有朋友和夥伴，而我卻顧影自憐，孑然一身。

「你把弗蘭肯斯坦稱之為朋友，看來你瞭解我犯下的罪行和他所遭受的苦難。不過，他在對你說起這些詳細情況時，不可能概括我如何在淒慘的境遇中苦熬歲月，如何遭受無以慰藉的慾望的折磨。雖然我毀掉了他的希望，可我並未因此而滿足了自己的欲念。我的欲念始終是那樣熾熱，那樣強烈。我仍然渴望獲得愛與友情，可我總是被人類唾棄。這到底有沒有不公平的地方？整個人類都對我犯了罪，卻唯獨把我看成是罪犯。菲利克斯對他的朋友破口大罵，把他趕出門外，你們為什麼不恨他？那個鄉巴佬竟要加害於他兒子的救命恩人，你們又為什麼不詛咒他？那可不行，這些人都是十全十美的大好人！只有我這個被遺棄了的畸形怪胎可憐蟲，才應該受人睥睨，遭人踐踏。即使現在，只要我一想起這種不公平的待遇，我渾身的熱血就在沸騰。

「當然，我是個惡棍，這一點不假。我殺害了那些活潑可愛，孤弱無助的人，我趁無辜者熟睡之機，抓住他們的脖子，將他們活活掐死，而他們從未傷害過我，也未傷害過任何其他生命。在所有值得欽慕和愛戴的人們中，我的締造者堪稱典範，可我卻給他帶來了痛苦和不幸，甚至窮追不捨，最後無可挽回地將他逼進了毀滅的深淵。他此刻躺在那裡，面色蒼白，屍骨已寒。你恨我，可你對我的痛恨遠不及我對自己的痛恨之深。我注視著自己這雙作惡多端的手，思量著我這顆設計出種種罪惡的心，盼望著有朝一日，我再也看不到這雙手，那痴狂的幻想再也不要縈繞在我的心田。

「你不用擔心，我以後不會再胡作非為了。我的事差不多也做完了。了卻此生，已無需再殺你，或殺其他任何人，我必須做的已全部做完，只需取我自己的性命便可收尾了。不要以為我會貪生怕死，遲遲不敢自我了斷。我將離開你的船，乘坐載我來此的那輛冰筏前往北極。我將為自己堆起火葬柴堆，將這可鄙的軀體燒成灰燼，這樣，我的屍體就不會給任何好奇、褻瀆神靈的壞傢伙提供製造我這類生物的線索。我將離開人世，再也不會感受到此刻正折磨著我的種種痛苦，再也不會遭受那些無法滿足，卻又在心中湧動的情感的挑撥。那個給了我生命的人已經與世長辭，而當我不復存在之時，人們很快便會將我倆拋於腦後。我不會再看到日月星辰，也不會再感到風兒撫弄我的雙頰。光明、情感和知覺將消失殆盡，而我只有在那幽冥世界才能尋得幸福。幾年前我第一次看到人間的各種景物，感到夏日那令人歡悅的溫暖，聽到樹葉沙沙的聲響和鳥兒啾啾的囀鳴——這一切就是展現在我面前的整個世界。如果要我那時死去，我會傷心流淚；而現在，死已成了我唯一的慰藉。累累的罪惡玷污了我，極度的悔恨折磨著我，除了一死，我還能在哪裡找到安寧？

「永別了！我將離開你，你是我見到的最後一個人。永別了，弗蘭肯斯坦，如果你還活著，仍對我有報復之心，那麼，與其把我毀掉，還不如讓我活著更能滿足你的報復慾望。可那時你不願這麼做，你一定要毀掉我，以免我變本加厲，幹出更壞的勾當。然而，如果你在天有靈，知我五內俱焚，創劇痛深，那麼，你所願已足，一定不會再想取我性命了。雖然你已慘死九泉，然而相比之下，我的痛苦更甚於你——悔恨無時無刻不在刺痛著我，唯有一死才能永遠彌合我的創傷，一了百了。

「我很快就要離開人世了，」他大聲說道，那激動的神情顯得悲愴而莊重。「我此刻的一切感受將化為烏有，錐心的痛苦將一去不返，我將以豪邁的氣概登上那火葬柴堆，在熊熊烈焰的燒灼中以苦為樂，心歡情悅。灼灼的火光將漸漸熄滅，我的灰燼將隨風飄入大海；我的靈魂將得以安寧，即便它仍能思考，也絕不會再像這樣思考了。永別了。」

說完，他縱身躍出舷窗，跳到緊靠船邊的冰筏上。轉瞬間，他便被海浪捲走，消失在遠方茫茫的黑夜中。

略論《科學怪人》的反叛主題

劉新民

本書作者瑪麗・雪萊（1797-1851）是英國十九世紀浪漫主義詩人珀西・雪萊的第二位妻子。他的父親威廉・戈德溫及母親瑪麗・沃斯通克拉夫特均為英國十八世紀末的著名政論家。瑪麗自幼博覽群書，對當時的浪漫派詩歌及哥特式的小說頗有研究。她容貌出眾，氣質不凡。一八一四年夏，珀西・雪萊攜妻子哈麗特造訪戈德溫，與瑪麗一見鍾情。後來兩人不顧眾人反對私奔。他們先後旅居法國、瑞士，於一八一六年九月返回倫敦。不久，哈麗特自殺身亡，同年十二月，瑪麗與雪萊正式結婚。

瑪麗・雪萊一生坎坷，曾數度遭到家庭不幸。她同父異母的妹妹芬妮自殺而死，她的三個孩子亦先後死去；更為不幸的是，一八二二年七月八日，當她與雪萊在義大利度夏時，雪萊在划船中突遇風暴，不幸溺水身亡。

一八二三年，瑪麗・雪萊由義大利返回英國。這時，她在文壇上已很有名氣。她的第一部作品，小說《科學怪人》（*Frankenstein*, 1818）頗受讀者青睞，並被改編成戲劇。二十世紀初以來，這部小說被改編成數十部電影，在西方世界產生了很大的影響。時至今日，這部小說在英美等國仍長盛不衰，成為頻頻再版、擁有廣泛讀者的一部小說，瑪麗・雪萊也因此而在英國文學史上佔有一席之地。《科學怪人》現已被西方文學界公認為世界第一部科幻小說。瑪麗・雪萊的其他作品，如歷史小說《瓦爾珀加》（*Valperga*, 1823）和科幻小說《最後之人》（*The Last Man*, 1826）等均獲得成功。

瑪麗・雪萊於一八五一年二月逝世，終年五十三歲。

小說《科學怪人》敘寫了一個無名氏科學怪物自出生之日起便遭到不公正的待遇，因而奮起反抗主人、反抗社會的故事，揭露了統治階級欺壓人民的罪惡，歌頌了被壓迫者的反叛精神。

十八世紀下半葉的工業革命給英國帶來了現代機器和現代工業，同時也帶來了複雜的社會矛盾和巨大的社會變革。資產階級成了社會的統治階級。資本主義的飛速發展使廣大農民紛紛破產，成為農村中的雇傭工人，遭受資本家的殘酷剝削。一七八九年開始的法國大革命進一步激化了英國的社會矛盾，爭取自由、平等的民主運動日益高漲。各種革命組織，如倫敦通信協會（London Corresponding Society）等如雨後春筍般在全國建立起來。革命者散發傳單、討論社會變革、鼓動廣大勞苦大眾走法國大革命的道路，起來推翻反動的統治階級。面對全國風起雲湧的革命運動，英國政府採取了殘酷的鎮壓措施。突出的例子便是「彼得盧慘案」——一八一九年，曼徹斯特的勞工舉行群眾集會，要求政治改革；政府派兵鎮壓，打死打傷示威群眾數百人。

瑪麗・雪萊十分關心法國大革命，並深深同情英國的民主運動。她懷著極大的熱情系統性地研讀了當時著名激進派政論家托馬斯・佩恩、威廉・戈德溫等人有關法國大革命的論著，對法國大革命的理論和實踐有了較為深刻的理解。她痛恨暴政，蔑視權貴，深深同情被壓迫者的悲慘遭遇。她的《科學怪人》便是以當時英法等國社會為背景，真實地揭露了當時社會的黑暗，熱情謳歌了被壓迫者的反叛精神。

小說主人公之一，生物學家維克托・弗蘭肯斯坦熱衷於生命起源的研究。他試圖征服死亡，創造一種新的生命。通過多年的潛心研究，他終於發現了創造生命的秘訣。他從住地附近的藏屍間採集來各種死屍肢體，在一間極其秘密的斗室中，懷著犯罪的心理，製作了一具八英尺高的人體。通過數月夜以繼日的努力，維克托終於在一個陰沈的夜裡使他的創造物睜開了眼睛。然而，維克托創造生命的動機是自私的——他欲以新生命的創造者自居，要世人對他感恩戴德。他的自私動機注定了他實驗的失敗。當他發現他的創造物面目醜陋，如同怪物時，便無情地遺棄了他，拒絕履行主人的職責。怪物儘管生來醜陋，但他是無辜的；既然被創造出來，就應該受到社會，特別是維克托本人的善待和保護，然而，怪物自出生之日起便遭到維克托的鄙視和遺棄，致使他處境極為艱難。他不得不棲身於森林之中，備受飢寒的煎熬。為了尋找食物，他壯著膽子走進一個村莊。村民們都因其醜陋，或落荒而逃，或以石頭擊之，將他打得遍體鱗傷。儘管受到不公平的待遇，怪物仍堅定地尋找人類的愛和理解，並以實際行動試圖換取社會的承認。他經常幫助村民們收集柴火取暖，並屏棄了偷村民食物的壞習慣，代之以野果、樹根充飢；他在去日內瓦的路上救起了一個溺水女孩。然而，他的善舉並未得到人們的同情和接納；相反，他所得到的回報永遠是冷漠、鄙視和遺棄。維克托創造的怪物終於無法忍受強加在自己身上的種種不公平的待遇，起而抗爭，為自由、平等、博愛而抗爭。

怪物反抗的矛頭首先對準他無情的主人維克托。他多次出現在維克托的夢幻中，日夜折磨維克托，致使他長期處於緊張、痛苦的狀態。維克托在恐懼中驚呼道：「救救我，救救我吧！我彷彿覺得那怪物將我攫住，我拼命掙扎，昏倒在地上。」維克托飽嘗了受精神折磨的苦頭，原來美妙的夢幻成了他可怕的地獄。

在小說的第十章，作者設計了一場怪物與維克托之間的舌戰。從中，我們可以看到被壓迫者與壓迫者之間的鮮明對照。瑪麗・雪萊將維克托描寫成一個瘋子，對著怪物咆哮，威脅要殺死怪物：「我們是冤家對頭。滾開，否則就讓我們比力鬥勁，大戰一場，拼個你死我活！」相比之下，怪物卻顯得沈著、冷靜。他首先批評維克托拋棄他的冷酷態度，繼而抨擊社會對他的不公：「相信我，弗蘭肯斯坦，我原本是仁慈善良的；我的靈魂閃耀著愛和人性的光。然而現在，難道我不孤獨嗎？難道我不是形單影隻，孤苦伶仃嗎？你，我的主人，尚且恨我，那我還能從你的同類中得到什麼希望呢？」

怪物對主人的反抗進一步擴展到對整個社會不公的反抗和揭露。在小說的第十四章，怪物通過自己的所見所聞，揭露了統治階級對人民的宗教迫害。怪物在森林中棲身時，偶然發現了被法國政府流放到此的德拉西一家。這家人被流放的原因是幫助了土耳其姑娘薩菲的父親越獄。原來，薩菲的父親在巴黎經商期間，因宗教信仰不同而被法國政府逮捕入獄，並被判處死刑。法國政府草菅人命的行徑使整個巴黎群情激憤。德拉西的兒子費利克斯得悉此事後義憤填膺。他幾經周折，在父親和妹妹的幫助下終於將薩菲父親營救出獄。事發後，德拉西一家財產被抄，並被永遠逐出法國。薩菲與德拉西兩家人的不幸遭遇激起了怪物對他們的深切同情，他痛恨這種「聞所未聞的迫害」，這種可悲的「人間罪惡」。

在揭露統治階級草菅人命的罪行的同時，怪物還揭露了他們對勞動人民的經濟剝削。怪物發現，德拉西一家租種別人的一塊土地，生活十分艱難。為了貼補家用，老人常打發兒子外出幫工。即便如此，他們仍然食不果腹，在飢餓中苦度時日。正如怪物所說：「他們經常要忍受飢餓的痛苦煎熬，而那兩個年輕人就更是如此。他們常將食物放到老人面前，而沒給自己留下一點吃的。」怪物對社會財富分配不公深惡痛絕，他憤怒地指出，在這樣的社會裡，如果你沒有地位和財富，你就會被看成是「流浪漢和奴隸，注定要為少數上帝的特選子民徒然賣命」。

怪物對主人及整個社會不公的反抗，不僅深刻揭露了一七九〇年前後英國黑暗的社會現實，而且反應了當時英國思想政治戰線上一場激烈的大論戰。以輝格黨人埃德蒙・伯克為代表的政客恣意攻擊法國大革命，哀嘆反動王朝的垮台，將革命黨人斥責為食人肉的妖魔鬼怪。為了反擊伯克的謬論，著名激進派政論家托馬斯・佩恩在《人的權利》（*The Rights of Man*, 1791）一書中尖銳地指出，任何不為人民的自由和幸福謀利益的政府都必須被推翻。他號召人民起來革命，徹底摧毀魔鬼般的貴族階級。威廉・戈德溫及瑪麗・沃斯通克拉夫特等其他著名激進派政論家亦紛紛著書撰文，抨擊法國政府的倒行逆施和上層統治階級的腐敗墮落，強調要以暴力推翻反動的統治階級。《科學怪人》的反叛主題正是呼應了當時那場以壓迫與反壓迫為中心的大論戰。

小說的最後幾章主要描寫了怪物與主人維克托之間復仇與反復仇的生死鬥爭，從而進一步深化了小說的反叛主題。怪物在長期遭受孤獨和遺棄之後，要求維克托為他製造一個異性同類以伴餘生，並保證他們將遠離人類文明，去南美的荒原中安家落戶，這再次表達他對情與愛的渴望。然而，這樣一個合情合理的要求卻遭到維克托的無情拒絕。他擔心，如果雌雄兩怪物繁衍出整個一代怪物，起而造反，那後果將是不堪設想的。怪物最後一線希望破滅了，他憤憤不平地呼喊道：「每一個男人都可以將妻子摟在懷裡，連野獸都可以成雙成對，為何偏偏要我承受孤單？」

此後，怪物懷著一腔怨恨，將維克托引至北極。這時，維克托已是奄奄一息，最終在嚴寒疲憊中死去。怪物聞訊後，向北極探險家沃爾頓重申了自己反抗主人的緣由，隨後躍入海中，消失在遠方茫茫的黑夜裡。

在這篇小說中，瑪麗・雪萊塑造了一個反叛的怪物形象。他雖然面目醜陋，但勇敢機智，頗具愛心。他生來受到主人的冷淡和遺棄，因而遭受許多不公平的待遇，但他仍然關心和同情處於社會底層的勞苦大眾，為他們的不幸遭遇鳴不平。他敢於抨擊社會的不公，揭露統治階級魚肉人民的罪惡；同時，他敢於反叛自己無情的主人，為獲得社會的承認、人類的愛和同情而抗爭。小說這一反叛主題真實地反映了十八世紀末英法等國正義與非正義，被壓迫者與壓迫者之間的矛盾鬥爭。雖然瑪麗・雪萊後來放棄了她激進的民主思想，但她在《科學怪人》中所表現的反叛精神卻鼓舞了當時人們爭取民主自由的鬥爭，在英國文學史上寫下了輝煌的一頁。

瑪麗・雪萊年表

一七九七年 出生

八月三十日出生於倫敦，原名瑪麗・沃斯通克拉夫特・戈德溫（Mary Wollstonecraft Godwin），其父為激進派政治哲學家威廉・戈德溫（William Godwin），其母為女權主義作家瑪麗・沃斯通克拉夫特（Mary Wollstonecraft），並有個同母異父的姊姊芬妮・伊姆萊（Fanny Imlay）。瑪麗出生十一天後，母親因感染產褥熱病逝。四年後，父親再婚，繼母簡・克萊蒙特（Jane Clairmont）還帶來她的兩個孩子，查爾斯（Charles Clairmont）及克萊兒・克萊蒙特（Claire Clairmont）。

一八一二年 十四歲

結識父親的政治追隨者之一，此時年僅二十歲的詩人珀西・雪萊（Percy Bysshe Shelley），兩人旋即陷入熱戀，即便珀西・雪萊此時已是有婦之夫。

一八一四年 十六歲

由於和珀西・雪萊的感情遭到父親的反對，兩人遂私奔離家，前往法國。瑪麗的繼妹克萊兒・克萊蒙特出於同樣對自由戀愛的嚮往，也與他們同行。但在不到兩個月後，三人便因經濟拮据而不得已地返回英國。

一八一五年 十七歲

第一個孩子誕生，但這名早產的女嬰出生不到兩週便不幸夭折。

一八一六年 十八歲

一月，第二個孩子誕生，瑪麗以父親之名替他取名威廉·雪萊（William Shelley）。五月，瑪麗和珀西·雪萊帶著兒子，和繼妹克萊兒·克萊蒙特一同前往瑞士日內瓦湖畔，尋訪正於該地旅遊的好友詩人拜倫勳爵（Lord Byron）和拜倫的私人醫生波里多利（John Polidori），這時，克萊兒與拜倫勳爵正處於複雜的戀愛關係之中。在這趟旅程裡，瑪麗開始構思小說《科學怪人》（*Frankenstein, or The Modern Prometheus*）的主要情節。十月，瑪麗同母異父的姊姊芬妮·伊姆萊服毒自盡。十二月，雪萊的元配妻子哈麗特（Harriet Shelley）在倫敦海德公園投河自盡。兩週後，為了爭取哈麗特留下的孩子的監護權，在父親的同意下，瑪麗和珀西·雪萊正式成婚。

一八一七年 十九歲

完成小說《科學怪人》。九月，第三個孩子誕生，取名克萊拉·雪萊

（Clara Shelley）。十一月，她將和珀西・雪萊於一八一四年私奔時的日記手札整理出版，題名《六週遊記》（*History of a Six Weeks' Tour*），這是瑪麗生平第一部出版的著作。

一八一八年二十歲

一月，《科學怪人》以匿名形式首次出版，附上一篇由珀西・雪萊執筆的前言。當時，有些評論家對《科學怪人》陰暗、恐怖的故事氛圍反感，也有許多人對小說的敘述文筆及想像力大加讚揚；然而，《科學怪人》這時仍普遍被誤解為是由珀西・雪萊所著。三月，由於珀西・雪萊身體欠安，雪萊夫婦遷居相對溫暖的義大利，沒想到半年後，女兒克萊拉卻在威尼斯因病去世。

一八一九年二十一歲

六月，二子威廉因瘧疾病逝於羅馬。八月，完成小說《瑪蒂爾達》（*Matilda*），講述一段父親與女兒間的亂倫情感，並將手稿交由父親威廉・戈德溫編輯，但或許因為題材敏感，瑪麗終生未能見其出版，直到一百多年後的一九五九年，這部小說才終於付梓問世。十一月，瑪麗在義大利佛羅倫斯產下她的第四個孩子，取名珀西・佛羅倫斯・雪萊（Percy Florence Shelley）。

一八二二年 二十四歲

六月，差點死於一次嚴重的流產，在珀西・雪萊的即時協助下保住性命。七月，珀西・雪萊與友人乘船出航，卻在回程遇上暴風雨，整船覆沒，無人倖存。

一八二三年 二十五歲

小說《瓦爾珀加》（*Valperga*）出版，這部歷史小說講述了十四世紀初一名義大利君王卡斯特魯喬（Castruccio Castracani）的冒險旅程，並提出了政治自由的理想與個人情感間的抉擇問題。丈夫死後，瑪麗暫居於好友作家李・亨特（Leigh Hunt）位於熱內亞的家裡，與他的家庭為伴，做為安慰。七月，礙於經濟考量，帶著兒子重新搬回英國，住進父親與繼母的寓所，並開始靠著珀西・雪萊的父親提摩西・雪萊爵士（Sir Timothy Shelley）所提供的微薄零用金過活。

一八二六年 二十八歲

小說《最後之人》（*The Last Man*）出版，這是瑪麗除了《科學怪人》以外最廣為人知的作品。故事講述在西元二〇七三年地球爆發大規模傳染病，只剩下最後一人生存的景象：書裡沒有太多關於現代科技的幻想，卻預言了英國將由君主制轉為共和的政治未來，被視為是科幻小說的濫觴之一。

一八三〇年 三十二歲 小說《珀金・沃貝克的財富》（*The Fortunes of Perkin Warbeck*）出版，透過聲稱自己是王儲後代的珀金・沃貝克所發生的故事，闡述瑪麗認為在人類整體素質有所提升以前，理想的政治體制並無法實現的觀念。

一八三一年 三十三歲 《科學怪人》重新出版。在這個廣泛流傳後世的版本中，瑪麗修訂了部分內容，並增附一篇作者導言，總算表明了自己的作者身份，也首次詳細敘述了那個在一八一六年的日內瓦湖畔所發生、促使她開始撰寫《科學怪人》的著名經歷。

一八三五年 三十七歲 小說《洛多爾》（*Lodore*）出版，講述一位母親和她的女兒在父親因故去世後，如何自立自強、面對家族困境的故事。

一八三六年 三十八歲 父親過世，享壽八十歲。

一八三七年 三十九歲 小說《福克納》（*Falkner*）出版，講述一名年輕女孩被一位有著暴君性格的男子收養後的成長故事。與小說《洛多爾》同樣描繪著女性自主意識的養成，不同的是在此書中，女性思維最終獲得了勝利。

一八三八年 四十歲　瑪麗受僱編輯的《珀西・雪萊詩集》(*Poetical Works of Percy Bysshe Shelley*)出版。自從兩人結婚，特別是在雪萊意外身故後，瑪麗便持續編纂整理並出版推廣丈夫的詩作及書信手稿。

一八四四年 四十六歲　亡夫的父親提摩西・雪萊爵士過世，瑪麗和唯一存活的孩子珀西・佛羅倫斯・雪萊繼承了大筆遺產，終於達成經濟獨立的生活。遊記《在德國與義大利漫遊》(*Rambles in Germany and Italy*)出版，記述了過去三年間瑪麗與兒子在歐洲遊覽的見聞，是她在世時出版的最後一部作品。

一八四八年 五十歲　兒子珀西・佛羅倫斯・雪萊與簡・吉布森・聖約翰(Jane Gibson St. John)結婚，瑪麗與媳婦相處融洽，開啟了一段她生命中難得的平靜時光。

一八五一年 五十三歲　因腦瘤病逝於倫敦，享年五十三歲。

世界經典 4

科學怪人

Frankenstein, or The Modern Prometheus

作者　瑪麗・雪萊
Mary Shelley
譯者　劉新民
編輯　廖書逸
封面設計　王志弘
行銷　劉安綺
發行人　林聖修
出版　啟明出版事業股份有限公司
地址　台北市敦化南路二段 59 號 5 樓
電話　02-2708-8351
傳真　03-516-7251
網站　www.chimingpublishing.com
服務信箱　service@chimingpublishing.com

法律顧問　北辰著作權事務所
印刷　漾格科技股份有限公司
總經銷　紅螞蟻圖書有限公司
地址　台北市內湖區舊宗路二段 121 巷 19 號
電話　02-2795-3656
傳真　02-2795-4100
初版　2019 年 2 月
ISBN　978-986-97054-4-8
定價　新台幣 380 元　港幣 110 元

科學怪人 / 瑪莉・雪萊（Mary Shelley）作 ; 劉新民譯 . -- 初版 . -- 臺北市 :
啟明 , 2019.02　面 ;　公分
譯自 : Frankenstein, or the modern Prometheus
ISBN 978-986-97054-4-8（平裝）
873.57　　107023006